살아남는다는 것!

살아남는다는 것!

구드룬 파우제방 지음 | 박종대 옮김

봄볕

2005년 2월

사랑하는 슈테파니에게,

내일이면 열여섯 번째 생일을 맞는구나. 몇 달 전부터 무슨 선물을 할지 고민했다. 가방이 좋을까? 그건 이미 있지. 롤러스케이트? 그것도 있어. 핸드폰은 어떨까? 그것도 마찬가지야. 더구나 이번에는 어디서나 살 수 있는 그런 시시한 물건은 선물하고 싶지 않았어.

결국 돈으로는 사지 못하는 것을 선물해야겠다는 마음이 들었지. 네가 이 할미를 위해 그려 준, 세상에 단 하나뿐인 그림처럼 말이다.

그러다 이 이야기를 생각해 냈어. 아주 특별한 이야기야. 할미의 열여섯 번째 생일 이야기니까. 너도 어쩌면 궁금할 수도 있겠다 싶었어. 그런데 이 이야기를 쓰는 건 할미로선 쉽지 않은 일이었어. 아니, 무척 힘들었지. 때로는 눈물을 흘리곤 했으니까. 마음속 한구석에 수

십 년 동안 숨겨 둔 일을 끄집어내고, 더는 기억하고 싶지 않은 사건을 떠올리는 건 누구에게나 고통스럽거든.

이건 실제 있었던 일이야. 60년 전 할미가 직접 겪은 이야기지. 그 사이 참 많은 세월이 흘렀구나. 그때 난 지금 너와 같은 나이였어. 16에다 60을 더하면 76이지. 어느덧 내 나이가 그래.

이런 말을 하면 어떨까 싶지만, 너는 할미보다 운이 좋아. 평화로운 세상에 살고 있으니까. 나는 전쟁이 어떤 건지 알아. 신문이나 TV 뉴스를 보고 아는 게 아니라 그 폭력성을 직접 몸으로 겪었거든.

너에게는 그런 일이 일어나지 않길 이 할미는 정말이지 온 마음으로 소망한다. 당연히 다시는 그런 일이 없어야겠지. 어쨌든 이 이야기로 할미와 네가 조금 더 가까워졌으면 좋겠구나. 진심으로 생일 축하한다!

할미가

1

할머니가 당부한다.

"동생들하고 여기 있어! 짐 잘 지키고. 알았지? 이런 상황에서는 절대 한눈팔면 안 돼. 도둑맞기 십상이야!"

할머니는 그래도 마음이 안 놓이는지 다시 한번 돌아보더니 덧붙인다.

"동생들 잘 챙기고. 할미는 널 믿어!"

나는 고개를 끄덕인다. 그러고는 어지러운 가방 무더기 위에 놓인 앵무새 새장으로 달려가려는 하랄트를 붙잡는다. 이렇게 사람들이 많은 곳에서는 잠시라도 떨어지면 너무 위험하다.

엄마도 오늘 아침 기차역에서 헤어질 때 나를 믿는다고 했다.

나는 볼피를 안은 채 커다란 트렁크에 걸터앉는다. 볼피는 칭얼거리며 자꾸 밑으로 내려가려고 한다. 나는 어쩔 수 없이 볼피를 내려놓지만 손은 놓지 않는다. 볼피는 내 손을 뿌리치고 할머니한테 가려고 한다. 할머니는 벌써 넓은 대합실을 지나 창구 쪽으로 서둘러 걸어가고 있다. 드레스덴으로 가는 다음 기차 편을 알아보기 위해서다. 드레스덴에는 외할머니와 외할아버지가 살고 있다. 우리 다섯 명의 목적지도 거기다.

아니, 원래는 여섯이었다. 아니, 정확히 말하면 일곱이었다.

머리가 지끈거린다. 생각은 뒤죽박죽 엉킨 채 한곳에 머물지 않고 금방 이리저리 옮겨 다닌다. 어떤 기억이 떠올랐다 싶으면 금방 다른 기억에 자리를 내준다. 모든 게 너무 갑자기 찾아왔다가 너무 빠르게 가 버린다. 한꺼번에 너무 많은 일이 일어났다. 그 바람에 이 모든 걸 제대로 쫓아갈 수가 없다. 지난 스물네 시간은 한마디로 엉망진창이었다. 그제부터 일어난 일을 차근차근 정리하고 싶지만, 이런 혼란 속에서는 불가능하다.

하랄트가 조른다.

"누나, 그냥 가까이서 한 번만 보고 올게. 앵무새를 직접 보는 건 처음이야. 제발!"

볼피가 울어 댄다. 나는 볼피를 다시 품에 안으며 승강장 쪽 통로에 걸린 벽시계로 눈길을 던진다. 1시 40분이다. 어제 이 시간만 해도 우리는 집에 있었다.

그랬다. 우리는 어제 집에 있었다. 물론 아침 8시 반부터 세상은 이미 이상하게 돌아갔다. 창문 너머로 마을 이장 칼빙켈 노인이 오는 것을 보았을 때 우리는 어떤 일이 일어날지 벌써 짐작했다.

엄마는 겁에 질린 얼굴로 할머니를 바라보았다.

할머니가 고개를 끄덕였다.

"아무래도 때가 된 것 같구나."

할머니는 몇 주 내내 이 소식을 기다린 듯했다. 오히려 지금껏 아무 연락이 없는 걸 놀라워해 온 터였다. 그러던 것이 이제야 드디어 찾아왔다. 피난 명령이었다. 시장은 이장을 시켜 상부에서 내려온 통지문을 집집마다 서둘러 전달하게 했다. 피난을 떠나기 전 몇 시간이라도 급한 일을 먼저 처리할 시간을 주기 위해서다.

이장은 통지문 내용을 처음부터 끝까지 읽으려 했다. 게다가 많은 청중 앞에서 연설이라도 하듯 큰 소리로 읽었고, 말투도 무척 느렸다. 결국 조바심을 참지 못한 할머니가 이장의 손에서 통지문을 휙 낚아채더니 중요한 부분만 소리 내어 읽었다. 오후 4시까지 모두 읍내 기차역으로 나오라는 내용이었다. 그렇다면 3시에는 집에서 출발해야 했다.

이제 남은 여섯 시간 반 동안 우리는 무엇을 집에 남기고 무엇을 가져가야 할지 결정해야 했다. 가축을 어떻게 할지도 골칫거리였다.

하루아침에 정든 집을 떠나야 하는 건 정말 어처구니없는 일이었다. 지금껏 그렇게 사랑했던 소중한 모든 것을 두고 떠나야 하다니…. 목조 창고, 개집, 토끼장, 닭장, 정원을 비롯해 가구, 그림, 커튼, 카펫, 심지어 방 안의 냄새와 창 너머 보이는 풍경까지 모든 것을 두고 떠나야 했다. 아늑한 보금자리와 고향을 등지는 건 참으로 가슴 아팠다.

장롱과 서랍장, 궤짝이며 선반에 있는 물건들도 가져갈 수 없었다. 내가 좋아하는 책들, 갖고 놀지 않은 지 꽤 됐지만 여전히 애정이 가는 인형들, 그리고 그렇게 오랫동안 갖고 싶어 하다가 마침내지난 크리스마스에, 그러니까 불과 몇 주 전에 선물 받은 스케이트도 모두 남겨 두어야 했다.

손에 들고, 등에 지고 갈 수 있는 것만 가져가야 했다. 하랄트와볼피는 아직 어려서 짐을 들 수 없었다. 엄마도 지금 몸 상태로는 많은 짐을 드는 게 불가능했다. 그러다 보니 트렁크 네 개에 배낭 하나, 큰 가방 하나가 전부였다. 우리는 거기다 넣을 수 있는 것은 다채워 넣었다.

짐 다섯 개에 우리 목숨이 달려 있었다. 그 속엔 우리가 가장 좋아하는 것들이 아니라 피난길에 없어서는 안 될 물건들이 담겼다. 심지어 엄마는 살아남기 위해 꼭 필요한 것들이라고 했다. 그러자 할머니가 슬쩍 핀잔을 주었다.

"그렇게까지 말할 게 뭐가 있니. 적십자 사람들이 중간중간 기차역에서 필요한 것들을 나눠 줄 게다. 조금만 고생하자. 얼마 안 있으면 분명 집으로 다시 돌아올 게다."

지랄 같은 전쟁! 나도 모르게 입에서 튀어나온 말이다. 이런 욕을하면 안 되는 줄 알지만 전쟁에 대해 이보다 더 적절한 말이 떠오르지 않는다. 평화로운 시대라면 우린 모든 것을 두고 떠나지 않았을 것이고, 이렇게 황급하게 집과 마을을 떠날 필요도 없었을 것이다. 전쟁만 일어나지 않았더라면 소련군이 슐레지엔 지방으로 쳐들어오지 않았을 것이고, 그랬다면 우리 슐레지엔은 여전히 평화롭고 아늑한 땅으로 남았을 것이다.

지금 벌어지고 있는 이 전쟁은 특히 고약하다고 했다. 이웃집 호이슬러 할아버지가 지난 몇 달 동안 입에 달고 산 말이다.

"1차 대전은 이러지 않았는데…."

호이슬러 할아버지의 말은 거짓이 아닐 것이다. 1차 대전을 처음부터 끝까지 겪은 사람이니까.

할머니는 어제 짐을 싸면서 혼잣말처럼 푸념했다.

"이건 다 업보야. 우리가 전쟁을 시작했으니까. 우리 독일인들이 먼저 시작했다고. 히틀러가 아무리 전쟁광이라고 해도 우리가 열광적으로 지지하지 않았으면 이렇게 되진 않았어. 우리는 히틀러에게 환호했어. 우리 국민 모두가! 지금 그 대가를 치르고 있는 거야."

반년 전만 해도 엄마는 할머니가 그런 말을 하면 늘 화를 냈다. 하지만 어제는 그냥 듣고만 있었다. 화낼 힘도 없을 만큼 너무 지쳤을 뿐 아니라 앞날이 너무 캄캄했기 때문이다.

볼피가 얌전해졌다. 내가 무릎에 올려놓고 어르면서 노래를 불러 준 효과가 있었나 보다. 그런 중에도 나는 할머니를 눈에서 놓치지 않으려고 애쓴다. 하지만 대합실엔 사람과 짐이 너무 많다. 게다가 다들 굳은 얼굴로 서로 밀고 밀치며 창구 쪽으로 가려고 하는 바람에 할머니를 찾기 힘들다.

"저 봐, 이제 갖고 가잖아!"

하랄트가 잔뜩 골이 나서 소리친다.

하랄트 말이 맞다. 새장 속의 알록달록한 앵무새는 주인 손에 들려 차츰 멀어진다.

1939년 전쟁이 시작되었을 때 나는 열 살이었고, 막 읍내 여학교에 진학한 상태였다. 그때만 해도 전쟁은 멀리 있었다. 그런데 라디오 앞에 둥그렇게 모여 히틀러의 연설에 귀를 기울이면서 다들 전쟁의 기운이 몰려오는 것을 눈치챘다. 나도 귀를 쫑긋 세웠지만 히틀러가 하는 말을 거의 알아듣지 못했다. 더구나 항상 호통을 치듯이 말했기 때문에 나는 늘 약간 무서웠다. 아빠 말로는, 많은 사람들에게 전달하려면 그럴 수밖에 없다고 했다.

점점 더 많은 청년들이 군대에 들어가는 모습에서도 전쟁의 냄새가 났다. 신병들이 군용 열차를 타고 떠날 때는 기차역이 시끌벅적했다. 마치 큰 축제가 열린 듯했다. 사람들은 새 군복을 입은 늠름한 군인들에게 환호성을 보냈다. 군인들은 폴란드로 간다고 했는데, 곧 집으로 돌아올 거라고 다들 확신했다.

우리 집 맞은편에 사는 롤프 크로프도 떠났다. 결혼식을 올린 지 겨우 며칠밖에 지나지 않았을 때였다. 그의 아버지가 아들을 기차역으로 데려다주었다. 롤프가 자신의 할머니와 어머니, 아내 베르벨과 작별 인사를 나눌 때 나는 정원 문 옆에서 지켜보았다. 베르벨은 눈물을 조금 흘렸지만, 가족들 모두 롤프를 자랑스럽게 생각하는 것 같았다.

전쟁도 처음엔 나쁘지 않았다. 어디서건 생필품을 충분히 살 수 있었다. 굶는 건 딴 세상 얘기였다. 뉴스에서는 오직 승리 소식뿐이었다. 모두가 승리를 말했고, 우리 군인들이 영웅적으로 싸우는 모습에 열광했다. 라디오에서 속보가 나올 때마다 울려 퍼지던 팡파르 소리가 지금도 귓가에 쟁쟁하다. 당시에 속보는 승전보를 의미했다.

우리 엄마 아빠도 전쟁에 찬성했다. 아빠가 걸핏하면 했던 말이 지금도 기억난다.

"이제야 우리가 오랫동안 받은 설움을 씻을 때가 왔어. 우리 민족의 정기를 영원히 지켜야 해. 독일은 다시 위대하고 자랑스러운 나라가 될 거야."

롤프는 처음엔 바르샤바에서, 나중엔 파리에서 소식을 보내왔다. 치열한 전투 끝에 두 도시를 정복하고 쓴 편지였다. 휴가를 나왔을 때 그의 가슴에는 우리 모두에게 감탄을 불러일으킨 멋진 훈장이 달려 있었다. 아내 베르벨은 프랑스 향수를 선물 받았는데, 우리 아이들도 그 향을 맡아 볼 수 있었다.

우리 학교 계단실에는 커다란 유럽 지도가 걸려 있었다. 학교 관리인이 매일 지도 위에다 작은 깃발을 무수히 꽂아 나갔다. 우리 군인들이 어디까지 진격했는지를 보여 주는 깃발이었는데, 시간이 갈수록 깃발이 점점 멀리 나아갔다. 독일 영토가 점점 커지는 것을 보면서 우리는 모두 뿌듯한 자긍심을 느꼈다. 유럽의 절반이 우리 것이었다. 오스트리아, 폴란드, 체코슬로바키아는 말할 것도 없고 프랑스의 상당 부분까지 모두 우리 땅이었다!

그런데 지금은? 지금은? 적이 바로 코앞에 와 있다. 우리 땅에!

적군이 우리 옛 국경 근처에 도달한 것은 벌써 오래되었다. 일부 지역에서는 이미 국경을 넘어 깊숙이 전진했다. 소련군, 프랑스군, 영국군, 미군 할 것 없이 사방에서 우리 나라를 죄어 오고 있었다. 독일은 점점 작아지고 있었다.

지난 몇 주 사이 우리 마을에선 기적의 무기에 관한 이야기가 많이 나돌았다. 독일에서 발사해 영국까지 날아가는 V1, V2 미사일보다 훨씬 강력한 무기라고 했다. 그런 무기를 히틀러는 왜 아직도 사용하지 않는 것일까? 지금 패배가 눈앞인데! 그런데 이런 말은 크게 해서는 안 되었다. 혹시 누군가 듣고 신고하면 큰일 난다. 언젠가 할머니가 얘기하는 소리를 들었는데, 남부 독일 어딘가에서 한 미용사가 손님에게 이렇게 말했다고 한다.

"전쟁은 이미 오래전에 졌어요."

이 말밖에 하지 않았다. 다른 말은 없었다. 하지만 그조차도 해서는 안 되는 시대였다. 손님이 신고했고, 미용사는 사형 선고를 받고 교수형에 처해졌다.

우리는 '소녀단'은 물론이고 나중에 '독일 여학생 동맹'에서도 항상 다음과 같은 교육을 받았다.

"우리의 승리를 의심하는 사람을 발견하면 누구든 바로 신고해야 한다. 그게 너희가 자랑스러운 독일 소녀로서 우리 민족과 총통 각하께 바쳐야 할 충성스러운 의무다."

피난길에 오를 때부터 나도 우리 독일이 전쟁에서 지게 될 거라고 생각했다. 다만 그런 생각을 밖으로 드러내지는 않았다.

"무슨 짓이에요?"

내 뒤에서 날카로운 여자 목소리가 들린다. 나는 무슨 일인가 싶어 뒤를 돌아본다. 겨자색 나치 돌격대 제복을 입고 챙 달린 모자를 쓴 남자가 트렁크를 들고 난폭하게 사람들 사이를 뚫고 지나가는 바람에 하마터면 유아차가 쓰러질 뻔했다. 유아차를 끌던 여자는 화가 났지만, 큰 소리로 욕을 하지는 못한다. 저런 제복을 입은 사람은 힘이 세다. 마음만 먹으면 자기를 욕한 사람을 감옥에 보낼 수도 있다. 다른 사람들도 거칠게 밀며 지나가는 남자에게 잔뜩 화난 눈치지만, 불쾌한 표정으로 남자의 등만 바라볼 뿐 대놓고 항의하지는 못한다. 하지만 속으로는 다들 나랑 똑같은 생각을 하고 있을 것이다. '뭐야, 자기는 저렇게 아무렇게나 행동해도 되는 거야? 그럼 자기들이 그렇게 찬양하던 민족 공동체는 어디 있어? 힘 있는 사람들은 질서를 지키지 않아도 돼?'

저렇게 막무가내인 인간들은 기차를 타고 이리로 오는 중에도 여럿 보았다. 예를 들어 어떤 뚱뚱한 여자 승객은 한 할머니가 화장실에 간 사이 그 자리에 앉아 버렸다. 그 할머니가 돌아와 자기 자리에 앉으려고 하자 뚱뚱한 여자가 비죽거리며 말했다.

"뭘 봐요, 할머니. 어쩌라고요? 나도 자리에 앉을 권리가 있어요.

내가 앉았으면 내 자리예요."

이런 경우도 있었다. 화장실 문 옆에 모피 코트를 입은 여자가 앉아 있었는데, 사람들이 화장실에 가려고 지나갈 때마다 들으라는 듯이 큰 소리로 불평을 늘어놓았다. 그뿐이 아니었다. 기차 안에서 아이들이 떠들 때마다 요즘 어린 것들이 얼마나 버릇없는지 모른다며 계속 투덜댔고, 객실 냄새와 층층이 쌓인 짐에도 줄곧 불만을 터뜨렸다. 도무지 여행할 자세가 안 된 사람들이란다. 하지만 그런 사람이 밤중에 승객들을 위해 뜨거운 차가 제공되었을 때는 새치기로 제일 먼저 받아 마셨다.

커다란 남자아이 셋과 할머니까지 딸린 가족도 꼴불견이었다. 그들은 마치 열차가 자기 집이라도 되는 것처럼 잔뜩 자리를 차지하고 앉아 있었다. 심지어 바리바리 싸 갖고 온 짐을 통로에 내놓아서 다니기조차 불편했다. 그런데도 부끄러운 줄 모르고 에르빈과 하랄트에게 사탕을 달라고 손을 벌렸다.

"사람은 자기부터 챙겨야지 어쩌겠어요!"

그 가족의 할머니는 이렇게 말하고는 다들 그렇게 생각하지 않느냐며 승객들을 둘러보았다. 이런 사람은 어디에나 있다. 우리 나라뿐 아니라 다른 모든 나라에도!

넓은 대합실은 사람들로 발 디딜 틈이 없다. 소음은 또 얼마나 심하던지! 끝없는 신세 한탄과 불평불만, 아이들 떠드는 소리, 누굴 부르는 소리, 호루라기 소리, 급하게 주고받는 소리, 거기다 대합실 뒤쪽에서 쉴 새 없이 들려오는 기차 굴러가는 소리까지 시끌벅적한 시장통이 따로 없다.

외풍도 심하다. 냉기가 팔다리로 파고든다. 지금은 2월 중순 한겨울이다. 나는 유아차로 몸을 숙이던 여자에게서 눈을 돌려 우리 할머니가 서둘러 걸어간 쪽을 바라본다. 할머니는 저 앞 인파 속에 섞여 있을 것이다. 창구마다 줄이 길게 늘어서 있다. 할머니의 모습은 인파에 가려 보이지 않는다.

불쌍한 우리 할머니. 엄마가 갑작스레 우리와 헤어지면서 할머니는 혼자 모든 것을 챙겨야 했다. 연세가 벌써 예순여덟이나 됐는데도 말이다. 기차를 타고 여기까지 올 때도 할머니는 볼피와 하랄트를 번갈아 무릎에 앉혔다. 내가 보기에 하랄트는 이제 다른 데 앉아도 충분했다. 학교까지 다니는 아이가 계속 할머니 무릎을 고집할 필요는 없다. 내가 그렇게 말하자 할머니는 속삭이듯이 말했다.

"학교에 다니는 아이도 가끔 엄마 품이 그리운 법이야."

할머니는 교사였다. 그건 매사를 체계적이고 정력적으로 추진해 나가는 것만 봐도 알 수 있었다. 물론 어떤 때는 엄마나 나, 동생들의 일을 너무 많이 간섭하고 결정하려고 해서 탈이긴 했다. 그 때문에 화가 날 때도 있었다. 나도 더는 어린애가 아니고, 내 일은 스스로 충분히 결정할 수 있었다. 하지만 내가 아무리 인정하지 않으려고 해도 할머니 말은 대부분 맞았다. 그걸 보면 할머니는 정말 멋진 사람이다.

할머니는 1년 전부터 다시 학교에 나가서 학생들을 가르쳤다. 아직 건강한 퇴직 교사들은 작년부터 학교로 불려 나갔다. 많은 남자 교사들이 전쟁에 나갔고, 그중 적지 않은 수가 전사했기 때문이다. 그 빈자리를 퇴직 교사들이 채워야 했다. 할머니는 내가 처음 4년 동안 다닌 시골 학교에서 2학년을 맡았다. 우리 지역의 학교들이 문을 닫을 때까지. 학급은 늘 만원이었다. 대도시에 사는 많은 학부모가 폭탄이 떨어지지 않는 안전한 시골 마을로 아이들을 데려왔기 때문이다.

할머니가 말했다.

"전쟁 중에는 최대한 피해가 적도록 모두 함께 도와야 해."

4년 전부터 사는 게 점점 힘들어졌다. 모든 물자가 빠듯해졌지만, 그중에서도 먹는 것이 가장 부족했다. 나는 지금도 아빠가 휴가 때 토끼장을 만들던 모습이 눈에 선하다. 엄마는 어디선가 어린 토끼와 닭 들을 데려왔다. 토끼 고기와 달걀로 영양가 없는 식단을 보충하기 위해서다. 호이슬러 가족은 가끔 그 집 정원에서 나는 콩을 우리에게 주었다. 대신 엄마는 우리 정원에서 키운 체리와 자두를 나누어 주었다. 다른 이웃들도 필요한 것들을 서로 주고받았다.

학교 지도 위에 꽂힌 작은 깃발들은 더 이상 움직이지 않았고, 고기와 버터와 밀가루를 비롯해 생필품 카드에 적힌 모든 배급품의 양도 점점 줄어들었다. 대신 부고를 알리는 신문 지면은 점점 늘어났다. 거기엔 이렇게 적혀 있었다. "총통 각하와 민족과 조국을 위해 전사하다.”

　상황은 갈수록 나빠졌다. 수많은 부모들이 아들의 전사 통지문을 받았고, 수많은 여자들이 남편을, 아이들이 아버지를 잃었다. 롤프도 1년 반 전에 죽었다. 이제는 오고 싶어도 돌아올 수가 없다. 그의 어머니가 전사 통지문을 보여 주었지만, 나는 여전히 롤프가 죽었다는 사실이 믿기지 않는다.

　얼마 지나지 않아 젊지 않은 남자들도 전쟁에 나가야 했다. 롤프의 아버지가 그랬고, 우리 아빠가 그랬다. 아빠가 징집되었을 때 엄마는 울었다. 할머니는 더 많이 울었다. 다행히 아빠는 아직 총통 각하와 민족과 조국을 위해 전사하지 않았다. 아니, 어쩌면 벌써 전사했는지도 모른다. 다만 우리가 집에 없어서 연락을 못 받았을 수 있다. 우리는 지금 피난 중이다.

　나는 시계를 본다. 2시 12분 전이다. 볼피가 점점 불안해한다. 시간이 너무 느리게 간다. 할머니가 빨리 돌아왔으면!

2

전쟁은 결코 승리의 연속이 아니었다.

나는 아빠가 마지막 휴가를 나왔을 때 엄마한테 나직이 말하는 소리를 들었다.

"전쟁은 이제 총통도 어쩌지 못하는 상태까지 왔어. 총통은 너무 많은 것을 얻으려고 했어. 그것도 너무 빨리."

아빠와 엄마는 히틀러를 너무 믿었다. 나는 지금껏 아빠가 히틀러에 대해 나쁜 소리 하는 걸 한 번도 들은 적이 없다. 아빠는 늘 이렇게 말했다.

"우리 독일인들은 민주주의를 할 능력이 없어. 우리에겐 우리를 이끌어 줄 사람이 필요해. 우리에게 어디로 가라고 말해 줄 사람이 필요하다고. 그런 면에서 히틀러는 이상적인 지도자야. 강한 독일을 믿는 사람이지. 히틀러는 그런 독일을 위해 자신의 모든 것을 걸었고, 사람들을 설득할 능력이 있어."

나는 어려서부터 엄마 아빠의 말이 옳다고 생각했다. 하지만 엄마 아빠는 지금도 같은 생각일까?

처음엔 총통도 실제로 몇 나라를 정복하는 데 성공했다. 우리는 그것을 선전 영화나 라디오를 통해 알고 있었다. 하지만 그 이후 우리 군대의 진격 속도는 차츰 느려졌고, 반면에 전사자는 점점 늘어났다. 게다가 적기가 떼로 몰려와 우리 도시들에 폭탄을 퍼부었다. 베를린과 함부르크는 완전히 파괴되었다고 한다. 파괴된 도시가 더 있는지는 모른다. 선전 영화에서는 나쁜 일을 보여 주지 않기 때문이다. 하지만 소문까지 막을 수는 없다. 우리 반에는 함부르크와 베를린과 도르트문트에 친척이 있는 친구들이 더러 있었는데, 친척들로부터 도시에 가해진 공습과 이후의 끔찍한 이야기를 듣고 우리에게 전해 주었다. 할머니는 뉴스에서 보도하는 것보다 훨씬 많은 사람이 죽었을 거라고 말했다.

어딜 가도 곳곳에 포스터가 붙어 있었다. 둥근 기둥에 여전히 붙어 있는 포스터 중에는 벌써 반쯤 찢어진 것도 있었다. 한 포스터에는 모자를 쓴 한 남자의 그림자가 안개 속에서 몸을 디밀고 있고, 그 밑에는 큰 글씨로 이렇게 적혀 있었다.

조심, 적이 듣고 있다.

공공장소에서는 적이 들어서 이로울 수 있는 말을 절대 내뱉어선 안 된다는 뜻이다. 얼마 뒤엔 모든 벽에 석탄 도둑을 경계하는 포스터가 붙었다. 검은 옷을 입고 음산하게 비죽거리는 수상쩍은 인물이 등에 자루를 지고 있는 포스터였는데, 점점 부족해져서 배급제로 지급되는 석탄을 함부로 낭비하는 사람은 독일 민족에게 해악을 끼치는 나쁜 국민이라는 뜻이다. 지금은 털모자를 쓰고 악당처럼 험상궂은 얼굴로 히죽거리는 소련군 포스터가 사방에 붙어 있다.

이런 포스터를 비롯해 영화 상영 전에 트는 선전 영화, 신문, 라디오는 모두 히틀러의 오른팔이자 선전 장관인 괴벨스 박사의 작품이었다. 짤막한 키에 한쪽 다리를 절뚝거리는 이 남자는 군모를 쓰고 있으면 퍽 우스꽝스러웠다. 모자가 너무 커 보였기 때문이다. 나는 선전 영화에서 침을 튀기며 연설하는 괴벨스를 볼 때마다 흥분해서 짖어 대는 작은 개가 떠올랐다. 지도 위 깃발들이 느리게 진격할수록 그는 더욱 화난 얼굴로 짖어 댔다. 독일군이 "승리에 찬 후퇴"의 길로 나아갈 때는 그의 표정이 더더욱 괴상하게 일그러졌다.

승리에 찬 후퇴라니! 앞뒤가 맞지 않는 이 어이없는 말은 지금도 뉴스에 자주 나온다. 소가 들어도 웃을 일이지만 누구도 웃으면 안 된다.

깃발들이 점점 뒤로, 다시 독일 쪽으로 밀리기 시작했을 때 교장 선생님은 커다란 지도를 떼어 내게 했다. 지금 독일에 무슨 일이 일어나고 있는지 숨기기 위해서였다. 우리는 전쟁에서 지고 있었다.

호이슬러 가족의 집에도 전쟁 시작부터 큼직한 지도가 거실에 걸려 있었다. 우리가 계속 승리해 나가자 호이슬러 할아버지는 무척 자랑스러워했다. 할아버지가 자주 하는 말이 있었다.

"이제야 우리 젊은이들이 예전의 굴욕을 갚아 주겠군!"

나는 그게 무슨 뜻인지 정확히 몰라서 할머니에게 물었다. 할머니는 1차 세계 대전에서 독일이 진 것을 말한다고 설명해 주었다.

2차 세계 대전이 발발하고 호이슬러 가족의 집에 걸린 지도도 아직 새것 냄새가 날 때였다. 호이슬러 할아버지는 빨간 펜으로 지도 위에 우리 마을을 동그랗게 표시했다. 그러고 나니까 마치 우리 마을이 세계의 중심이라도 된 듯했다. 하지만 실제로 우리 마을은 독일에서도 중심이 아니라 남동쪽으로 축 처져 있었다. 브레슬라우에서 남쪽으로 더 내려간 니더슐레지엔 지방이었다. 체코슬로바키아 옛 국경 근처이지만 폴란드 국경에서도 그리 멀지 않았다.

전쟁 초기에 호이슬러 할아버지의 깃발들은 이 붉은 원 근처에 있었다. 그러다 빠른 속도로 폴란드를 지나 저 멀리 러시아까지 밀고 나갔다. 깃발은 거기서 멈췄다. 그런데 깃발들이 방향을 바꾸어 독일로 돌아왔을 때도 호이슬러 할아버지는 매일 깃발 꽂는 일을 중단하지 않았다. 교장 선생님의 지시로 학교 관리인이 이미 오래전에 지도를 돌돌 말아 치웠을 때도, 그리고 깃발이 우리 마을의 붉은 원을 향해 다가올 때도. 다만 작은 깃발 하나를 붉은 원 바로 옆에 꽂을 때는 이를 갈았다. 그것이 불과 며칠 전이었다.

볼피가 다시 울기 시작한다. 간밤에 잠을 못 자서 그런가 보다. 자다가도 계속 깜짝깜짝 놀라며 깬다. 특히 기차 객실 문이 열려 소음과 찬바람이 들어오거나 기차가 갑자기 멈출 때 그랬다. 볼피에겐 당연히 요 며칠 사이 일어난 일들이 이해가 안 될 것이다. 이제 겨우 한 살 반 된 아기다. 기차를 타고 오는 동안에도 계속 칭얼대고 울었다. 특히 엄마가 작별 인사를 하려고 입을 맞출 때는 울부짖다시피 했다. 엄마가 없으니까 볼피는 불안해한다. 엄마를 보고 싶어 했고, 엄마가 왜 갑자기 여기 없는지 이해하지 못한다. 게다가 지금은 할머니까지 없다.

아니면, 그냥 너무 추워서 그런가?

볼피가 내 무릎에서 내려가려고 한다. 그래, 그것도 나쁘지 않을 것 같다. 잠시 서 있으면 불안한 마음이 진정될지도 모른다. 그런데 볼피는 쪼그려 앉아 담배꽁초를 집으려 한다.

"안 돼, 볼피!"

나는 이렇게 소리치고는 꽁초를 발로 툭 밀친다. 꽁초는 낯선 사람의 발밑으로 사라진다. 볼피가 얼굴을 찡그린다. 나는 몸을 숙여 볼피의 뺨을 토닥거리고는 턱을 들어 올린다. 이런, 콧물 좀 봐! 얼른 외투 주머니에서 손수건을 꺼낸다. 아빠 손수건이다. 집을 떠나기 전에 엄마는 동생들의 코를 닦아 주라며 커다란 손수건을 내게 내밀었다. 나는 큰딸이어서 동생들을 보살피는 일이 익숙하다. 나는 볼피의 코를 닦아 주고는 품에 안고 달랜다.

"할머니 금방 올 거야."

"엄마."

볼피가 칭얼거린다. '엄마'라는 말은 볼피도 할 줄 안다.

춥다. 나는 일어나 볼피를 번쩍 들어 올리고는 이리저리 흔들어 준다. 그러면서 신발 속의 발가락을 꼼지락거린다. 얼어붙은 발가락이 조금은 풀린다.

하랄트도 추워서 몸을 떤다.

내가 말한다.

"뛰어 봐. 제자리에서. 펄쩍펄쩍. 팔도 휘두르면서. 그럼 좀 따뜻해져."

하랄트가 묻는다.

"여긴 사람들이 왜 이렇게 많아?"

"소련군이 가까이 와서 우리처럼 피난을 떠나는 거야. 다들 고향에서 여기까지 왔어. 여기서 기차를 갈아타거든. 이 역에서 친척이나 친구가 있는 서쪽으로 계속 떠나야 해. 아니면 피난민 수용소로 가든지. 어쨌든 다들 가능한 한 빨리 여길 떠나려고 해. 우리처럼."

다른 때 같았으면 당분간 학교에 가지 않는 것이 기뻤을 것이다. 나는 이제 10학년이다. 수학 빼고는 성적도 나쁘지 않다. 하지만 가끔 학교에 가지 않는 꿈을 꾸기도 한다.

이제는 그런 꿈을 꿀 필요가 없다.

학교에서 우리를 그냥 집으로 돌려보냈으니까. 그것도 벌써 2주전 일이다. 교장 선생님은 우리를 학교 운동장에 모아 놓고 짧은 연설을 했다. 수업은 우리가 최종 승리를 거둔 뒤에 계속될 것이다. 그때까지는 이를 악물고 견뎌야 한다. 이 궁핍한 시기에 우리에게 좋은 일만 가득하길 빈다. 마지막으로 교장 선생님은 '보병의 노래'를 인용했다.

"나는 넓은 들판에서 흔쾌히 적과 싸우리라."

우리는 이 노래를 쉬는 시간에 자주 흥얼거렸다. '사관생도'라는 영화에서 프로이센 왕 프리드리히 2세의 군인들이 적과의 절망적인 전투에서 용기를 내려고 부른 노래다. 당연히 우리는 그 영화를 모두 봤다. 마지막 두 행은 이랬다.

"사랑하는 주여, 우리가 이 모든 고초에서 승리하게 도와주소서!"

호이슬러 할아버지는 이렇게 말했다.

"학교까지 문을 닫는 건 정말 심각하다는 뜻인데….''

여기엔 두 가지 가능성이 있었다. 전쟁이 상당히 빨리 끝나거나, 아니면 뜻하지 않게 기나긴 방학을 맞거나.

수업은 하룻밤 사이에 갑자기 중단되었다. 적이 무척 가까이 왔다는 뜻이다.

할머니는 계속 불안해하며 말했다.

"왜 소개 명령을 내리지 않지? 나라에서 우리를 잊은 걸까?"

'소개'는 민간인들을 안전한 곳으로 멀리 보낸다는 뜻이다. 하지만 그 말 뒤에는 불안이 도사리고 있었다. 우리 온 마을이, 아니 우리 도시 전체가 싹 비워진다면 어떤 모습일까? 나는 도무지 상상이 되지 않았다.

라디오와 선전 영화에서는 여전히 '반격'을 이야기했다. 그러나 반격은 동부 전선이 아니라 서부 전선, 그것도 아르덴 지역에서 이루어졌다. 하지만 그마저도 곧 실패로 돌아갔다. 그것을 보고 할머니는 이렇게 해석했다.

"우리 군인들의 사기가 떨어진 게 분명해."

호이슬러 할아버지의 의견도 비슷했다. 5년 반 동안이나 전쟁을 하고 있으니 힘이 빠질 법도 하다는 것이다.

호이슬러 할아버지는 1차 세계 대전 때 맞은 유탄 파편이 아직도 무릎에 박혀 있었다. 파편은 날씨가 변할 때마다 할아버지를 괴롭혔다. 게다가 이마에는 구슬 반쪽만 한 깊은 구멍이 있었다.

또다시 니더슐레지엔에서 피난민 기차가 도착한 것 같다. 어쩌면 우리가 살던 지역에서 온 기차일 수도 있다. 새로운 인파가 대합실로 우르르 몰려나오더니 먼저 도착해서 기다리고 있던 사람들을 밀어낸다. 적십자 대원들은 노인과 아이 들을 먼저 안내한다. 팔에 적십자 완장을 찬 한 중년 남자는 "아이를 데리고 있는 엄마들은 일등 칸 대합실로!" 하고 외치더니 통로 뒤편을 가리킨다.

"사람들이 얼마나 밀쳐 대는지 몰라!"

투덜거리는 에르빈에게 내가 조언한다.

"트렁크 위에 그냥 걸터앉아 있어. 그럼 사람들이 밀어내지 못할 거야. 그리고 하랄트한테서 눈 떼지 마. 어디 못 가게 잘 보고 있어야 돼. 말 안 들으면 한 대 때려도 돼. 잠시만 한눈을 팔아도 딴 데로 가려고 해. 이렇게 복잡한 데서 놓치면 찾을 수가 없어."

열두 살 에르빈은 꽤 분별력이 있는 아이다. 에르빈이라면 어디로 튈지 모르는 여섯 살 아래 하랄트를 맡겨도 될 듯하다. 하지만 이렇게 북적거리는 데서는 내일모레면 열여섯 살이 되는 나까지도 불안한 마음이 드는 게 사실이다.

그렇다. 정확히 내일모레가 내 열여섯 번째 생일이다. 우리는 드레스덴에서 축하 파티를 열기로 했다. 생일 케이크는 외할머니가 직접 구워 주실 것이다. 재료는 배급품을 아껴서 미리 모아 두었다고 했다. 외할아버지는 내 선물로 반짇고리를 만들어 놓았다. 지난번 편지에서 알려 주신 내용이다. 어쩌면 다 함께 연극이나 오페라를 보러 갈 수도 있다고 했다. 하지만 지금으로선 불가능한 일이다. 평화가 찾아올 때까지는 연극 무대와 오페라 극장도 문을 닫을 테니까. 외할아버지는 "전쟁이 모든 걸 잡아먹는다!"고 편지에 썼다. 하지만 연극이나 오페라가 아니더라도 분명 다른 무언가를 생각해 놓았을 것이다. 예를 들면 영화관 같은 데 말이다.

드레스덴이 너무 기다려진다. 나는 많은 도시를 가 봤다. 야우어, 발덴부르크, 슈트렐렌, 나이세, 치겐하인을 비롯해 니더슐레지엔과 오버슐레지엔의 여러 도시들이다. 그 외에 코트부스에도 갔고, 브레슬라우에도 갔다. 모두 마음에 들었다. 하지만 드레스덴만큼 멋진 데는 없었다. 게다가 이 도시는 전쟁 중에도 전쟁 전과 마찬가지로 아름다웠다. 당연히 여기서도 공습경보가 내려졌지만, 적기들은 드레스덴의 하늘 위를 날아가기만 할 뿐 폭탄을 떨어뜨리지는 않았다.

아마 영국인과 미국인 들도 이 도시가 얼마나 아름다운지 알기 때문일 것이다. 외할머니는 전에도 이런 말을 자주 하셨다.

"드레스덴에 살아서 얼마나 다행인지! 여긴 안전해…."

우린 오늘 저녁이면, 아니 늦어도 내일이면 거기 도착할 것이다. 벌써부터 문패가 눈앞에 선하게 떠오른다.

요헨 & 프리델 글로트케

내일모레면 나는 거기서 생일 파티를 할 것이다. 외할머니와 외할아버지 집은 모든 게 안전할 테니까 전쟁도 더는 그렇게 나쁘게 느껴지지 않을지 모른다. 정든 고향은 아니지만 거기라면 임시 숙소로 삼고 편안히 지낼 수 있을 것 같다. 엄마가 태어나 자랐고, 유아교육학을 전공했고, 대학생이던 아빠를 만난 곳이다.

문득 내가 몇 주 더 일찍 태어났으면 좋았을걸 하는 생각이 든다. 생일날이면 우리 반 전체가 그 아이가 원하는 노래를 불러 주었다. 선생님도 축하 인사를 건네고, 친구들은 자잘한 선물을 내밀었다. 올해 내게는 이 모든 일이 없다. 나와 가장 친한 엘지 호이슬러는 3주 전이 생일이라서 다행히 학급 생일 파티를 열 수 있었다.

이리로 올 때 호이슬러 가족과 크로프 가족이 우리와 다른 기차를 탄 것도 안타까웠다. 우리는 원래 정해진 시간보다 조금 늦게 기차역에 도착했다. 기차 안은 우리 마을 사람들로 벌써 만원이었다. 크로프 가족과 호이슬러 가족은 식구가 적어서 간신히 객실에 끼어 탈 수 있었다. 그러나 우리는 딸린 아이가 많을 뿐 아니라 임신 중인 엄마가 앉을 자리도 없었다. 결국 도시 사람들 일부를 실어 갈 다음 기차를 기다릴 수밖에 없었다. 그래서 엘지는 지금 여기 없다. 우리 마을 사람들도 없다. 엘지와 함께 타고 왔으면 얼마나 좋았을까. 하지만 엄마의 건강이 우선이었다. 우리는 기차에서 낯선 사람들 틈에 웅크리고 앉아 있었다.

시간이 너무 느리게 간다. 아, 할머니가 빨리 돌아왔으면! 물론 할머니도 지금 서 있는 자리에서 우리만큼 조바심을 내고 있을 게 분명하다. 어떻게든 빨리 창구까지 뚫고 가려고 안간힘을 쓰고 있을 것이다. 할머니의 가장 큰 바람은 이 혼돈, 이 추위, 이 고단함에서 벗어나 우리와 함께 무사히 드레스덴에 도착하는 것이다.

할머니는 나이 들어서도 이런 혼란을 또 겪으리라고는 꿈에도 생각하지 못했을 것이다. 하랄트의 학교 교재에는 한 할머니 사진이 나온다. 안락의자에 앉아 뜨개질을 하면서 옛날이야기를 들려주는 모습이다. 우리 할머니도 예전에는 그렇게 했다. 전쟁 전과 전쟁 초기에는. 하지만 그사이 병으로 몸져누운 사람만 아니면 여자도 군대에 나간 남자들 대신 일을 해야 했다. 그래야 사회가 제대로 돌아갈 테니까. 우리 군청 소재지에서도 여자들이 우편물을 배달하고, 버스를 운전하고, 상점과 창구에서 일하고, 심지어 소방서에서도 일했다. 바로 직전까지 말이다. 하지만 지금은 우리가 살던 모든 곳이 소개되었다. 할머니의 절친 안나 할머니는 헤센 출신 농부와 결혼했다가 우리 할머니와 비슷한 시기에 남편을 잃었는데, 전쟁이 일어난 뒤로는 그 큰 농장을 혼자서 운영했다. 한꺼번에 입대한 두 아들이 모두 전사했기 때문이다.

예전에는 아빠가 정원 일을 했다. 아빠가 떠난 뒤로는 할머니가 그 일을 도맡았다. 최근에는 할머니의 이야기도 달라졌다. 전에는 옛날이야기를 들려주었다면 얼마 전부터는 히틀러를 죽이려고 했다가 사형당한 장교들 이야기며, 남부 독일에서 교수형에 처해진 미용사 이야기를 했다. 불과 며칠 전에는 동프로이센에서 여자와 아이, 노인, 부상자로 이루어진 피난민 수천 명이 탄 독일 배가 발트해에서 소련군 잠수함의 공격으로 가라앉았다는 이야기도 했다. 물론 이런 끔찍한 이야기는 우리가 아니라 엄마한테 했다. 엄마는 아무 말도 하지 않았다. 다만 점점 말수가 줄면서 슬퍼하기만 했다. 할머니는 그것을 '우울증'이라고 했다.

할머니가 이런 이야기를 할 때면 나는 대부분 옆에서 함께 들었다. 남들한테서도 비슷한 이야기를 들을 때가 많았다. 예를 들어 옆집의 호이슬러 가족과 맞은편의 크로프 가족에게서 말이다. 그 밖에 뉴스에서도 많은 것을 들었다. 나는 더는 어린애가 아니다.

휴가 나온 군인들도 많은 이야기를 들려주었다. 어쩌면 가장 정확하게 아는 사람들은 군인들일 것이다. 아빠도 마지막 휴가를 나와서 몇 가지 이야기를 했다. 물론 우리, 아이들한테는 아니었지만.

아빠는 할머니한테 무슨 이야기를 하려고 할 때 내가 있으면 내보내려고 했지만 할머니가 만류했다.

"쟤도 벌써 열다섯 살이다. 요즘은 저만한 나이면 알 건 다 알아. 그냥 같이 듣게 내버려 둬라."

그러고는 나한테 말했다.

"하지만 우리끼리만 알고 있어야 해. 그렇지 않으면 아빠가 곤란해질 수 있어."

나는 아무한테도 이야기하지 않았다. 아빠의 한 전우는 전선 후방에서 오토바이를 타고 숲속을 지나다가 빨치산이 쏜 총에 맞아 죽었다고 했다.

빨치산은 후방에서 우리 군인들의 목숨을 노리는 적의 지하 전투요원들이다. 그들은 붙잡히면 목매달려 죽었다. 우리 학교에서 역사를 가르치는 늙은 쇼베르트 선생님은 그렇게 죽여도 된다고 말했다.

"비겁하게 숨어서 공격하는 놈은 치욕적인 죽음을 당해도 싸."

그런데 아빠 전우를 쏘아 죽인 빨치산들은 잡히지 않았다. 거기 숲은 넓고 울창해서 숨을 곳이 많았다. 그럼에도 독일군은 빨치산이 또 그런 짓을 못 하도록 복수를 했다.

복수는 잔인했다. 인근 마을에 사는 주민 다섯 명을 닥치는 대로 골라 목매달아 죽였다. 숲에서 만난 젊은 여자 하나를 비롯해 청소년 남자아이 둘, 노인 둘이었다. 그들 중에 독일군을 죽인 빨치산 저격수가 있을 턱이 없었다. 목매달려 죽은 사람들은 빨치산과는 거리가 먼 사람들이었다.

아빠가 말했다.

"여기선 모르겠지만, 저 밖에서는 그런 일이 비일비재하게 일어나고 있어요. 전쟁이 끔찍해졌어요. 제가 방금 말한 것보다 훨씬 끔찍한 일이 많아요."

아빠는 그 현장에 직접 있었는지, 아니면 그저 들은 얘기인지 말하지 않았다. 나는 물어볼 엄두가 나지 않았다. 아빠가 말한 '훨씬 끔찍한 일'이 무엇인지도 묻지 않았다.

나는 최근에 '끔찍하다'는 말을 점점 자주 들었다. 사나흘 전에는 크로프 아주머니도 그런 말을 했다.

"전쟁에서 지면 정말 끔찍한 일이 일어날 거예요."

나는 벌써 우리가 끔찍한 일의 한가운데에 서 있다고 생각한다.

볼피가 내 품에서 잠들었다. 나는 조심스럽게 트렁크 위에 다시 앉아 커다란 시계를 바라본다. 2시 4분 전이다. 여기서는 시간이 너무 느리게 간다.

크리스마스 전이었다. 할머니와 엄마는 부엌에서 음식을 준비하고 있었다. 내가 우연히 부엌에 들어온 걸 모르고 할머니가 잔뜩 불만스러운 목소리로 엄마한테 말했다.

"저 위의 인간들은 대체 우리를 얼마나 바보로 아는 거야? 전쟁에서 질 거라는 건 이제 눈먼 봉사도 다 알 텐데!"

"어머님, 왜 그러세요? 교수대에 매달리고 싶으세요?"

엄마가 할머니한테 소리쳤다. 그러다 나를 발견하고는 허둥지둥 변명했다.

"아냐, 아냐. 할머니가 농담하신 거야."

나는 기분이 나빴다. 조금만 있으면 열여섯 살인데도 엄마는 여전히 나를 어린애 취급했다. 저런 말을 남들에게 발설하지 말아야 한다는 건 나도 이미 안다. 6개월 전쯤부터는 엄마가 아돌프 히틀러를 더는 대단하게 생각하지 않는다는 것도 안다. 물론 엄마가 내색한 건 아니지만.

얼마 전까지 나도 히틀러에 열광했다. 엄마 아빠가 그를 좋아해서만이 아니었다. 학교와 소녀단에서도 히틀러가 얼마나 훌륭한 인물인지 쉬지 않고 떠들어 댔다. 검소하게 생활하고, 아이와 개를 사랑하고, 1차 세계 대전에서 용맹을 떨친 군인이고, 민족과 국가에 대한 책임감 때문에 휴가는 물론 일요일도 쉬지 않고 일하는 사람이라고 말이다. 지금껏 히틀러보다 더 나은 독일 지도자는 없어 보였다.

게다가 나는 드레스덴에서 그를 본 적이 있다. 그때 나를 비롯해 도로변에 서서 손을 흔들던 인파는 감격해서 눈물을 흘렸다.

그래, 나는 아돌프 히틀러에게 열광했다. 그가 우리에게 보여 주던 모습, 그리고 엄마 아빠가 늘 칭송하던 모습 그대로의 히틀러에게 환호했다. 그는 천재적인 국가 지도자이자 민족의 태양이자 고결한 사람이었다. 히틀러의 연설에서 유독 기억에 남는 한마디가 있다. 그가 't' 발음을 날카롭게, 힘껏 후려치듯이 내뱉었기 때문이다. 이 말이다. "독일군은 세계 최고의 군인이다!"(Der deutsche Soldatt ist der beste Soldatt der Welt! '데어 도이체 졸다트 이스트 데어 베스테 졸다트 데어 벨트!'로 발음한다. 히틀러는 연설할 때 't' 발음을 딱딱 끊으면서 강조하는 버릇이 있었다.：옮긴이) 모든 신문에 이 말이 실렸고, 우리 교장 선생님도 학년 말에 전교생을 앞에 두고 히틀러의 이 말을 인용했다. 그러면서 총통 각하의 열렬한 소망을 이야기했다. 독일 아이들이 강철처럼 단단하고, 가죽처럼 질기고, 사냥개처럼 민첩해지기를 바란다는 것이다. 지금 생각해 보면 히틀러는 당시 전쟁에 나가서 자신을 위해 싸울 수 있는 남자아이들을 염두에 두고 한 말 같다. 그사이 열일곱 살 아이들도 전쟁에 나가야 했다. 군인은 단단하고 질기고 민첩해야 한다. 그렇지 않으면 전쟁에서 살아남을 가능성이 별로 없다.

몇 주 전부터 내 속에서는 총통이 우리가 알던 것과는 완전히 다른 사람이라는 의심이 싹트기 시작했다. 그렇지 않다면 수많은 군인들이 전장에서 죽어 가는 것을 막고, 우리 도시들이 적의 폭격으로 파괴되는 일이 없도록 해야 하지 않을까? 그랬다면 우리도 지금 이렇게 피난을 떠날 필요가 없을 것이다.

히틀러는 전쟁을 시작하지 말았어야 했다. 전쟁이 아니었다면 이 모든 일은 일어나지 않았을 것이다. 전쟁이 아니었다면 나는 지금 새 스케이트를 신고 얼어붙은 마을 연못 위를 신나게 돌아다니고 있을 것이다. 게다가 우리가 트렁크 몇 개만 들고 여기 대합실에 앉아 있지도 않을 것이다. 그것도 엄마가 어디 있는지, 어떤 상태인지도 모르고, 아빠가 아직 살아 있는지조차 모른 채 말이다.

누군가 나를 부른다. 에르빈이다. 에르빈이 말한다.

"벌써 2시야. 오늘 중으로 드레스덴행 기차를 탈 수 있을까?"

나는 에르빈을 바라본다. 얼굴이 창백하고 피곤해 보인다. 간밤에 조금밖에 못 잤으니 당연하다.

나는 에르빈을 안심시킨다.

"탈 수 있어. 계속 기차가 떠나고 있잖아. 그중에는 드레스덴으로 가는 기차도 있을 거야. 드레스덴은 핵심 노선이잖아!"

에르빈이 한숨을 내쉰다.

"자고 싶어. 졸려."

"그럼 자! 출발할 때 깨울게."

에르빈은 트렁크 위에 배를 깔고 다리를 넓게 벌리고 눕는다. 그러더니 곧 잠이 든다. 나는 속으로 하랄트도 이제 잠을 잤으면 좋겠다고 생각한다. 무슨 일이건 형이 하는 대로 따라 하는 아이다. 하지만 오늘은 평소보다 더 활기가 넘쳐 보인다. 호기심을 자극하는 것이 지천에 깔려 있으니 그럴 만도 하다.

결국 나는 잠시도 하랄트에게서 눈을 떼지 못한다.

3

어제 아침, 이장이 피난 통지문을 들고 왔을 때가 자꾸 떠오른다. 이장이 나가자마자 늙은 크로프 부인이 절뚝거리며 건너왔다. 우리 마을에선 부인을 '할망'이라고 불렀다. 사투리로 '귀여운 할머니'라는 뜻이다.

할망이 우리 집 울타리 너머로 소리쳤다.

"그 집도 갈 거야?"

엄마가 대답했다.

"가야지 어쩌겠어요."

할망이 소리쳤다.

"무슨 이런 일이 다 있어? 우리 집 소가 새끼를 낳을 날이 코앞인데! 닭은 또 어쩌라고? 세상에, 이건 말이 안 돼!"

할망은 어쩔 줄 몰라 했다. 크로프 할아버지가 나와서 할머니를 집 안으로 다시 데려갔다.

혼란스럽기는 엄마도 마찬가지였다. 엄마는 이렇게 갑자기 대피령이 내려지리라고는 전혀 예상하지 못한 듯했다. 그런 만큼 히틀러에게 더더욱 화가 나고 실망한 눈치였다. 어쩌면 이 일로 우리가 이번 전쟁에서 승리하지 못하리라는 것을 확실하게 깨달은 것 같았다. 할머니가 열심히 계단을 오르내리며 물건을 정리하는 동안 엄마는 완전히 정신 나간 사람처럼 일을 하는 둥 마는 둥 했다. 장롱을 열었다가 다시 닫고, 서랍을 뺐다가 다시 밀어 넣는 일을 반복하더니 창가에 서서 멍하니 밖을 내다보았다. 12시가 되자 엄마는 라디오를 틀었다. 집에 두고 가야 할 낡은 국민 라디오(나치 정권이 자신들의 이념을 선전할 목적으로 대량 생산해 국민에게 싸게 보급한 라디오:옮긴이)였다. 우리는 라디오에 우리 얘기가 나오지 않을까 궁금했다. 그러나 우리 군청 소재지는 언급조차 되지 않았다. 우리 마을은 말할 것도 없었다. 그 대신 "전열 정비"에 관한 이야기만 나왔다. 이것도 "최종 승리"나 "승리에 찬 후퇴"처럼 은폐된 거짓에 불과한 말이었다. 전열 정비의 실제 뜻은 이랬다. 적이 진격하고 있고, 우리는 후퇴해야 한다.

다른 방송으로 돌렸지만, 어디서도 끝까지 참고 견디라는 말밖에 나오지 않았다.

갑자기 모든 게 부산해졌다.

우리는 평소처럼 점심을 제대로 챙겨 먹을 시간이 없었다.

엄마가 말했다.

"오늘은 요리할 시간이 없어. 각자 식품 창고에서 먹고 싶은 걸 꺼내 먹어. 저장 식품도 괜찮아."

엄마가 가장 소중하게 여기는 저장 식품까지?

"어차피 두고 가야 하니까."

엄마가 한숨을 쉬며 말했다.

뭐 그렇다면야! 우리는 굶주린 사자처럼 이것저것 마구 꺼내 먹었다. 체리 절임, 루바브 절임, 딸기 절임, 블루베리 잼, 라즈베리 잼, 심지어 마르멜루 젤리까지 게걸스레 먹었다.

"그러다 배탈 날라!"

엄마가 걱정스런 얼굴로 말했다. 엄마는 치즈빵 하나밖에 먹지 않았다. 그것도 할머니가 억지로 권해서 겨우 먹었다.

하랄트가 들고 있던 잼병을 떨어뜨렸다. 병은 산산조각이 났다. 할머니가 유리 조각을 치우려고 하자 엄마가 말했다.

"뭐 하려요? 그냥 내버려 두세요! 우린 곧 떠날 텐데."

엄마는 이러나저러나 상관없는 사람 같은 표정을 짓고 있었다.

"떠날 때 떠나더라도 정리는 해 둬야지. 나중에 돌아올 때를 위해서라도."

할머니는 유리 조각을 쓸어 모아 쓰레기통에 넣었다.

결국 엄마도 짐 싸는 일을 거들었다. 우리가 평소에 식사를 하던 거실 테이블에는 커다란 트렁크가 덮개가 열린 채 놓여 있고, 엄마와 할머니는 갖고 갈 물건들을 그 안에다 차곡차곡 챙겨 넣었다.

소파 위에는 옷 더미가 다섯 개나 수북이 쌓여 있었다. 엄마와 우리 넷이 피난 기간에 입어야 할 옷이었다. 할머니는 그중 몇 가지를 골라 남동생들과 나에게 건네면서 말했다.

"다들 이걸로 갈아입고, 남는 건 껴입어!"

우리는 잔뜩 배부르게 먹어서 그런지 자고 싶다는 생각뿐이었다.

옷 위에 또 옷을 껴입는 건 예삿일이 아니었다. 솔기가 터지고, 점점 답답해졌다. 에르빈도 헐떡거렸다. 하랄트는 혼자 하지 못해 내가 도와주어야 했다. 게다가 걔는 저장 식품을 너무 많이 먹는 바람에 계속 화장실을 들락거렸다.

마침내 준비가 끝나자 하랄트는 책가방을 어깨에 메려고 했다. 책가방 메는 걸 무척 자랑스러워하는 아이다. 하지만 책가방은 두고 가야 했다.

"난 거기서도 학교에 갈 거야!"

하랄트가 떼를 썼다.

나는 하랄트가 책가방을 내려놓도록 엉덩이를 찰싹 때렸다. 하랄트가 서럽게 울기 시작했다. 걔가 소중히 여기는 물건은 피난길에서는 아무 쓸모가 없는 것들이었다. 걔가 품에 안고 있는 곰돌이 인형도 그랬다. 나는 반쯤 털이 빠지고, 침이 잔뜩 묻은 더러운 인형을 빼앗으려고 했다. 순간 하랄트가 인형을 꼭 껴안더니 비명을 질렀다. 할머니가 무슨 일인가 싶어 방에 들어왔다.

"내버려 둬라. 곰돌이 인형 하나 더 가져간다고 무슨 일이 나겠니?"

할머니는 엄마가 있는 거실로 돌아갔다. 문은 열려 있었다. 나는 두 사람이 얘기하는 소리를 들었다.

엄마가 말했다.

"전 우리가 영영 돌아오지 못할 것 같다는 생각이 자꾸 들어요."

"모든 걸 너무 어둡게만 보는구나. 그래, 소련군이 여길 지나갈 거라는 건 충분히 예상할 수 있어. 남은 음식을 죄다 먹어 치우고 화단도 엉망으로 만들어 놓겠지. 어쩌면 네가 아끼는 그릇도 깨뜨리고, 책상을 부숴 땔감으로 쓸지도 몰라. 하지만 우린 언젠가는 다시 돌아와 깨끗이 정리할 게다."

우리는 그때까지 모두 살아 있을까?

엄마와 할머니는 무엇을 가져가고 무엇을 놓고 갈지를 두고 번번이 다투었다. 엄마는 전쟁 기간 중에도 늘 소중하게 간직해 온 우아한 밀짚모자와 하이힐을 가져가려고 했다. 외할머니한테서 받은 세련된 도자기 그릇까지도. 반면에 할머니는 두꺼운 털양말과 각자 사용할 양은 접시, 손잡이 달린 컵, 포크와 숟가락, 비상약을 꼭 챙겨가야 할 물건으로 꼽았다.

엄마는 이따금 하던 일을 멈추고 배를 움켜잡았다.

"어멈은 이제 좀 누워서 쉬어."

할머니는 엄마한테 이렇게 말하고는 혼자 짐을 싸기 시작했고, 내가 옆에서 거들었다.

롤프의 어머니가 건너와 하소연을 했다. 할망의 며느리였다.

"우리 할망을 어쩌면 좋아요? 짐을 싸지 못하게 해요. 여기 혼자 남겠대요. 내가 싸 놓은 짐을 죄다 꺼내 자기 방에 갖다 놓고는 침대에 누워 꼼짝을 안 해요. 결국 며늘아기한테 할머니를 꼭 붙들게 하고는 물건을 다시 꺼내 왔어요. 그런데 무슨 일이 벌어졌는지 아세요? 글쎄, 우릴 때리기까지 했어요! 그러면서 계속 이렇게 소리만 쳐요. '누가 뭐래도 난 여기서 안 나가! 누구도 나를 떠나게 할 수 없어! 여긴 내 집이야. 내 집을 두고 어딜 가? 소련군? 오라고 해. 총을 쏘면 죽으면 그만이야. 그러면 내 집에서 눈을 감을 수는 있잖아!' 어쩌죠? 어떻게 해야 모시고 갈 수 있을까요?"

우리 할머니가 말했다.

"그냥 여기 있게 해요. 혹시 피난길에 잘못되는 것보다는 낫잖아요."

엄마가 고개를 저으며 말했다.

"어떻게 그런 말씀을 하세요!"

"사람 일을 누가 알겠니?"

롤프 어머니가 깜짝 놀라 소리쳤다.

"여기 두고 가라고요? 혼자? 남편이 절대 허락하지 않을 거예요. 자기 엄마잖아요!"

롤프 어머니는 얼른 다시 건너갔다.

할머니는 정원에서 호이슬러 할아버지와 함께 무언가 바쁘게 일을 하고 있었다. 두 사람의 손에는 삽과 곡괭이가 들려 있었다.

나는 침대에 앉아 훌쩍거렸다. 할아버지가 돌아가시기 전에 손수 만들어 주신 체스판이 아무리 찾아도 보이지 않았기 때문이다. 나는 그렇게 소중한 물건조차 꼼꼼하게 챙기지 못하는 나 자신이 미웠다.

잠시 뒤 나는 거실을 지나가다가 아빠 책상 위에 있던 커다란 추시계가 사라진 것을 알아챘다. 두 명의 그리스 여신 사이에 숫자판이 있는 프랑스제 도금 시계였는데, 고조부 때부터 거의 가보처럼 내려오는 물건이었다. 나는 그 시계를 가져간다는 것이 좀 의아하게 느껴졌다. 무척 소중한 시계라는 건 나도 알지만, 그 무거운 걸 대체 어떻게 갖고 가려는 걸까?

나는 기차역으로 가는 길에 추시계가 우리 짐 속에 있지 않고 땅에 묻혀 있다는 사실을 엄마한테 들었다. 화단은 아니었다. 거기는 땅이 꽁꽁 얼어서 팔 수가 없었다. 대신에 지하실 바닥에 묻고 발로 잘 다져 놓았다고 했다. 그런 곳에 추시계가 있으리라고는 아무도 상상하지 못할 것이다. 호이슬러 할아버지는 믿을 만한 사람이었다. 아무한테도 비밀을 누설하지 않을 것이다.

하랄트는 출발하는 데 정신이 팔려서 곰돌이 인형을 그만 침대에 두고 오고 말았다. 기차역에 도착해서야 인형이 없는 걸 알고 집으로 돌아가겠다고 했지만, 아무리 울고불고 떼를 써도 안 되는 건 안 되는 것이었다.

이웃집의 호이슬러 가족도 피난을 떠났다. 다만 호이슬러 할아버지는 남았다. 이장이 가져온 통지문에 적힌 대로 "고향을 지키기" 위해서였다. 유탄 파편 때문에 무릎이 성치 않은 사람인데도 말이다. 할아버지는 자신의 몸 상태를 알리려고 다리를 절뚝거리며 관청을 찾아갔다.

우리는 호이슬러 할아버지를 무척 좋아한다. 거의 우리 할아버지나 마찬가지다. 진짜 우리 할아버지는 3년 전에 돌아가셨다.

호이슬러 할아버지는 관청에 갔다가 금방 돌아와서는 고개를 절레절레 흔들었다.

"거기 있는 사람들이 뭐라고 한 줄 알아? 총 쏘는 데는 무릎이 필요 없대!"

비스듬히 맞은편에 사는 헤켈마이어 할아버지도 좌골신경통 때문에 거동이 불편한데도 남아서 향토 방위대 역할을 맡아야 했다.

이런 사정을 알게 된 할머니가 말했다.

"내 남편 카를은 제때 잘 죽은 것 같군요."

어느새 하랄트도 잔다. 수많은 구경거리를 두고 잠이 든 건 기적이나 다름없다. 무척 피곤했던 게 분명하다. 파란색 털모자가 이마로 내려와 있다. 하랄트는 트렁크에 기댄 채 무릎을 가슴 쪽으로 당기고 잔다. 나는 오가는 사람들이 혹시 하랄트에게 걸려 넘어지지 않기만 속으로 바란다.

2시 6분이다.

우아한 코트와 모자를 쓴 부인 두 명이 혼잡스런 인파 속을 뚫고 지나가면서 욕을 한다. 큰 짐 없이 작은 손가방만 달랑 들고, 옷도 몇 벌씩 껴입지 않은 것을 보니, 피난민이 아니라 이 도시 주민이 분명하다. 그중 한 부인이 곱지 않은 시선으로 나를 노려본다. 피난민들 때문에 기차와 기차역이 이렇게 붐비는 게 싫은 눈치다. 그들의 눈에는 트렁크 위에 웅크리고 앉아 하염없이 기다리는 다른 아이들도 자신의 길을 방해하는 성가신 존재로 보이는 듯하다.

하지만 저 두 사람도 머잖아 트렁크 위에 웅크리고 앉게 될지 모른다. 전쟁은 아직 끝나지 않았다. 상황은 앞으로 얼마든 더 나빠질 수 있다. 어쩌면 전쟁은 저 여자들의 우아한 코트와 손가방까지 빼앗아 갈 수 있다. 가진 것 하나 없이 오직 목숨만 부지한 채 초라하게 살 수 있다는 뜻이다.

롤프 크로프는 이미 목숨조차 빼앗겼다.

아빠, 아빠는 우리가 집을 떠나 이렇게 피난길에 오른 걸 알고 있나요? 우리 집은 물론이고 우리 마을의 다른 집들까지 텅 빈 채 저녁이면 시커먼 어둠에 잠기는 걸 알고 있나요?

모르겠죠. 당연히 모르실 거예요. 그렇게 빨리 가는 편지는 없으니까. 게다가 지난 몇 주 동안 상황이 특히 혼란스러웠던 걸 생각하면 더더욱 모르실 거예요. 아빠는 지금 어느 전선에서 다른 군인들과 함께 추위에 떨며 싸우고 있겠죠? 우리를 생각할 시간은 분명 별로 없을 거예요. 엄마는 차라리 그게 나을 거라고 했어요. 우리가 모든 것을 두고 떠나야 했던 걸 알면 전투에 집중할 수 없다면서요.

아빠 책상은 집에 그대로 남아 있어요. 서랍 안에 든 것들도요. 중요한 서류와 통장만 빼고요. 책장도 그대로 있어요. 아빠가 전쟁 전에 입었던 양복과 신발, 벽에 걸린 엄마 아빠 결혼사진도요. 그게 어디에 걸려 있는지는 기억나시죠? 우리는 아빠 어릴 적 사진과 우리 사진을 넣어 둔 앨범 두 개만 가져왔어요. 짐 속 어딘가에 있어요. 에르빈이 지금 올라가서 자고 있는 두 트렁크 중 하나에요.

집을 떠나기 전 마지막으로 제 방에 섰을 때 서러움이 북받쳐 올랐어요. 벽에는 반짝거리는 멋진 스케이트가 걸려 있었어요. 아, 얼마나 갖고 싶어 했던 건데! 이제 드디어 갖게 됐는데 벌써 헤어지다니! 할머니가 오리털 이불과 맞바꿔 가면서까지 구해 준 바이올린은 또 어떻고요! 학교 오케스트라에서 연주하면서 얼마나 뿌듯했는데! 내 바이올린이 곧 다른 누군가의 턱 밑에 놓일 거라고 생각하니 정말… 정말 숨이 쉬어지지 않을 정도로 가슴이 아파요.

그런데 오늘 밤 기차 안에서 벌써 이런 생각이 들었어요. 그래, 누군가 내 바이올린으로 연주를 한다면 그것만으로도 감사한 일이야. 15분 정도 몸을 따뜻하게 하려고 땔감으로만 쓰지 않는다면….

하이디도 집에 남겨 둬야 했어요. 어릴 때 저한테 인형이 세 개 있었어요. 그중에서 하이디를 제일 좋아했죠. 물론 하이디를 갖고 놀지 않은 지는 꽤 됐어요. 하지만 여전히 제 침대 위 선반에 놓아두고 마음이 슬플 때면 하이디와 이야기를 나누어요. 물론 실제로는 아니고 머릿속으로요. 하이디는 저를 위로해 줬어요. 그때마다 온 세상이 나한테 등을 돌려도 하이디만큼은 항상 내 편이라는 느낌이 들었어요. 아마 제가 더 어렸다면 하이디한테 이렇게 부탁했을 거예요.

전쟁을 없애 줘. 모든 게 예전처럼 돌아오도록 그냥 없애 줘. 아빠도 집에 오고, 롤프도 집에 오고, 아무도 우리 적이 아니고, 우리도 누구의 적이 아니도록….

하지만 인형한테 그걸 바라기에는 제가 나이가 너무 많아요.

그네도 다락에 그대로 있어요, 아빠. 봄이 되면 뒷마당에 다시 매달아 놓을 수 있겠죠? 그네에서 삐걱거리는 소리가 들리는 것 같아요. 제가 너무 어려 혼자 그네를 타지 못할 때 아빠가 항상 뒤에서 밀어 주셨죠.

집으로 다시 돌아갔을 때 우리가 좋아하던 모든 것이 그대로 있을지는 잘 모르겠어요. 엄마와 할머니는 그러지 않을 거라고 믿는 것 같아요. 관청의 소개 명령서 옆에 남의 물건을 도둑질하다가 걸리면 즉석에서 사살한다는 게시문이 붙어 있지만 말이에요.

엄마가 말했어요.

"도둑질은 걱정 안 해. 걱정하는 건 소련군이야. 저들은 벌써 아주 가까이 와 있어. 북쪽에서 남쪽까지 모든 전선에서 진격해 오고 있다고. 우리 군인들이 하필 우리 마을만 소련군으로부터 지켜 줄 리만무해. 그럴 상황도 아니고."

엄마는 심지어 기차 안에서 이런 말도 했어요. 언제 다시 집으로 돌아갈지 모르겠다고. 어쩌면 영영 돌아가지 못할 수도 있다고요. 누가 듣고 신고라도 하면 어쩌려고 그런 말을 하는지…. 희망을 꺾는 말을 하는 건 위험한 일이잖아요. 할머니가 엄마 옆구리를 툭 쳤고, 그제야 엄마는 입을 다물었어요.

우리는 사랑하는 벨라도 데려오지 못했다. 호이슬러 가족의 마차를 타고 기차역으로 갈 때 우리를 보고 어찌나 짖어 대던지! 에르빈과 하랄트는 울었고, 나도 눈물을 삼켜야 했다.

호이슬러 할아버지가 말했다.

"돌아보지 마. 그럴수록 녀석은 더 힘들어져. 너희도 그렇고."

할아버지 말이 맞았다. 돌아보는 건 서로를 힘들게 했다.

그럼에도 머릿속으로 줄곧 우리 집이 떠올랐다. 그건 몸을 돌려 뒤돌아보는 것과 비슷했다. 미래가 어떤 모습인지 모르는데 어떻게 앞만 보고 갈 수 있을까? 물론 드레스덴에서 맞을 내 생일은 상상할 수 있다. 하지만 그다음엔? 집으로 곧 다시 돌아갈 수 있을까? 아니면 영원히 외할아버지 댁에서 살아야 할까?

갈색 말이 끄는 호이슬러 할아버지의 건초 마차가 눈에 선하다. 할아버지는 앞에 앉아 있다. 손에 고삐를 쥐고 채찍을 휘두른다. 호이슬러 가족과 크로프 가족도 같이 타고 있다. 엄마는 오리털 이불 위에 앉아 있다. 곳곳에 짐이 가득하다. 정해진 시간보다 늦어서 호이슬러 할아버지는 갈색 말을 채근한다. 우리보다 늦게 출발한 마차는 몇 대뿐이다. 대부분은 우리가 집에 있을 때 지나갔다. 읍내 기차역엔 15분 전에 도착했어야 하는데 이미 늦었다. 하늘은 무겁고 바람은 몹시 차다. 벨라가 우리를 보고 미친 듯이 짖어 댄다.

갈색 말의 걸음은 몹시 느리다. 무척 늙은 말이다. 그렇지 않았으면 여기 남아 있지도 않았을 것이다. 젊은 말들도 사람과 마찬가지로 전쟁에 차출되어 나가야 했으니까.

기차가 먼저 떠나면 어떡하지? 기적 소리가 들린다. 갈색 말은 잰걸음을 놓지만 내가 보기엔 앞으로 나아가기는커녕 제자리걸음을 하는 듯하다. 기적이 계속 울린다. 나는 뒤를 돌아본다. 마을은 더 이상 보이지 않는다. 두터운 구름 벽이 집어삼켰다. 벨라의 짖는 소리도 점점 잦아든다. 구름 벽이 우리를 따라서 눈 덮인 풍경 위로 몰려온다.

머리가 너무 아프다. 할머니를 한번 불러 볼까? 그럼 무슨 일이 있나 싶어 얼른 달려오시지 않을까? 하지만 별것도 아닌 일로 부를 순 없다. 그럼 맨 뒤부터 다시 줄을 서야 한다.

내가 할머니한테 잠시 가 보는 건 어떨까? 그럼 볼피를 데려가야 한다. 하랄트도 마찬가지다. 내가 없으면 무슨 짓을 할지 모른다. 하지만 둘 다 지금 기분 좋게 자고 있다. 게다가 누군가는 짐을 지켜야 한다. 애들을 깨울까? 아니면 이대로 두고 혼자 얼른 다녀올까? 고작 내가 혼자가 아닌 걸 확인하고 싶어서?

아니다. 할머니가 없는 동안은 내가 동생들을 책임져야 한다.

4

호이슬러 할아버지는 매일 우리 집의 벨라와 토끼와 닭에게 먹이를 주겠다고 약속했다. 소련군이 오기 전까지는 집도 잘 지켜 주겠다고 했다.

"소련군이 오면요?"

에르빈의 질문에 호이슬러 할아버지는 잠시 당황하는 듯했다. 엄마가 얼른 말을 가로챘다.

"소련군은 우리 집 근처에 도착하지도 못하고 우리 군인들에게 쫓겨날 거야. 우리 군대가 얼마나 강한데. 다시는 얼씬을 못 할 거야."

우리를 안심시키려고 한 말이 분명했다.

나는 엄마가 말하는 동안 할머니 표정을 유심히 살폈다. 익히 아는 표정이다. 할머니 눈빛은 이런 뜻이다. 너 자신도 믿지 못하는 소리를 하는구나! 그러나 할머니는 아무 말도 하지 않았다. 대신 기차 안에서는 달랐다. 엄마가 만삭의 임신부라는 걸 대번에 알 수 있는데도 사람들이 자리를 양보하지 않자 할머니는 다들 들으라는 듯이 큰 소리로 푸념을 늘어놓았다. 결국 사람들은 서로 당겨 앉으며 엄마에게 앉을 자리를 마련해 주었다. 다행히 화물칸이어서 중앙에 우리 짐을 놓을 자리가 있었다. 우린 짐 위에 앉았다. 할머니도.

개 한 마리가 우리 가방을 킁킁거린다. 이상한 일이 아니다. 할머니가 우리의 '군량미'라고 부르는 빵과 소시지, 그리고 다른 '먹거리'가 가방 안에 들어 있기 때문이다. 나는 개를 쫓아내려고 한다. 우리 벨라처럼 까맣고 긴 털이 아니라 매끄럽고 짧은 갈색 털을 가진 개다. 배낭을 메고 개 목줄을 잡고 있던 여자가 소리친다.

"하소, 그만해!"

개는 그만두지 않는다. 심지어 하랄트한테도 킁킁거린다. 하랄트는 개의 뜨거운 입김과 간질이는 느낌에 잠을 깬다. 그러더니 개를 발견하고는 쓰다듬는다.

그러니까 개의 이름은 하소다. 하소는 벨라만큼 크다. 아니 조금 더 큰 것 같기도 하다. 그사이 깨어난 에르빈도 개에게서 눈을 떼지 못한다. 우리는 셋 다 똑같은 것을 생각한다. 우리 사랑하는 벨라는 같이 오지 못했는데….

하소가 사라지자 하랄트는 다시 킁킁거리며 뛰어다닌다. 그새 몸이 따뜻해진 모양이다. 어쨌든 귀까지 덮고 있던 파란색 털모자는 벗었다. 털모자는 지금 하랄트의 재킷 주머니에서 삐죽 나와 있다.

하랄트가 소리친다.

"여긴 냄새가 너무 지독해!"

그래, 공기가 안 좋다. 기관차 연기 냄새가 난다. 궐련과 파이프 담배 냄새도 독하게 배어 있다. 대합실에서 기차를 기다리는 군인들은 대부분 담배를 피웠다. 심지어 오른팔에 멜빵 붕대를 맨 군인은 바로 내 옆에서 줄담배를 피운다. 나와 동생들은 자욱한 담배 연기에 질식할 듯하다.

아빠도 마지막 휴가 동안 담배를 무척 많이 피웠다. 전쟁에 나가기 전보다 훨씬 많이 피웠다. 게다가 이제는 손까지 떨었다.

볼피를 안은 두 팔이 떨어져 나갈 것 같다. 나는 귀를 덮은 털모자 아래로 드러난 볼피의 작고 동그란 얼굴을 내려다본다. 평화롭게 잠들어 있다.

할머니가 빨리 왔으면! 내게서 볼피를 받아 주었으면….

2시 13분이다.

나는 다시 발꿈치를 들고 창구 쪽을 살펴본다. 이제는 창구 앞에 길게 늘어선 줄조차 보이지 않는다. 오직 혼잡함뿐이다.

하랄트가 투덜거린다.

"이제 폴짝거리며 뛰는 것도 재미없어."

내가 대답한다.

"그럼 그만해."

에르빈이 한숨을 쉬며 말한다.

"배가 너무 고파!"

하랄트가 맞장구를 친다.

"나도."

배가 고픈 건 나도 마찬가지다. 벌써 몇 번의 고비가 지나갔다. 하지만 동생들에게는 내색하지 않았다. 그랬다면 동생들은 더더욱 배고픔을 참지 못할 것이다. 약간의 배고픔은 참아야 한다. 집에서도 허기가 진다고 해서 바로 뭘 먹을 수 있었던 것은 아니다. 배부를 만큼 충분히 먹을 수 없게 된 지는 이미 오래되었다. 전쟁이 심각해질수록 배고픔도 더 심각해질 것이다. 그렇다면 배고픔에 단련되는 것이 좋다.

1939년 중반까지는 식료품을 원하는 만큼 살 수 있었다. 돈이 많으면 아주 비싼 것도 구입할 수 있었다. 그런데 전쟁이 시작된 뒤로는 거의 모든 식료품을 배급표에 할당된 만큼만 살 수 있었다. 우리는 매달 거주 지역의 관청에 가서 식량 배급표를 받아 왔다. 배급표가 없으면 굶어 죽을 수밖에 없었다. 종이쪽지 한 장에 불과한데 말이다. 달마다 색깔이 다른 배급표에는 '설탕 250그램', '버터 50그램', '빵 1,000그램'처럼 각 가정에 할당된 식료품 목록과 분량이 작은 네모 칸에 칸칸이 적혀 있었다. 나는 엄마 심부름으로 빵집이나 정육점이나 식료품점에 가면 맨 먼저 계산대 위로 배급표부터 내밀어야 했다. 그러면 내가 빵이나 고기나 밀가루를 사는 양만큼 주인이 배급표의 작은 네모 칸을 가위로 오려 냈다.

전쟁이 길어지면서 배급표의 식료품 양은 점점 줄어들었다. 이제는 18세 이상 성인에게 일주일에 빵 1,700그램, 고기 250그램, 지방 125그램이 할당되었다. 하루로 따지면 빵 250그램, 고기 35그램, 지방 17그램이었다. 다행히 성장기 아이와 청소년에게는 조금 더 배당되었다. 하지만 그 정도 양으로는 살이 붙을 수 없었다. 엄마와 할머니가 정원과 토끼집에서 몇 칼로리를 더 조달하지 않았다면 우리는 배를 채우지 못하는 날이 더 많았을 것이다.

나는 식량 배급표 없이 살았던 시절이 잘 기억나지 않는다. 배급표 없는 세상이 어떤 모습일지 잘 그려지지도 않는다. 다만 꿈은 꾼다. 전쟁이 끝나고 상점에 갔는데, 우리가 먹고 싶은 만큼 케이크, 비스킷, 닭고기 구이, 소시지를 마음껏 살 수 있으면 얼마나 행복할까! 한 번이라도 배 터지게 먹으면 얼마나 좋을까!

우리는 피난을 떠나면서도 당연히 식량 배급표를 챙겼다. 엄마가 마지막에 손가방에 넣었던 것 같다. 아, 그렇다면 지금 우리에게는 배급표가 없다. 어떡하지? 괜찮아, 외할아버지가 어떻게든 정리해 주실 거다. 외할아버지는 친구가 많고 인맥도 넓으니까 우리가 굶어 죽게 내버려 두지는 않으실 거다.

에르빈이 묻는다.

"엄마는 잘 있을까?"

에르빈은 우리 중에서 가장 조용하고 생각이 많은 아이다. 낯선 개가 사라지자 말없이 짐 위로 다시 올라가 앉더니 생각에 잠긴다.

그래, 엄마는 잘 있을까? 엄마의 배는 산더미처럼 불렀다. 언제든 아기가 나올 수 있는 상태라고 했다. 엄마는 어떻게든 드레스덴까지는 참고 가겠다고 했다.

그런데 우리가 탔던 기차는 밤새 두 정거장 사이의 빈 선로에 정차해 있다가 아침에야 출발했다. 게다가 중간에 여러 번 멈추기도 했다.

엄마는 리그니츠에 도착하기 전부터 신음하기 시작했다. 나는 엄마가 고통을 참느라 얼마나 안간힘을 쓰는지 알 수 있었다. 하지만 엄마는 더는 참지 못하고 가끔 고통스런 신음을 내뱉었다. 그러다 리그니츠를 지나 두세 정거장쯤 갔을 때였다. 이제 고통은 견딜 수 없는 상태에까지 이르렀다. 열차 칸에 타고 있던 모든 사람들이 신경을 곤두세웠다.

"이미 네 번이나 출산했으니 빨리 낳을 수 있어요."

예닐곱 아이를 데리고 있던 한 부인이 말했다.

그때 나이가 아주 많아 보이는 다른 부인이 혼잣말하듯이 중얼거렸다.

"여기서 어찌 낳으려고. 이렇게 아이들이 많은 데서. 물은 또 어디서 구하누? 여기서 나가서 병원에 가야지."

사람들이 할머니를 설득했다. 엄마는 울었다. 기차가 다음 역에 서자 할머니는 기차에서 내려서 차장을 찾았다. 기차 안에 적십자 간호사나 산파가 있는지 알아보기 위해서였다. 그사이 기차에 타고 있던 여러 사람이 창문을 내리고는 수프를 나누어 주고 있던 적십자 대원들을 급히 불렀다. 마침내 엄마는 그 사람들의 손에 끌려 기차에서 내렸다.

시간이 없었다. 모든 것이 빠르게 진행되었다. 할머니는 엄마를 안심시켰다.

"내가 아이들을 데리고 드레스덴으로 가서 외할아버지 댁에 보내마. 그런 다음 바로 돌아와서 너랑 아기를 데려가도록 하마. 전선은 아직 멀리 떨어져 있으니까 걱정하지 마."

이어서 할머니는 엄마가 갈 병원의 이름과 주소를 물었다.

기차가 다시 출발했을 때 할머니는 안절부절못했다. 병원 이름과 거리는 알고 있었지만, 어느 지역인지는 깜박 잊고 묻지 않았던 것이다. 뒤늦게 객실에 있던 사람들에게 물어보았지만, 누군가는 이렇게 얘기하고, 누군가는 저렇게 얘기했다. 지역명이 네댓 개 나왔지만 정확히 아는 사람은 없었다. 그때만 해도 기차는 역 바로 앞에 정차하지 않았다. 지명 표지판을 본 기억도 없다. 내가 아는 것이라고는 리그니츠에서 두세 정거장 지난 곳이라는 사실뿐이다.

지금 우리가 있는 이 기차역에 서자마자 할머니는 차장부터 찾았다. 그런데 혼잡을 뚫고 기관차 바로 뒤 칸에 도달해 보니 차장이 없었다. 이 기차엔 차장이 아예 타고 있지 않았다.

엄마는 오늘 오전 10시쯤 기차에서 내렸다. 그런데도 벌써 까마득히 오래된 일처럼 느껴진다. 이제는 엄마가 먼저 소식을 알려 올 때까지 기다리는 수밖에 없다. 일이 잘 마무리되면 엄마는 최대한 빨리 드레스덴의 외할아버지 댁으로 소식을 전할 게 분명하다. 엄마가 있는 곳은 3, 4주 전 우리 마을 상황과 비슷했다. 그렇다면 모든 게 아직은 어느 정도 정상적으로 돌아가고 있다는 뜻이었다. 우편도 마찬가지였다. 엄마는 분명 우리에게 전보를 칠 것이다.

소련군만 갑자기 밀고 들어오지 않으면 된다. 하지만… 하지만 소련군이 빠른 속도로 이 지역을 점령한다면… 엄마가 회복되기도 전에 들어온다면….

안 돼! 이후의 일은 상상하고 싶지 않다.

몸이 납덩이처럼 무겁다. 눈은 계속 감기고, 발은 얼음장처럼 차갑다. 저기 시계 초침이 점점 느려지는 것 같다.

2시 17분.

할머니는 아직도 돌아오지 않는다.

아이는 벌써 태어났을까? 내 새로운 동생이다. 이번에도 남자아이일까? 여자아이면 좋을 텐데. 지금까지는 4남매 중에 나만 유일한 딸이다.

볼피와 지금 엄마 배 속의 아기는 아빠가 휴가 나왔을 때 생겼다. 우리 마을에 있는 대부분의 갓난아이들이 다 그렇다. 엄마는 자녀를 많이 낳는 여자에게 수여하는 '다산 훈장'을 받고 싶어 했다. 그래서 네 명은 꼭 낳겠다고 했다. 다산 훈장은 아이 넷부터 주어졌다. 엄마는 독일 여학생 동맹 단원들이 지켜보는 가운데 엄숙한 의식 속에서 다산 훈장을 목에 걸었다. 자랑스러워하는 표정이 역력했다. 나도 그랬다. 얼마 전에 소녀단에서 독일 여학생 동맹으로 진급했을 때 다 큰 처녀가 되었다는 생각에 뿌듯했다. 거기다 훈장까지 받은 엄마가 있어서 더욱 자랑스러웠다. 우리는 엄마가 상을 받을 때 3부 합창으로 '봄의 노래'를 불러 주었다. 엄마는 환하게 웃었다. 훈장 수여식 동안 부엌에서 내다보고 있던 할머니만 표정이 어두웠다. 아이를 많이 낳았다고 훈장을 주는 건 여자를 아이 낳는 기계로 보는 거라고 생각하신 것이다. 물론 그런 속내를 대놓고 말하지는 않았다. 우리 마을에서 할머니처럼 생각하는 사람은 거의 없었다. 여자들은 대부분 훈장을 받은 사람을 부러워했다. 지금까지는 남자들만 훈장을 받았는데, 이제 여자에게도 기회가 생긴 것을 무척 반가워했다.

지금 엄마 배 속의 아기는 계획하고 만든 아이가 아니었다. 아빠가 마지막 휴가를 나왔을 때 이미 독일의 승리는 아득히 먼 미래의 일로 보였기 때문이다. 게다가 승리를 거둘지도 솔직히 장담할 수 없었다.

나는 할머니가 이렇게 말하는 소리를 들었다.

"이런 시기에 고난을 극복하려면 어떻게든 입을 덜어야 해. 아이를 하나 더 갖는 건 무리야. 우리에게도, 아이에게도."

엄마는 할머니 말에 충격을 받았지만, 그래도 아이 가진 것을 기뻐했다. 아빠와 우리도 그랬다.

아이가 들어선 뒤에는 할머니도 태도를 바꾸었다.

"그래, 어떻게든 함께 헤쳐 나가 보자꾸나."

할머니의 경험과 단단한 마음은 지난 9개월 동안 엄마에게 많은 힘이 되어 주었다. 엄마는 총통에 대한 믿음을 잃은 뒤로는 낙담할 때가 많았다. 반면에 할머니는 처음부터 히틀러를 대단하게 생각하지 않았다. 게다가 지금껏 많은 일을 겪었고, 1차 세계 대전이라는 큰 전쟁과 이후의 인플레이션 시절도 이겨 내셨다. 할머니는 강인한 분이었다. 아빠는 할머니가 오뚝이 같다고 말하곤 했다.

엄마는 오늘 아이를 낳을 때 볼피와 하랄트, 에르빈과 나를 생각했을 게 분명하다. 기차에서 내리기 전에 엄마는 우리를 모두 꼭 안아 주었다. 두 뺨에서는 눈물이 주르르 흘러내렸다.

엄마가 에르빈에게 말했다.

"외할머니와 외할아버지를 많이 도와드려야 해."

하랄트에게는 이렇게 타일렀다.

"할머니와 기젤 누나 말 잘 듣고 얌전히 있어야 해."

볼피에게는 뽀뽀만 여러 번 해 주었다.

그리고 내 눈을 바라보며 말했다.

"기젤, 너를 믿어."

짧고 간단한 이별이었다. 엄마는 하고 싶은 말이 훨씬 더 많았을 것이다. 하지만 시간이 없었다. 기차가 곧 출발해야 해서 적십자 간호사들이 채근했다. 할머니는 엄마가 들것에 실려 갈 때까지 승강장에 내려가 있었다. 기차가 기적 소리를 울리자 할머니는 기차를 향해 달리다가 다른 칸에 올라타려고 했다. 우리는 소리를 지르며 창문 밖으로 몸을 내밀고 손짓했다. 몇 사람이 찬바람이 들어온다며 뒤에서 욕을 했다. 할머니는 기차가 떠나기 직전에 우리 칸 문 앞에 다다랐고, 서서히 움직이기 시작하던 기차에 간신히 올라탔다. 우리

는 할머니 때문에 너무 정신이 없어서 엄마한테 마지막으로 손을 흔

드는 것도 잊어버렸다.

　이렇게 우리는 엄마와 헤어졌다.

5

2시 21분이다.

갑자기 사이렌이 울린다. 귀청이 찢어질 정도로 날카로운 소리다. 사이렌 소리에 다들 번쩍 잠이 깬다. 볼피까지. 공습경보다! 목숨이 위험하다는 뜻이다.

집에 있을 때도 가끔 읍내에서 사이렌이 울렸다. 소리가 우리 마을까지 들렸다. 에르빈은 그게 무슨 뜻인지 알지만, 아래 두 동생은 모른다.

볼피가 깜짝 놀라 울기 시작한다. 하랄트도 덜컥 겁이 나는지 내 옷자락에 매달린다.

나는 애들을 안심시키려 한다. 하지만 시간이 없다. 공습경보가 울리면 무조건 신속하게 대피해야 한다.

에르빈이 어떡해야 하느냐는 눈빛으로 나를 바라본다. 할머니가 없는 동안에는 내가 결정을 내려야 한다. 나는 창구 쪽으로 시선을 돌린다. 제발 이제라도 할머니가 돌아왔으면! 하지만 할머니는 어쩌면 그렇게 오랫동안 기다려서 얻은 창구 바로 앞자리를 포기하고 싶지 않을지 모른다. 지금 할머니 앞에는 한두 사람뿐일 수도 있다.

대합실 스피커에서 다급하게 지시 사항이 울려 퍼진다.
"모두 방공호로! 지금 즉시 대합실을 떠나십시오! 역 앞 광장에 방공호 표지판이 있습니다. 모두 그리로 대피하십시오!"
그사이 기차역에 새로 도착한 사람들에게 밀려난 인파가 대합실 출구 쪽으로 몰리기 시작한다. 그건 곧 사람들이 우리 쪽으로 몰려오고 있다는 뜻이다.
우리는 그들의 길목에 서 있다. 고함과 울부짖음, 아이들의 비명 소리가 들린다. 에르빈이 팔다리를 넓게 벌려 우리 짐을 지키려 애쓴다.
하지만 우리는 인파에 떠밀려 간다. 나는 왼손으로 볼피를 꼭 안고 오른손으로 군량미가 든 가방을 잡는다.
나는 울기 시작하는 하랄트에게 소리친다.
"꽉 잡아! 누나 옆에 꼭 붙어 있어야 돼!"
하랄트가 내 외투 자락을 꼭 잡는다.
그때 뒤에서 밀려온 한 중년 부인이 에르빈 쪽으로 쓰러진다.
내가 에르빈에게 소리친다.

"우리도 여기서 나가야 돼! 다른 사람들과 같이 나가야 돼!"

에르빈의 목소리가 아래쪽 어딘가에서 들려온다.

"그럼 짐은?"

아, 짐이 있지. 아기 물건과 엄마 옷이 든 트렁크는 엄마가 내릴 때 가져갔다. 하지만 아직 트렁크가 두 개 더 있다. 우리 옷과 신발이 든 큰 트렁크와 할머니 물건이 든 조금 작은 트렁크, 그리고 할머니의 배낭.

이걸 다 에르빈 혼자 끌고 갈 수는 없다. 먹을 것 외에 우리한테 가장 중요한 것이 무엇인지 생각하는 동안 나도 인파에 휩쓸린다.

내가 고함을 지른다.

"에르빈! 다 두고 와!"

에르빈 쪽으로 돌아보다가 나는 하마터면 넘어질 뻔한다. 에르빈은 어디 있지?

볼피는 울부짖고 하랄트는 비명을 지른다.

"에르빈! 어디 있어?"

소리쳐 봐도 대답이 없다.

이제 인파에 떠밀려 함께 걷는 수밖에 없다. 반대쪽으로 가려고 하면 인파에 밟히고 말 것이다. 다들 공포에 질려 앞으로만 나가려고 한다. 기차역은 공습의 표적이 될 때가 많다. 사람들은 그걸 안다. 심지어 나도 안다. 호이슬러 할아버지한테 그렇게 들었다.

하랄트가 내 옆에서 칭얼거린다.

"나 화장실 가고 싶어!"

"기다려."

나는 하랄트 쪽으로 고개를 돌리지 않고 소리친다.

"곧 밖으로 나갈 거야…."

나는 어떻게 에르빈 쪽으로 갈 수 있을지 골똘히 생각한다. 혹시 에르빈이 할머니를 만난 건 아닐까? 할머니도 분명 방공호 쪽으로 움직이고 있을 테니까. 나는 계속 뒤돌아보며 최대한 큰 소리로 에르빈을 부른다. 할머니도 불러 본다. 눈앞에 출구가 보인다. 출구가 점점 가까워진다. 나는 볼피와 하랄트를 데리고 일단 출구를 나간 다음 벽에 바짝 붙어서 에르빈을 기다리기로 마음먹는다. 에르빈도 어차피 이리로 나갈 테니까. 아니면 혹시 옆에도 다른 출구가 있나? 울고 싶다. 눈물이 쏟아질 것 같다. 에르빈을 잃어버리면 어떡하지? 엄마는 나만 믿고 있는데!

옆에서 한 아이가 넘어진다. 일고여덟 살 된 여자아이다. 아이 엄마가 얼른 아이를 일으킨다. 얼마 뒤엔 뚱뚱한 중년 부인이 쓰러진다. 부인은 다시 일어서지 못한다. 사람들이 여자를 넘어가면서 욕한다. 부인이 공포에 질려 소리친다.

"누가 나 좀 일으켜 줘요!"

하랄트가 내 외투 주머니를 잡아당긴다.

내가 호통친다.

"당기지 마!"

하랄트가 징징거린다.

"사람들이 자꾸 밀쳐서 그래. 나 지금 무척 급하단 말이야."

"밖에 나가서, 일단 밖으로 나가서!"

내가 숨을 헐떡거리며 말한다.

그때 갑자기 왼쪽에서 누가 홱 잡아당기나 싶더니 아이의 외침이 들린다.

"누나!"

하랄트다. 깜짝 놀라 돌아보니 하랄트가 없다. 내 외투 주머니를 꼭 잡고 있으라고 했는데 왜 놓은 거지? 속에서 공포와 분노가 뒤섞인다. 왜 이런 절망적인 상황에서도 말을 안 듣는 거야?

"어디 있어, 하랄트?"

나는 두려움에 차서 소리친다. 하랄트는 겨우 여섯 살이다. 이렇게 복잡한 데서 잃어버리면 찾기 어려울 뿐 아니라 무척 위험하다.

그때 두 군인 사이로 하랄트가 빼꼼 나타난다. 몹시 놀라고 화난 얼굴이다. 하랄트는 군인 사이를 비집고 나와서 네모난 천 조각을 흔든다. 내 외투 주머니에서 떨어져 나간 천이다.

다행히 하랄트는 다시 찾았다. 너무 놀라 다리가 후들거린다. 하랄트를 들어 올려 꼭 안아 주고는 잠시 오해했던 것을 사과하고 싶다. 하랄트는 사람들에게 밀리면서도 내 외투 주머니를 끝까지 놓지 않았다. 그 바람에 주머니가 찢겨 나갔다. 하랄트를 꼭 안아 주는 건 나중으로 미룰 수밖에 없다. 한 손에는 볼피를 안고, 다른 손에는 가방을 들고 있기 때문이다. 이런 상황에서 볼피와 짐을 내려놓는 건 너무 위험하다.

나는 부드럽게 말한다.

"가방을 꽉 잡아. 아주 꽉. 손잡이를. 그건 찢어지지 않아."

"지금 바로 밖에 나가지 못하면 바지에 쌀 거 같아."

그럼 그렇게 해. 나는 생각한다. 에르빈이 지금 옆에 없는데 바지에 오줌 싸는 게 뭐가 중요할까 싶다.

나는 역을 나가자마자 오른쪽 벽으로 붙으려고 한다. 거기엔 큰 눈 더미가 있다. 나는 눈 더미로 올라가 가방을 내려놓는다. 밀려 나오는 사람들이 아래로 보인다. 볼피가 두 팔로 내 목을 감더니 얼굴을 밀착시킨다. 눈물범벅이다.

팔이 너무 아프다. 떠밀려 나오는 동안에는 아픈지 몰랐다. 그런데 신경 쓸 겨를이 없었다. 이제 통증이 두 배로 느껴진다. 볼피는 너무 무겁다. 그렇다고 내려놓을 수는 없다. 너무 위험하다. 눈 더미에서 미끄러져 인파 속으로 떨어질지도 모른다. 그러면 사람들에게 밟힐 수도 있다.

"이제 오줌 눠, 하랄트. 바람 부는 반대쪽으로. 너무 튀지 않게 조심해서 눠. 신발이 젖을 수도 있으니까."

소변보는 소리가 들리는 동안 나는 재빨리 역 광장 위를 둘러본다. 얇은 눈밭 위에 잿빛 얼룩이 가득하다. 무수한 발자국들이 만들어 낸 흔적이다. 하늘에서 눈송이가 떨어진다. 인파는 사방으로 흩어진다.

하랄트가 묻는다.

"형은 어디 있어?"

그 순간 대합실에서 에르빈의 외침이 들린다.

"누나!"

나는 감전된 듯 굳어 버린다. 출구 근처다. 그러면 이리로 나와야 한다. 엇갈리면 안 된다. 여기서 헤어지면 정말 다시 만나지 못할 수도 있다. 어쩌면 오랫동안!

내가 소리친다.

"여기! 나 여기 있어! 여기, 밖에!"

나는 급히 발로 가방을 밀어 벽 쪽으로 붙인다.

"젖었잖아!"

바지를 추스르던 하랄트가 짜증을 낸다.

"지금 그게 중요한 게 아냐. 잘 들어. 여기서 가방 잘 지키고 있어. 절대 한눈팔아선 안 돼! 먹을 게 여기 다 들어 있어. 가방이 없어지면 우린 아무것도 못 먹어. 여기 눈 더미 위에 있어. 벽에 바짝 붙어서. 안 그러면 사람들에게 휩쓸려. 금방 다녀올게. 누나가 에르빈 데려올게."

나는 볼피를 오른팔로 바꿔 안는다. 왼팔에 감각이 없어서다. 눈 더미에서 내려가 출구 쪽으로 인파 속을 뚫고 간다. 뒤돌아보니 하랄트는 기둥에 바짝 붙어 가방을 지키고 있다. 막 털모자도 썼다. 하랄트의 시선은 가방으로 향해 있다. 그래, 잘하고 있어!

이제 에르빈한테 가자. 계속 이름을 부르면 나를 발견할 거야!

"에르빈! 에르빈! 에르빈!"

그때 역에서 나오는 사람들 사이에서 에르빈의 얼굴이 희끗 나타나더니 금방 사라진다. 나는 대합실의 커다란 시계를 힐끔 본다. 시계가 멈췄나? 2시 24분이다. 공습경보가 울린 지 3분밖에 지나지 않았다고?

뒤쪽 어딘가에서 한 경찰이 소리친다.

"빨리빨리! 다른 사람들을 따라가요!"

"에르빈!"

나는 에르빈을 부르며 인파 속으로 들어간다.

그때 팔에 완장을 두른 여자가 나를 잡아끈다.

"얘! 방공호는 저쪽이야!"

여자는 내가 방금 지나온, 인파들이 몰려가는 방향을 가리킨다. 역전 광장을 지나 오른쪽이다. 하지만 지금 나한테 중요한 건 방공호가 아니다. 나는 여자의 손을 뿌리친다. 내 머릿속엔 한 가지 생각뿐이다. 에르빈을 찾아야 해!

그때였다. 에르빈이 기적처럼 불쑥 나타나더니 내게 팔을 내민다. 나는 사람들 사이에서 에르빈의 팔을 잡아당겨 끌어안는다.

"배낭만 간신히 건졌어."

에르빈이 가쁜 숨을 몰아쉬며 미안하다는 듯이 말한다.

"트렁크도 갖고 오려고 했는데, 사람들이 너무 밀치는 바람에 두고 올 수밖에 없었어."

"괜찮아. 다시 만났으면 됐어."

"하랄트는 어디 있어?"

"저기서 가방 지키고 있어."

그런데 내가 몸을 돌려 가리킨 눈 더미 위엔 가방도 하랄트도 보이지 않는다. 눈 더미 옆에 적십자 여성 대원 한 명만 서 있다. 그녀는 막 허리를 숙여 스타킹을 올린다.

"조금 전까지 저기 있었는데."

내 얼굴이 하얗게 질린다.

에르빈이 적십자 대원에게 묻는다.

"혹시 큰 가방을 든 작은 남자아이 못 보셨어요?"

에르빈은 팔을 뻗어 하랄트의 대략적인 키를 알려 준다.

"여섯 살이에요. 이름은 하랄트고."

부인은 고개를 젓는다.

심장이 쿵쾅거린다.

"방금까지 여기 있었어요."

"누군가 방공호로 데려갔겠지."

부인은 이렇게 말하고는 몸을 일으켜 세운다.

나는 눈 더미 위로 올라가서 빠르게 주위를 살핀다. 역전 광장은 상당히 넓다. 도로 몇 개가 합류하는 사각형 광장이다. 사람들은 떨어지는 눈송이를 맞으며 눈 덮인 광장을 지나 이쪽저쪽으로 부리나케 달려간다. 경찰들은 고함을 지르고 이리저리 손짓하며 사람들을 특정 방향으로 가게 한다.

"우리 동생은 낯선 사람을 따라가지 않아요."

나도 모르게 튀어나온 말이다.

그럼에도 부인의 표정은 바뀌지 않는다.

"그러면 누가 강제로 안고 갔겠지. 폭탄이 떨어질지도 모르는데 어린애를 혼자 둘 수는 없잖아."

"하지만 가방도 없어요. 무슨 일이 있었으면 동생은 나를 불렀을 거예요. 그리 멀지 않은 곳에 있었거든요."

부인은 내 말을 들은 척도 안 하고 재촉한다.

"너희 셋도 목숨을 구하려면 어서 빨리 방공호로 대피해야 해. 지금까지 이곳에 폭탄이 떨어지지 않았다고 해서 이번에도 떨어지지 않으리라는 보장은…."

에르빈이 부인의 말을 끊는다.

"방공호는 어디 있어요? 여긴 처음이라 어디가 어딘지 몰라요."

"큰 건 저기."

부인이 오른쪽을 가리킨다.

"작은 몇 개는 저기."

부인이 왼편 비스듬히 가리킨다.

"큰 건 여기서 아주 가까워. 그쪽으로 가는 사람들을 따라가면 돼. 너희 동생은 공습경보가 끝난 뒤에 찾으면 돼."

내가 에르빈을 보고 말한다.

"하랄트도 저 방공호들 가운데 하나에 있을 거야."

"큰 데 있지 않을까?"

에르빈의 말에 나는 고개를 끄덕인다. 그렇다면 눈 더미에서 내려와 오른쪽으로 가야 한다. 서둘러야 한다. 적기가 나타나 정말 뭔가를 떨어뜨리면 더 이상 밖에 있어선 안 된다. 나는 조심조심 한 발한 발 내려간다. 볼피를 안은 채 미끄러지는 건 상상하고 싶지 않다.

에르빈은 벌써 미끄러져 엉덩방아를 찧으며 눈 더미 아래로 내려간다. 지나가던 사람이 에르빈에게 걸려 비틀거리면서 욕을 한다. 에르빈은 일어나 사과한다. 다행히 배낭을 메고 있어서 다치지는 않은 것 같다. 다만 엉덩이는 아파 보인다. 하지만 많이 아프지는 않을 듯하다. 바지를 세 벌이나 껴입고, 그 밑에 속옷도 두 개나 입고 있으니까. 가져갈 수 없는 건 입어서라고 갖고 가야 한다는 게 엄마의 생각이었다. 그래서 나도 속옷을 세 개나 겹쳐 입고, 트레이닝 바지 위에 치마 두 개와 원피스도 입고 있다.

그런 우리를 보고 할머니가 말했다.

"그래, 그렇게 단단히 껴입고 있어야 상황이 더 나빠져도 최소한 춥지는 않을 게다."

우리는 비틀거리며 역전 광장을 지나간다. 발밑에서 눈이 뽀드득거린다. 나는 볼피 때문에, 에르빈은 배낭 때문에 걷는 게 쉽지 않다. 눈송이 하나가 내 속눈썹에 내려앉더니 사르르 녹아 눈으로 흘러내린다.

"빨리빨리 움직여! 적기가 바로 나타날 수도 있어!"

경찰이 우리에게 소리친다.

사람들은 무거운 짐을 들고 끙끙거리며 뛰어가고, 아이들은 울부짖는다. 트렁크 하나가 찢어진 채 눈 속에 나뒹군다. 옷과 브래지어와 여자 구두가 삐져나와 있다. 한 여자가 트렁크 위로 몸을 숙여 물건을 챙기려고 하자 다른 여자가 잡아끈다. 우리는 인파 속에서 서로 밀치고 부딪친다. 이제 내 머릿속 생각은 하나다. 넘어지지 말고 똑바로 버티고 서 있자!

대합실 옆문으로 사람들이 쏟아져 나오는 것이 보인다. 순간 할머니가 퍼뜩 떠오른다. 할머니도 주출입문 대신 그곳으로 나올까? 그렇다면 우리가 지금 가고 있는 방공호로 올 가능성이 크다.

지금은 하랄트를 찾는 일이 더 중요하다. 할머니는 혼자서도 헤쳐 나갈 수 있다.

우리가 방공호에 도착하기 직전 한 무리의 흥분한 사람들이 우리를 향해 달려온다.

사람들이 헐떡거리며 말한다.

"돌아가, 돌아가! 저긴 만원이야. 더 이상 들어갈 수가 없어. 빨리 다른 곳을 알아봐!"

그럼에도 우리는 방향을 바꾸지 않는다. 완장을 찬 방공호 책임자가 우리를 제지한다.

"저 건너편 다른 방공호로 가! 여긴 꽉 찼어. 벌써 정원보다 훨씬 많은 사람이 들어갔어."

나는 필사적으로 소리친다.

"우리 동생이 안에 있는지만 확인하고 싶어요. 이름은 하랄트 베크예요. 여섯 살이고요!"

책임자가 퉁명스럽게 대꾸한다.

"공습경보가 해제되면 와! 걔가 저 안에 있으면 어디 도망가지 못해! 동행이 없는 아이들은 적십자가 보호하니까."

그는 이 말을 끝으로 문을 쾅 닫는다. 나는 주먹으로 문을 친다.

에르빈이 나를 말린다.

"그만해. 그래 봐야 소용없어."

결국 우리는 몸을 돌려 역전 광장을 지나 다른 방향으로 서둘러 달려간다. 완장 찬 남자들이 재촉한다.

"빨리빨리, 한시가 급해. 언제 적기가 나타날지 몰라!"

주변 사람들의 소리가 너무 커서 적기가 온다고 해도 엔진 소리가 들리지 않을 것 같다.

문득 나는 하랄트가 어디에 있든 그 무거운 가방을 혼자 끌고 다니지는 못하리라는 생각이 든다. 그렇다면 가방은 없어졌다. 우리는 더 이상 먹을 것이 없다.

나도 이제 한계점에 다다랐다. 팔에 힘이 빠지면서 볼피가 자꾸 미끄러진다. 나는 가쁜 숨을 몰아쉬며 멈추어 서서 볼피를 눈 위에 내려놓는다. 볼피가 울기 시작한다.

에르빈이 헐떡거리며 말한다.

"내가 안을까? 내가 볼피를 업고, 누나가 배낭을 들면…."

등에 업는다고? 좋은 생각이다. 하지만 내 등에 업을 생각이다. 혹시라도 우리가 다시 헤어지는 일이 생기면 에르빈은 볼피를 혼자 감당해 내지 못한다. 그러면 내 자책감은 이루 말할 수 없이 클 것이다. 나는 서둘러 에르빈에게 볼피를 내 등에 올리라고 한다.

볼피도 업힐 줄 안다. 곧장 두 팔로 내 목을 두르더니 내가 팔로 감을 수 있도록 작은 다리를 들어 올린다. 이제는 더 빨리 걸을 수 있다. 에르빈은 나보다 꽤 앞서간다. 배낭의 부피가 커서 뒤에서는 에르빈의 머리가 보이지 않는다.

에르빈이 다그친다.

"좀 더 빨리, 좀 더 빨리! 벌써 폭격기 소리가 들리는 것 같아."

나는 기차역 건물 쪽을 건너다본다. 저기 건물 입구 옆 눈 더미에서 하랄트를 마지막으로 보았다.

돌출 지붕 위에도 커다란 원형 시계가 있다. 2시 29분이다. 5분 전만 해도 우리는 눈 더미 위에 있었는데!

기차역에서는 여전히 사람들이 꾸역꾸역 흘러나오고 있다. 많은 사람이 무거운 짐을 들고 있다. 거의 여자와 아이 들이다. 수녀 셋이 노인 한 무리를 인솔한다. 그들은 무척 느린 걸음으로 방공호 쪽으로 움직인다. 제때 도착할 수나 있을까? 노인들을 보니 가슴이 아프다. 10분 전에 기차역에 내린 젊은 사람들에게도 벌써 추월당한다.

혹시 할머니는 이제야 대합실을 나선 건 아닐까?

그랬다면 우리를 알아보았을 것이다. 할머니는 그 연세에도 아직 눈이 좋다. 게다가 역전 광장엔 이제 사람들이 많지 않다. 우리를 보았으면 할머니는 분명 소리쳤을 것이다.

어쩌면 할머니가 함께 있지 않아서 다행이라는 생각이 든다. 그랬다면 즉시 하랄트에 대해 물었을 것이다. 할머니를 만나기 전에 반드시 하랄트를 찾아야 한다.

하랄트를 영영 찾지 못하면? 내 잘못이다. 모두 내 탓이다. 나는 흐느껴 운다. 에르빈이 내 흐느낌을 알아채지 않기를 바라면서….

나는 눈물이 앞을 가려 우리가 옆 도로 길목에 들어선 것도 알아채지 못한다. 게다가 앞이 잘 보이지 않아서, 나를 기다리고 있던 에르빈과 부딪치고 만다. 나는 소매로 눈물을 훔친다. 도로 어귀 벽에 걸린 표지판이 비스듬히 아래쪽을 가리키고 있다.

공공 방공호

문 앞에는 한 경찰이 버티고 서 있다. 콧수염을 기른 뚱뚱한 사람이다. 그가 거칠게 소리친다.

"여긴 꽉 찼어요! 빌어먹을, 뭐가 이렇게 자꾸 몰려와? 이렇게 떼거지로 오면 감당이 안 돼요. 저 건너편 길에서 네 집 지나 옆 골목으로 들어가면 왼쪽 두 번째 건물에도 방공호가 하나 있어요!"

한 노인을 부축하고 온 두 사람이 애걸한다.

"제발 들어가게 해 주세요. 보시다시피 거동이 불편한 노인이 있잖아요.”

경찰관이 다시 호통을 친다.

“이런 젠장, 여긴 더 들어갈 자리가 없단 말이오. 다들 바짝 붙어서 있다고!”

이제 내가 뚫고 나가 소리친다.

“우리 동생이 안에 있을지 몰라요! 동생한테 가게 해 줘요!”

경찰관이 진정시키는 투로 말한다.

“방공호 안에 있다면 잘된 일이지. 동생한테는 아무 일도 일어나지 않아. 걱정하지 마. 공습경보가 해제될 때까지 기다려!”

어떤 할머니가 손에 든 트렁크를 놓친다. 경찰관이 할머니를 도우려고 몸을 숙이는 순간 고통스런 신음을 내뱉으며 허리를 잡는다. 이상한 일이 아니다. 경찰관 역시 꽤 나이가 들었으니까.

우리 앞에 있던 사람들이 왼쪽으로 방향을 틀어서 텅 빈 거리를 가로질러 달려간다. 그러고는 길모퉁이를 돌아 옆 골목으로 들어선다. 최소한 5층은 돼 보이는 두 번째와 세 번째 건물 사이에 통로가 있다. 방금 콧수염 경찰관이 서 있던 곳에서 본 것과 같은 표지판이 보인다. 우리는 문으로 달려간다. 헬멧을 쓰고 완장을 두른 방공호 책임자가 손짓으로 우리를 제지한다. 우리는 빌고 또 빈다. 그가 마침내 우리를 안으로 들여보낸다. 내려가는 계단이 가파르다.

볼피는 내 어깨에 고개를 떨어뜨리고 잠을 잔다.

우리 뒤에서 방공호 책임자가 소리친다.

“적기 출현!”

둔탁한 엔진 소리가 점점 커진다. 에르빈과 나는 비행기 웅웅거리는 소리를 안다. 우리 마을 위로도 종종 비행기들이 날아갔다. 적군 비행기뿐 아니라 아군 비행기까지. 심지어 전쟁 전에도 비행기 소리를 들었던 기억이 있다. 그때는 그 소리를 좋아했다. 나도 비행기를 타고 하늘을 날고 싶었다.

방공호 책임자가 안으로 들어오더니 우리를 거칠게 안으로 밀어 붙인다. 문이 닫히고, 무거운 빗장이 끼이익 걸린다.

6

이제 웅웅거리는 소리는 들리지 않는다. 문이 닫혀 있기 때문이다. 아니면 이 안이 너무 소란스러워서 그럴 수도 있다. 특히 아이들 우는 소리는 귀가 멍할 정도다. 그게 아니면 적의 비행기가 벌써 멀어졌기 때문일까?

뒤에서 누군가 말한다.

"지금쯤이면 공습경보 해제 사이렌이 울려도 벌써 울려야 하는데…. 위험은 지나갔어. 적들은 아무것도 투하하지 않았어. 게다가 돌아갈 때는 항로가 달라. 지금까지 항상 그래 왔어."

방공호는 우리 교실보다 두 배 넘게 크진 않다. 천장은 평평하지 않고 곳곳이 둥글다. 기둥도 여럿 보인다. 이 지하 공간은 예전에 외할아버지가 드레스덴에서 보여 준 지하 무덤을 연상시킨다.

사람들이 꾸벅꾸벅 존다. 밖으로 나가는 문 앞에는 많은 사람이

다닥다닥 붙어 서 있다. 누군가 말한다.

"기차가 연착하면 탈 수도 있어."

잠시 후 누군가 조바심을 내며 푸념한다.

"빌어먹을, 왜 공습경보를 해제하지 않는 거야? 비행기는 벌써 떠났잖아!"

나는 안을 향해 목청껏 소리친다.

"하랄트!"

에르빈도 최대한 힘껏 소리친다.

"하랄트!"

우리 둘은 숨을 멈추고 귀를 기울인다. 이윽고 다시 한번 외친다.

"하랄트!"

하랄트는 내 목소리를 안다. 게다가 개 목소리는 아주 크고 날카로워서 소리만 지른다면 다른 소음을 누르고 얼마든지 여기까지 닿을 수 있다.

아무 소리도 들리지 않는다. 들뜬 목소리로 "누나!" 하고 부르는 소리가 들리지 않는다. 여기는 없는 것 같다.

에르빈이 내 귀에 바짝 대고 말한다.

"혹시 자고 있는 거 아닐까? 누나도 알잖아. 걔는 피곤하면 완전 곯아떨어지는 거."

에르빈은 배낭을 내려놓더니 그 위에 앉는다. 무척 피곤해 보인다. 나도 지쳤다. 그냥 지친 정도가 아니라 풀썩 주저앉고 싶을 정도로 지쳤다. 볼피도 무척 고단한 모양이다. 내가 그렇게 고함을 쳤는데도 일어나지 않는다.

에르빈이 나한테 뭐라고 묻는다. 하지만 무슨 말인지 들리지 않는다. 여기는 너무 시끄럽다. 에르빈이 빽 소리를 지른다.

"누나, 내가 잠시 볼피를 안을까?"

아, 에르빈. 나는 하마터면 그러자고 할 뻔했다. 이 짐을 벗을 수 있으면 얼마나 좋을까! 하지만 안 될 말이다. 그러다 이 지하실에서 갑자기 혼란스러운 상황이 생기면 어쩌라고? 예를 들어 사람들이 한꺼번에 출구로 몰려간다든지…. 그러면 볼피를 안은 에르빈은 아무것도 못할 것이다.

방공호 안의 공기는 숨이 턱턱 막힐 지경이다. 담배 연기와 땀 냄새가 진동한다. 나는 주변을 둘러본다. 햇빛은 전혀 들지 않고, 천장에 달린 램프만 공간을 어렴풋이 밝히고 있다. 이런 불빛 아래서는 책도 읽을 수 없을 것 같다.

어스름한 빛에 적응되자 비로소 빼곡한 지하실 안이 보인다. 사람들은 바짝 붙어 서 있거나 짐 위에 앉아 있다. 벽을 따라 늘어선 벤치가 여기저기 희미하게 보인다. 남들보다 운 좋은 사람들이 벤치에 다닥다닥 앉아 있다. 방공호 책임자는 나름대로 질서와 공정함에 신경 쓴 듯하다. 아이가 있는 엄마, 노인, 부상당한 군인, 환자 들만 의자에 앉아 있다. 남자들은 대부분 서 있다. 여기서 기차를 갈아타야 할 군인들도 눈에 띄었는데, 공습경보에 발목이 잡힌 듯하다.

방공호가 처음은 아니다. 읍내에 있을 때도 공습경보 때문에 방공호로 대피한 적이 여러 번 있었다. 대개 수업 시간이었다. 수학 시험을 칠 때는 많은 아이들이 시험이 중단된 것을 기뻐했다. 학교 방공호에 들어가면 우리는 마냥 신이 나서 장난을 치고 놀았다. 적의 폭격기가 우리 상공을 그냥 지나갈 거라고 확신했기 때문이다. 그들의 목표는 대체로 동부 국경 지대의 도시들이었다. 린츠나 빈, 또는 슈타이어 같은 산업 지대였다. 수업이 파한 오후에 공습경보가 내려진 적도 여러 차례 있었다. 그러면 우리는 곧장 공공 방공호로 대피했다. 드레스덴에서도 그런 일이 두 번 있었다. 그래서 방공호가 어떻게 생겼고, 그 안에서 어떤 일이 벌어지는지 잘 알고 있었다.

나는 에르빈에게 말한다.

"벽 근처에 붙어 있어야 해. 그러지 않으면 문이 다시 열렸을 때 사람들한테 밀려 넘어질 수 있어. 그렇다고 출구에서 떨어진 곳은 안 돼. 공습경보가 해제됐을 때 혹시라도 하랄트가 이리로 나갈 수 있거든. 잘 살펴봐야 돼."

우리는 어른들 사이를 비집고 들어간다.

한 군인이 호통을 친다.

"제자리에 좀 있어, 빌어먹을!"

"소변이 급해요."

에르빈이 소리친다.

"잘했어."

내가 에르빈의 귀에 대고 속삭인다. 나는 그런 변명이 떠오르지 않았다. 하지만 틀린 말은 아니다. 실제로 나 역시 화장실에 가야 했으니까. 단지 지금까지 그 생각을 못했을 뿐이다.

출구 왼쪽으로 긴 의자가 하나 보인다. 이미 노인과 어린아이와 여자 들로 만원이다. 의자 끝에는 기저귀 교환대가 연결돼 있다. 여자 둘이 거기서 막 아기 기저귀를 갈고 있다. 나는 몸을 숙여 교환대 아래쪽을 살핀다. 종이 상자들이 쌓여 있다. 상자들을 좀 더 바짝 붙이면 에르빈이 앉을 자리가 생길 것 같다. 나는 기저귀 교환대 아래를 가리킨다. 내 옆에 서 있던 에르빈이 바로 눈치채고는 몸을 숙여 상자를 정리한다.

기저귀 교환대에 서 있던 두 여자 중 하나가 앙칼진 목소리로 말한다.

"너 거기서 뭐 해?"

여자는 허리를 숙여 교환대 밑을 본다. 에르빈이 상자를 밀어서 만든 틈으로 배낭을 밀어 넣고는 그 앞에 무릎을 당기고 앉는다.

"난 또 뭐라고."

여자는 이렇게 말하고는 더 이상 에르빈에게 신경 쓰지 않는다. 아기가 미친 듯이 울어 댔기 때문이다.

에르빈이 나를 쳐다보고 말한다.

"누나가 볼피하고 여기 앉을래? 나는 하랄트를 찾아볼게."

나는 고개를 젓는다.

"내가 찾아볼 테니까 넌 그사이 눈 좀 붙여. 그리고 혹시나 해서 말인데 여기서 무슨 일이 생겨서 헤어지게 되면 아까 대합실 주출입구 옆 눈 더미에서 만나."

에르빈은 고개를 끄덕이더니 뭐라고 말한다. 하지만 내가 알아듣지 못하자 같은 말을 몇 차례 반복한다.

"내 걱정은 하지 마. 거기서도 만나지 못하면 어떻게 해서건 드레스덴으로 갈 테니까. 주소를 알고 있잖아."

그렇다. 엄마는 에르빈과 하랄트에게 외할아버지 댁 주소를 몇 번이나 외우게 했다. 이제는 자면서도 술술 말할 정도다. 그게 위안이 된다. 하지만 작은 위안일 뿐이다. 심지어 하랄트는 이름과 드레스덴 주소가 적힌 카드까지 목에 걸고 있다. 거기 적힌 글자를 아직 읽지 못하지만, 어른들에게 보여 주면 도움을 받을 수 있다. 볼피도 그런 카드가 있다.

엄마는 할머니 말대로 모든 '우발적인 일들'에 대비했다.

볼피가 등에서 몸을 뒤척인다. 내가 큰 소리로 말하는 바람에 잠시 깼나 보다. 나는 볼피를 업은 채 몸을 구부린다. 이제는 나지막이 말해도 에르빈은 내 말을 알아들을 수 있다.

"이 안을 한번 둘러보고 올게. 시간이 좀 걸릴지도 몰라."

에르빈은 고개를 끄덕인다. 녀석의 눈은 벌써 감기고 있다.

나는 사람들 사이를 뚫고 가려고 안간힘을 쓴다. 곳곳에 짐이 산더미처럼 쌓여 있어서 지나가기가 쉽지 않다. 나는 파란 털모자만 나타나길 기다린다. 하랄트는 아직 털모자를 쓰고 있을까? 혹시 주머니에 넣은 건 아닐까? 이 흐릿한 불빛에서는 색깔 구분이 어렵다.

너무 덥다. 냄새도 지독하다. 여기 지하에서는 담배를 피울 수 없다. 하지만 군인들 군복에는 담배 냄새가 늘 진하게 배어 있다. 아빠가 휴가 나왔을 때 알게 된 사실이다. 아빠 몸에 밴 담배와 땀 냄새는 씻어도 지워지지 않는 듯했다.

아빠는 전쟁이 일어나기 전에는 담배를 많이 피우지 않았다. 그러다 군대에 간 뒤로, 아니 전선에 배치된 뒤로 담배를 입에 달고 살았다. 위험한 작전에 투입되기 전에는 다른 모든 전우들이 그러듯이 두려움을 잊으려고 담배를 피웠다. 적의 총알이 빗발치는 전장에서는 다들 바닥에 바짝 엎드렸다. 자기들 중 몇 명은 총알에 맞을 거라고 생각하면서. 아빠는 그런 일에 대해선 별로 이야기를 안 했다. 어쨌든 우리한테는 그랬다. 다만 그런 순간이 오면 기도를 한다고 했다. '주여, 저를 살려 주소서!' 그리고는 두려움으로 땀을 흘렸다고 한다. 너무 무서워서 바지에 실수한 적도 있다고 했다. 다 큰 남자가! 하지만 나는 그렇다고 해서 아빠를 무시하지 않았다. 군인 몸에서 담배와 땀 냄새가 지독하게 풍겨도 얼굴을 찡그리지 않았다.

아, 아빠! 전쟁에 나간 뒤로 아빠 이마에는 전에 없던 깊은 주름이 두 개나 잡혔고, 눈 밑에는 다크서클까지 생겼다. 눈빛도 달라졌다. 군대에 가기 전보다 훨씬 매서워졌다. 성격도 예민해졌고, 별일 아닌 일에도 버럭 화를 내곤 했다. 히틀러 이야기는 더 이상 하지 않았다. 엄마와도 예전보다 자주 다퉜다. 물론 항상 안방 문을 닫고 싸웠다. 심지어 하랄트까지 아빠가 달라진 걸 알 정도였다.

　하랄트에게 집중하자. 안 그러면 못 보고 지나칠 수도 있다. 일단 예닐곱 살 아이들부터 찾아보자. 나는 아주 천천히 걸으면서 사방을 살핀다. 짐 사이에서, 바닥 위에서, 여자들의 무릎 위에서 잠든 아이들을 본다. 코끝까지 담요를 덮은 아이는 나이를 가늠할 수 없다.

　어떤 할머니가 묻는다.

　"누굴 찾니?"

　"제 남동생요. 여섯 살이고, 갈색 곱슬머리에 파란 털모자를 썼어요. 공습경보가 울리면서 헤어졌어요."

　할머니는 잠든 볼피를 사랑스러운 눈으로 바라본다.

　"너희 셋이 피난 온 거니?"

　나는 고개를 가로젓는다.

　"넷이서요. 저쪽에 에르빈이 있어요. 열두 살이에요."

　"엄마는?"

　"엄마는 없어요. 같이 오다가 중간에 아이를 낳으러 갔어요."

　할머니는 고개를 설레설레 젓는다.

　"무슨 이런 시절이 다 있다니!"

　할머니는 가방에서 과자를 한 움큼 꺼낸다. 침트슈테른(Zimtstern. 계피가 들어간 별 모양 과자: 옮긴이)과 레프쿠헨헤르첸(Lebkuchenherzen. 견과류, 생강, 계피 등을 넣고 구운 하트 모양 과자: 옮긴이)이다.

　"크리스마스 때 만든 거다. 가서 먹어."

너무 좋다. 정말 뜻밖의 선물이다. 나는 고맙다고 인사하면서도 과자를 먹지 않고 주머니에 챙겨 넣는다. 먹을 수 있는 건 모두 식량이다. 집에서 가져온 식량 가방을 통째로 잃어버렸다. 이젠 식량을 잘 관리해야 한다. 에르빈과 볼피도 무척 배가 고플 것이다. 찾기만 한다면 하랄트에게도 나누어 주어야 한다.

물론 나도 배가 고프다. 그것도 무척 많이 고프다. 하지만 참아야 한다. 할머니가 없는 동안에는 내가 동생들을 책임져야 한다.

이제 정말 급한 건 화장실이다. 참을 데까지 참았다. 여기도 화장실이 있을까? 모든 공공 방공호에는 당연히 화장실이 있다. 하지만 어디 있지? 물어봐야 할까?

방공호 책임자가 지하실 중앙에 의자를 놓고 올라간다. 헬멧을 벗은 상태다. 히틀러처럼 콧수염을 기른 남자가 깔때기같이 생긴 걸 입에 대고 말한다.

"주목, 주목! 잘 들어요. 중요한 전달 사항이 있어요!"

지하실 안이 조용해진다. 다들 새로운 소식을 궁금해한다. 아주 어린 아이들만 계속 울어 댄다.

"여기 엄마를 찾는 아이가 셋 있습니다. 누구 아이인지 알거나 그 부모를 아는 사람은 즉시 말씀해 주세요!"

나는 너무 기쁜 나머지 하마터면 볼피를 떨어뜨릴 뻔한다. 세 아이 중에 하랄트가 있을지 몰라!

나는 남자가 서 있는 의자 쪽으로 비집고 들어간다.

남자가 확성기를 내려놓더니 한 아이를 들어 올린다. 기껏해야 한 돌밖에 지나지 않은 아기다. 남자가 아이의 양쪽 겨드랑이를 잡고 한 바퀴 돌자 아이가 자지러지게 울어 댄다. 그때 구석에서 한 여자가 소리친다.

"프란치, 프란치! 내 아이예요. 드디어 찾았어!"

나는 여자 쪽을 재빨리 돌아본다. 여자는 얼른 사람들 사이를 뚫고 나가 아이를 받아 들더니 울다가 웃으면서 아이 얼굴에 정신없이 입을 맞춘다.

내 옆에 있던 여자가 가슴을 쓸어내린다.

"세상에, 얼마나 걱정했을까. 이런 혼란 속에서는 아이를 쉽게 잃어버릴 수 있지."

문득 하랄트가 없어진 걸 엄마가 몰라서 참 다행이라는 생각이 든다. 안다면 얼마나 무섭고 불안할까!

나는 목을 길게 뺐다. 두 번째는 누구일까?

이번에도 방공호 책임자가 한 아이를 들어 올린다. 첫 번째 애보다 나이가 많다. 예쁜 인형처럼 치장한 예닐곱 살 여자애다. 모자 달린 외투에는 진짜로 보이는 하얀 동물 털이 달려 있다. 빨간 장화를 신고 작은 금빛 귀걸이를 건 아이의 얼굴은 이미 눈물범벅이다.

"이 아이 이름은 로테랍니다!"

남자가 이렇게 소리치더니 아이와 함께 제자리에서 한 바퀴 돈다.

"로테 슈나이더, 일곱 살, 페스텐베르크에서 왔어요. 기차역에서

북새통에 엄마와 헤어졌다고 합니다. 이 아이 엄마 없나요?"

"엄마!"

아이가 운다. 그러더니 다시 한번 애처롭게 소리친다.

"엄마!"

대답이 없다. 나서는 사람도 없다.

"혹시 이 아이를 아는 사람 없습니까? 친척이든 이웃이든."

아무도 없다. 남자가 로테를 내려놓고 뭐라고 소곤거린다. 아마 안심시키는 말을 해 주었을 것이다. 아이가 참 안됐다는 생각이 든다. 하지만 나는 남자 쪽으로 계속 비집고 들어간다. 내 생각은 벌써 다음 아이에게 가 있다. 이번에는 제발 하랄트였으면!

하랄트가 아니다. 머리를 뒤로 묶고 세 살쯤 된 '하넬로레'라는 여자아이이다. 아이는 들어 올려지는 게 싫은지 울면서 한사코 팔다리를 버둥거린다. 나는 그사이 의자 위의 남자에게 거의 도달했고, 아이의 할머니가 말하는 소리를 듣는다. 잠시 깜박하는 사이에 아이를 잃어버렸는데, 이렇게 다시 찾아서 얼마나 기쁜지 모르겠단다. 그런데 아이 엄마는 보이지 않는다. 기차역에서 할머니한테 아이를 맡기고 화장실에 갔는데 돌아오지 않았다고 한다. 할머니는 방공호 책임자에게 딸 이름을 불러 달라고 부탁한다.

남자가 확성기에 대고 소리친다.

"하넬로레의 엄마 게르다 비테크에 대해 아는 사람 없습니까? 처녀 적 이름은 노이만이고, 슈트렐렌에서 왔다고 합니다."

아무 반응이 없다.

그때 내 뒤에서 누군가 말한다.

"내 장담하는데, 아이를 할머니한테 맡기고 내뺀 게 분명해요. 짐을 뗴 놓기 그만큼 좋은 기회가 어디 있겠어요?"

다른 남자도 맞장구를 친다.

"맞소, 어떤 사람한테는 이런 난리 통만큼 새 출발 하기에 좋은 기회가 없지."

아이를 받아 든 할머니는 허리가 몹시 굽었다. 지팡이 없이는 걷기도 힘들어 보인다. 반면에 벌써 생기를 되찾은 아이는 여기저기 돌아다니려 한다. 할머니는 어쩔 줄 몰라 한다. 그 상황에서 한 적십자 대원이 아이를 안고 그 할머니를 보살핀다.

첫 번째 여자가 한숨을 쉰다.

"맙소사. 저거 좀 봐요. 노파는 아이가 감당이 안 돼! 달아난 엄마를 잡으면 호되게 벌을 줘야 해!"

두 번째 남자가 말한다.

"이런 난리 통에는 무슨 짓을 해도 잡기가 쉽지 않죠. 심지어 살인을 해도. 단 하나, 우리 '역가지' 욕만 하지 않는다면…."

나도 '역가지'가 무슨 뜻인지 안다. 엘지한테 들었다. '역사상 가장 위대한 지도자'라는 뜻이다. 엘지는 이 말을 하면서 절대 아무한테도 이야기해선 안 된다고 했다. 그사이 이 이상한 줄임말을 자주 들었는데, 다들 비꼬는 의미로 사용했다. 그 때문에 대놓고 입에 올리는 건 위험했다.

나는 이제 의자 바로 앞에 서 있다. 방공호 책임자가 의자에서 내려온다.

"혹시 다른 아이는 없나요? 여섯 살짜리 남자아이예요. 하랄트라고 제 동생이에요."

남자는 고개를 젓는다.

"다른 방공호로 가지 않았을까? 어쨌든 여긴 없어."

그래, 어쩌면 그럴지도 모른다. 하지만 그렇지 않을 수도 있다. 지금 밖에서, 그러니까 역전 광장이나 대합실에서 추위에 덜덜 떨면서 우리를 애타게 찾고 있을지도….

나는 풀이 죽은 채 등을 돌린다. 이제 에르빈에게 돌아가야 한다. 그 전에 화장실에 들렀으면 좋겠는데… 어디 있을까?

내 옆에 로테라는 이름의 여자애가 서 있다. 눈물범벅에 어깨를 축 늘어뜨린 채 멍하니 허공만 바라보고 있다. 이제 로테에게는 가족이 없다. 에르빈과 볼피한테는 최소한 나라도 있다. 하지만 로테는 완전히 혼자다. 지금 하랄트도 그럴 것이다. 지금 이 소녀는 보살펴 주는 사람도 없고, 위로해 주는 사람도 없다. 일곱 살이라고 했다. 1학년이거나, 어쩌면 벌써 2학년일지 모른다.

로테가 무척 가엾게 느껴진다. 나는 살며시 여자애 손을 잡는다. 아이가 움찔하더니 행복한 미소를 짓는다. 그러나 곧 얼굴에서 웃음기가 사라지고 슬픔만 남는다. 로테가 울기 시작한다. 콧물이 흐른다. 나는 외투 주머니에서 조심스레 손수건을 꺼낸다. 손수건은 아까 받은 과자 밑에 있다. 손수건을 꺼내다 과자를 떨어뜨리면 큰일이다. 볼피를 업은 채로 몸을 구부려야 하거나, 자칫 누군가 귀한 과자를 밟을 수도 있다. 군량미 가방이 없어진 지금, 작은 과자 하나하나가 무척 소중하다.

나는 코를 닦아 주고 손수건을 다시 넣는다.

여자애가 훌쩍거린다.

"나는 마르타인 줄 알았어."

아이의 길고 까만 생머리에 빨간 리본이 달려 있다.

"마르타가 누구니? 언니?"

로테가 고개를 흔든다.

"우리 집 보모. 언니보다 조금 크고 뚱뚱해. 손을 잡은 느낌이 언니랑 거의 똑같았어."

아, 그래서 언뜻 행복한 미소를 지었구나.

로테가 한숨을 내쉰다.

"하지만 마르타는 우리랑 안 왔어. 자기 엄마랑 형제들이랑 같이 갔어. 우리는 엄마랑 나랑 둘이서만 떠났어. 엄마는 신경질을 내면서 계속 야단쳤어. 자꾸 그런 거 물을래? 자꾸 울래? 자꾸 조를래? 엄마는 귀를 잡아당기고 때렸어. 집에서는 한 번도 안 그랬는데. 마르타하고 갔으면 더 좋았을걸! 마르타는 나한테 잘해 줬어."

로테는 콧물을 훌쩍 들이마신다.

"엄마는 어쩌다 잃어버렸니?"

"엄마 손을 잡고 갔어. 엄마가 빨리 걸으면서 잡아당겼어. 내가 빨리 못 가니까 나쁜 말을 하면서 팔을 잡아당겼어. 그러다 사이렌이 울렸고, 사람들이 막 뛰고 밀치고 하다가 엄마가 나를 놓쳤어. 그 뒤로 엄마를 못 봤어."

그렇게 된 거구나. 나는 깊숙이 숨을 들이쉰다. 우리 엄마라면 절대 우리 손을 놓지 않았을 것이다. 할머니도. 외할머니와 외할아버지도.

"그다음엔? 어떻게 방공호에 왔니?"

"갑자기 큰 광장에 나 혼자 있었어. 어떡해야 좋을지 몰라서 쪼그려 앉아 우는데, 어떤 아저씨가 이리로 데려왔어."

"너를 높이 들어 올렸던 사람?"

로테가 고개를 끄덕인다.

나는 불안해진다. 하랄트도 비슷한 일을 겪었을지 모른다.

어쩌면 로테가 의도적으로 버려졌을지 모른다는 의심이 든다. 지금까지는 마르타라는 보모가 항상 로테를 보살펴 왔다. 그러다 갑자기 엄마 혼자 아이를 돌보아야 했다. 그것도 이런 혼란스러운 시절에. 평생을 편하게 살아온 귀부인에게는 익숙하지 않은 일일 수 있다. 그래서 아이를 버렸을까? 아이가 신경에 거슬린다고? 보모가 하던 일을 직접 하기 귀찮아서?

방공호 책임자는 공습경보가 해제되고 나면 로테를 어떻게 할까? 그는 여기 지하실에서 신경 쓸 것이 많고, 해야 할 일도 많다. 로테만 돌볼 수는 없다. 아마 적십자사에 로테를 넘길 가능성이 크다.

7

나는 주머니에서 과자를 하나 꺼내 로테에게 건넨다. 그러고는 남은 과자 수를 몰래 헤아린다. 아직 여섯 개가 남아 있다. 동생들한테 두 개씩 주면 될 것 같다.

로테의 얼굴이 환해진다. 과자는 순식간에 로테의 입안으로 사라진다. 나는 이제 그만 가려고 한다.

"그럼, 잘 있어. 엄마하고 마르타는 꼭 다시 만나게 될 거야."

로테가 갑자기 엉엉 울면서 내 손을 꼭 붙잡는다. 이 방공호를 통틀어 믿을 수 있는 사람은 내가 유일하다고 느낀 것 같다.

로테가 흐느끼며 나를 잡아당긴다.

"가지 마!"

"아까 그 아저씨가 돌봐 줄 거야."

대답이 없기에 내 말을 못 알아들었나 싶어서 다시 한번 같은 말을 반복한다.

로테가 큰 소리로 울면서 뭐라고 중얼거린다. 나는 처음엔 무슨 말인지 알아듣지 못하다가 나중에야 간신히 알아듣는다.

"아저씨는 내가 울면 막 나쁜 말을 해!"

나는 슬픈 목소리로 말한다.

"나는 여기 계속 있을 수가 없어. 저기서 에르빈이 기다리고 있어. 내 남동생이야. 게다가 다른 동생도 찾고 있어."

"나도 따라갈래."

어떡해야 좋을까? 이렇게 가여운 애를 이대로 두고 갈 수는 없다. 방금 로테를 높이 들어 올렸던 아저씨는 어디 있지? 보이지 않는다. 의자 위에 확성기만 놓여 있다. 내가 로테를 데려간다면 최소한 그 아저씨한테는 사정을 이야기해야 한다. 여기 지하실에 있는 동안은 내가 얘를 돌보겠다고 말이다. 하지만 지금 그 사람까지 찾으러 다닐 수는 없다.

지금은 일단 에르빈한테 가야 한다. 에르빈에게 볼피를 맡기고 화장실부터 다녀와야 한다. 아저씨한테는 나중에 말해도 된다. 공습경보가 해제되고 사람들이 빠져나가면 로테를 아저씨한테 맡기고 우리는 갈 길을 가면 된다.

굳이 로테의 손을 잡고 당길 필요가 없다. 로테가 혹시 나를 놓칠까 봐 찰싹 달라붙어 있다.

"언니 이름은 뭐야?"

내 이름을 알면 더 안심이 된다고 생각하는 걸까? 아니면 혼잡 속에서 서로를 놓쳤을 때 나를 부르려는 걸까?

"내 이름은 기젤라야. 집에서는 그냥 줄여서 기젤이라고 불러."

나는 주위를 둘러보며 파란 털모자를 찾는다. 여섯 살쯤 된 아이들의 얼굴을 죄다 확인하면서 계속 이름을 부른다. 방공호는 그리 크지 않다. 하랄트가 여기 있다면 분명 내 목소리를 들을 것이다.

잠을 자고 있는 게 아니라면 말이다.

로테는 내 외투를 잡고 놓지 않는다. 두 번째 주머니는 안 돼! 나는 로테의 손을 외투 주머니에서 떼어 놓는다. 거기엔 손수건을 넣어야 한다. 게다가 지금은 과자까지 있다.

한 여자가 나한테 누구를 찾느냐고 묻는다. 젊은 적십자 대원이다. 나는 하랄트 이야기를 한다.

"나는 너희가 엄마를 찾는 줄 알았어."

여자가 로테와 여전히 자고 있는 볼피를 보며 말한다.

"엄마는 어디 있어?"

문득 불안감이 치민다. 나는 아직 어른이 아니다. 며칠만 있으면 열여섯 살이지만, 아직 미성년인 내가 혼자 동생들을 돌보아야 하는 상황인 것을 알면 여자는 우리를 적십자사나 고아원으로 데려갈지 모른다. 그러면 할머니가 우리를 찾지 못할 것이다.

"엄마도 지금 하랄트를 찾는 중이에요."

나는 이렇게 말하고는 여자의 시선을 피해 얼른 다른 곳으로 눈길을 돌린다. 내 말이 거짓말이기 때문이다.

누군가 적십자 대원을 다급히 부른다. 우리 뒤쪽의 긴 의자에서 어떤 할머니가 숨을 헐떡이고 있다. 여자는 달려가고, 다행히 우리는 여자에게서 벗어난다.

그런데 내가 로테를 데리고 자리를 후딱 벗어나기 전에 한 뚱뚱한 여자가 내 외투를 잡아당긴다. 보아하니 작은 접이의자에 앉아 우리가 나누는 대화를 들은 것 같다. 여자는 파마머리에 비스듬히 모자를 쓰고, 목에는 여우털 목도리를 두르고 있다. 여우 머리가 꼬리를 물고 있는 모양이다. 우리 학교에도 그런 여우털 목도리를 두른 선생님이 있다. 다행히 우리는 그 선생님을 음악 시간에만 본다. 나는 그 선생님을 좋아하지 않는다. 그 때문에 여우털 목도리도 좋아하지 않는다. 이 뚱뚱한 부인이 처음부터 마음에 들지 않은 것도 그 때문일지 모른다. 게다가 아무리 어리다지만 어떻게 처음 본 처녀애의 외투를 잡아당길 수 있을까? 뻔뻔하게 느껴진다.

나는 손을 뿌리치고 로테와 함께 혼잡한 사람들 사이를 비집고 지나가려고 한다. 그때 뒤에서 여자가 소리친다.

"하랄트가 파란 털모자를 썼니?"

나는 번개에 맞은 사람처럼 제자리에 굳어 버린다. 이어 몸을 돌린다. 심장이 두근거린다. 나는 눈을 동그랗게 뜨고 묻는다.

"맞아요. 걔를 보셨어요?"

여우털 부인은 어깨를 으쓱한다.

"걔가 네 동생인지는 확실치 않지만 나이는 얼추 비슷해 보였어.

게다가 두툼한 파란 털모자도 쓰고 있었거든. 걔는 가방 든 사내를 따라갔어. 사내가 무척 빨리 걷는 바람에 아이가 무척 힘에 부치는 느낌이었어. 그러다 아이가 눈에 미끄러졌어. 그 바람에 사내와 거리가 더 벌어졌지. 그런데도 사내는 별로 개의치 않는 눈치였어. 그냥 몇 번 돌아보고 말았거든. 그런데 걔가 서서히 사내를 따라잡았어. 그러면서 계속 소리치더군. '가방 줘요! 그거 우리 가방이에요!' 하고 말이야."

나는 기뻐 소리친다.

"맞아요. 우리 동생이에요! 그게 어디였어요? 어디서 동생을 보셨어요?"

"이 방공호로 오는 길이었지."

그렇다면 분명 여기 있을 것이다. 아, 이런 반가운 소식을 듣다니! 나는 여우털 부인을 꼭 안아 주고 싶다. 하지만 볼피를 업고 있어서 안 된다. 그렇다면 조그만 사례라도 해야 한다. 나는 너무 아깝지만 주머니 속의 과자를 하나 꺼내 드리기로 마음먹는다. 아주머니는 웃으면서 고개를 젓는다. 여우의 구슬 눈이 반짝거린다.

"난 먹을 게 충분해."

아주머니는 이렇게 말하며 접이의자 옆의 큰 가방을 가리킨다.

나는 아주머니가 뭔가를 꺼내 줄지도 모른다고 생각한다. 하지만 아주머니는 가방으로 손을 뻗지 않는다. 뭘 좀 달라고 부탁해 볼까? 용기가 나지 않는다. 염치없는 짓이다.

이제 빨리 에르빈에게 돌아가서 이 반가운 소식을 전해야 한다. 여기 어딘가에 하랄트가 있다고 말이다.

그런 다음 화장실에 가야겠다.

마음이 급하다. 급한 나머지, 지나가면서 사람들의 팔꿈치에 수도 없이 부딪히고, 밀쳐지고, 발이 밟힌다. 볼피가 잠에서 깬 모양이다. 모자가 내려와 얼굴을 덮는 바람에 숨쉬기가 곤란해 보인다. 분명 내 옷깃과 숄에 침 범벅을 해 놓았을 것이다.

한 남자가 말한다.

"이런 젠장, 오늘은 대체 왜 이래? 공습경보 해제하는 데 왜 이렇게 오래 걸려? 이제 시스템도 완전 마비된 거 아냐? 벌써 30분 넘게 이 좁아터진 동굴에 처박아 놓고 뭐 하는 짓이야!"

30분밖에 안 지났다고? 여기 들어온 지 한참 더 된 것 같다.

출구 앞에는 방공호 책임자가 서 있다. 의자에 올라가 아이들의 보호자를 찾아 주던 그 남자다. 여기저기서 흥분한 사람들이 남자에게 핏대를 올린다.

"문 열어! 기차역으로 가야 돼. 기차를 타야 한다고!"

"이성을 찾으세요! 아직 공습경보가 해제되지 않았어요."

"무슨 소리예요? 비행기는 벌써 다 지나갔는데."

"공습경보는 벌써 오래전에 해제됐어야 해. 기술적인 문제가 있는 게 분명해!"

"잠시 문을 열어 바깥 상황이라도 좀 보게 해 줘요!"

방공호 책임자는 난처한 표정을 짓는다. 이런 상황에서는 내가 로테와 관련해 어떤 이야기를 꺼내도 귀를 기울여 줄 것 같지 않다. 나도 시간이 없다. 나는 로테를 데리고 방공호 책임자를 설득하는 사람들을 밀치고 나아간다. 그때다. 뭔가 삐걱거리는 소리가 나더니 빛이 안으로 들어오고, 차가운 공기가 내 다리에 와닿는다. 방공호 안에 있던 사람들이 외친다.

"문이 열렸다! 이제 나가려는 사람은 나갈 수 있다!"

"가만히 있어요, 가만히! 아직 공습경보가 해제되지 않았어요!"

"무슨 일이 나겠어요? 비행기들은 그냥 우리 머리 위로 날아간 거예요!"

기저귀 교환대에 도착했을 때 로테는 머리와 옷이 완전히 엉망이다. 다행히 에르빈은 여전히 교환대 밑에 있다. 그것도 무릎에 머리를 올려놓고 푹 잠들어 있다. 나는 조심스럽게 에르빈을 깨워 내가 들은 이야기를 해 준다. 내 말에 에르빈은 번쩍 정신이 든다.

"그런데 하랄트를 왜 못 찾았어?"

에르빈이 의아한 듯 묻는다.

그러게, 왜 못 찾았을까? 순간 나는 방공호 책임자가 서 있던 의자까지만 한 바퀴 돌았다는 생각이 든다. 하랄트는 더 뒤쪽에 있는 게 틀림없다.

"이제 내가 찾아볼게."

에르빈이 기저귀 교환대 밑에서 기어 나오며 말한다.

"누난 그사이 자고 있어. 하지만 다리를 모으고 자야 돼. 안 그러면 화장실 가는 사람들한테 밟혀. 화장실이 바로 저 건너편이거든. 나는 벌써 다녀왔어. 왼쪽이 여자, 오른쪽이 남자야. 배낭은 계속 여기 기저귀 교환대 밑에 뒀어. 남들이 자리를 빼앗지 못하게. 하지만 배낭이 없어질까 봐 볼일도 제대로 못 봤어."

에르빈이 왼쪽을 가리킨다. 그쪽에 화장실이 있다는 뜻이다. 그걸 알고 나니까 소변이 더 급해진다.

"내가 화장실 갔다 올 때까지 잠시만 기다려."

나는 에르빈에게 급히 볼펜를 맡긴다. 순간 몸이 너무 가벼워지는 느낌이다. 나는 잠시 그 느낌을 즐긴다. 허리를 뒤로 젖히고 두 팔을 벌리며 몸을 푼다.

"팔을 그렇게 휘두르면 어떡해!"

어떤 할머니가 톡 쏘아붙인다.

나는 로테에게 허리를 숙인다.

"너도 화장실 갈래?"

로테는 나를 잡은 손을 놓지 않으며 고개를 끄덕인다.

"앤 누구야?"

에르빈이 묻는다.

"로테."

나는 로테를 어떻게 만났고, 어떻게 이리로 데려오게 되었는지 짧게 설명한다. 그런 다음 외투 주머니를 벌려 과자를 에르빈에게 보여 준다.

"여섯 개야. 가방이 없어도 굶어 죽지는 않을 거야."

내 말에 에르빈은 무덤덤하게 대꾸한다.

"그게 뭐가 많다고. 하랄트와 저 애까지 합치면 우린 이제 총 다섯 명이야. 그걸 누구 입에 붙이겠어."

"없는 것보단 나아."

"공습경보가 끝나면 기차역으로 가자. 승강장에서 적십자 사람들이 큰 솥에 수프를 잔뜩 끓여 놓고 기차에 탄 피난민들에게 나누어 주고 있어."

나도 그 솥이 기억난다. 솥에서 모락모락 피어오르는 김까지 생생히 떠오른다. 하지만 그때 우리는 솥단지 옆을 그냥 지나칠 수밖에 없었다. 한시라도 빨리 드레스덴행 기차를 타야 한다고 할머니가 닦달했기 때문이다. 게다가 그때는 우리에게 군량미 가방도 있었다.

입에서 한숨이 새어 나온다. 에르빈이 보더니 위안 조로 말한다.

"우리가 오늘 아침에 기차에서 내리긴 했지만, 설마 배고프다는데 수프 한 그릇 안 주겠어? 분명 먹을 수 있을 거야. 게다가 우린 아이들이잖아."

에르빈 말이 맞다.

지금 출구가 열려 있다는 사실이 새삼 떠오른다. 나는 얼른 그쪽으로 고개를 돌린다. 밖으로 나가려는 사람들이 점점 불어나고 있다. 하랄트도 여길 빠져나갈 생각을 했으면 어떡하지? 밖에 나가야 우리를 만날 수 있을 것 같아서?

에르빈도 이제 사람들이 우르르 몰려 나가는 것을 발견한다.

"공습경보가 해제됐어?"

나는 고개를 저으며 혼잣말처럼 중얼거린다.

"어쩌지, 만일 하랄트가 밖으로 나갈 생각을 했으면?"

에르빈이 해결책을 내놓는다.

"누나가 화장실에 갔다 올 때까지 내가 입구 쪽에 서서 하랄트가 나가는지 지켜볼게."

내가 머뭇거리며 말한다.

"이렇게 사람이 많은 데서는 하랄트를 알아보기 어려워. 더구나 볼피를 안은 채로는 인파 속을 뚫고 갈 수가 없어!"

에르빈이 잠시 생각하더니 새 해결책을 내놓는다.

"내가 벽 쪽에 붙어서 계속 큰 소리로 '하랄트, 하랄트' 하고 외칠게. 하랄트가 몰려가는 사람들 틈에 있으면 분명 내 목소리를 들을 거야."

"혹시 우리가 안에 남을 거라고 생각할 수도 있지 않을까? 그럼 하랄트도 나가지 않겠지?"

에르빈이 어깨를 으쓱한다. 나는 열심히 머리를 굴려 본다. 이제 우리는 하랄트를 거의 다 찾았다. 하지만 아직은 모든 게 미지수다. 에르빈이 볼피를 안은 채 출구 쪽을 계속 감시한다고? 불가능한 일이다! 하랄트를 잡아채려면 아주 날래고 힘이 좋아야 한다. 맨몸으로도 힘든데, 볼피를 안고는 더더욱 가능하지 않다.

나는 에르빈에게서 다시 볼피를 넘겨받는다. 차라리 내가 볼피를 데려가는 게 낫다. 화장실에서는 어떻게든 이 녀석을 데리고도 일을 볼 수 있다. 에르빈이 달려간다.

"최대한 빨리 다녀올게!"

에르빈의 등에다 대고 내가 소리친다. 배낭은 기저귀 교환대 밑에 그대로 둔다.

나는 한 팔에 볼피를 안고 다른 쪽 손으로는 로테를 잡고 여자 화장실로 향한다. 볼피는 배가 고픈지 계속 엄마를 찾으며 칭얼거린다. 그런데 그건 둘째 치고 팔이 떨어져 나갈 것 같다. 볼피가 너무 무겁다.

"조금만 기다려. 곧 먹을 수 있어."

이건 당연히 거짓말이다. 얼마나 오래 걸릴지 아무도 모른다. 공습경보가 해제되지 않는 한 나는 방공호를 나가지 않을 것이다.

화장실은 방공호보다 약간 환하다. 천장에 찌그러진 갓을 씌운 백열등 하나가 걸려 있다. 여기도 혼잡하기는 마찬가지다. 많은 사람이 이용하는 것에 비해 공간이 너무 좁다. 가로 4미터 세로 3미터 정도 돼 보인다. 한쪽 구석 짐 위에 여자 둘이 앉아 있다. 둘 다 두건을 쓰고 있고, 한 여자는 아기에게 젖을 먹인다. 나는 그런 구석까지 신경 쓸 겨를이 없다. 소변이 너무 급하다. 사람들이 화장실에 진을 치고 있는데, 이상한 일이 아니다. 무척 따뜻하기 때문이다. 벽을 따라 난방 기기가 설치되어 있다. 삐질삐질 땀이 나기 시작한다.

화장실 안에서도 온갖 불안한 말들이 오간다. 방공호 출구가 열렸는데, 원하는 사람은 누구나 나갈 수 있다고 한다. 나가야 할까, 말아야 할까? 아직은 해가 있지만 곧 어두워질 것이다. 공습경보는 왜 아직 해제되지 않는 걸까? 사이렌이 고장 났을까? 그것도 모르고 우리는 여기 계속 처박혀 있는 걸까?

여자 몇 명이 방공호를 나가기로 마음먹는다.

"빨리 서둘러요! 출구가 갑자기 다시 닫힐지도 몰라요!"

화장실 첫 두 칸의 문은 계속 열렸다 닫힌다. 여자와 아이 들이 그 앞에 줄지어 서 있다. 구석 쪽 세 번째 칸 앞에만 아무도 없다. 우리는 그 앞에 선다.

"거긴 오래 기다려야 할걸."

옆줄에 서 있던 처녀가 히죽거리며 말한다.

그제야 나는 거기가 청소 도구를 보관하는 벽장이라는 것을 눈치챈다. 앞의 두 칸과 나란히 붙어 있어서 화장실인 줄 알았다. 어쩜 이렇게 바보 같을까? 사람들이 줄을 서지 않을 때 알아챘어야지!

다행히 내 옆줄의 한 부인이 자리를 양보해 준다. 내가 볼피와 로테를 데리고 있어서일 것이다. 나는 고맙다고 인사하고는 로테를 화장실 안으로 들여보낸다. 로테는 같이 들어가자며 내 손을 꼭 잡는다. 순간 '왜 이렇게 귀찮게 굴어!' 하는 말이 목구멍까지 차올랐지만, 마지막 순간에 이 나쁜 말을 꿀꺽 삼킨다. 로테는 좋은 집에서 응석받이로 큰 아이다. 지금까지는 누구든 제 말을 들어주었고, 저 하고 싶은 대로 하며 살았다. 그런 버릇은 빨리 고쳐지지 않는다.

로테는 안에 들어가 있는 동안 내가 떠날까 봐 두려운 모양이다. 나는 한숨을 내쉬며 앞에서 기다리겠다고 약속한다.

"신발 한쪽 끝을 문 아래로 밀어 넣고 있을게. 그럼 내가 어디 있는지 알 거 아냐."

"양쪽 다 넣어 줘!"

로테가 애원한다.

양쪽 다는 불가능하다. 그러면 내가 뒤로 넘어진다. 더구나 볼피까지 안고 있다. 로테도 그건 이해한다. 하지만 화장실에 들어가기 전에 내 신발을 꼼꼼히 살펴본다. 신발 끝이 어떻게 생겼는지 기억하기 위해서다.

로테가 화장실 안으로 들어가자마자 나는 문 밑으로 왼쪽 신발 끝을 최대한 밀어 넣는다.

"빨리 해, 로테. 나도 아주 급해!"

로테는 서두르겠다고 약속한다. 그런데 로테의 목소리는 거의 들리지 않는다. 볼피가 내 귀에다 대고 악을 쓰며 울기 때문이다. 근처에 있는 다른 아이들도 기를 쓰며 울어 댄다. 여자들이 욕을 한다. 한 여자는 자기 아이들에게 욕을 하고, 다른 여자는 망할 놈의 전쟁에게 욕한다.

"전쟁만 일어나지 않았어도 내 제과점은 날아가지 않았을 텐데! 이 빌어먹을 놈의 전쟁 때문에 모든 게 무너졌어! 잿더미가 됐다고! 가게에 내 반평생을 쏟아부었는데, 정말 고생고생하며 일했는데, 모든 게 끝났어. 대체 뭐 하러, 뭘 위해 이런 전쟁을 하냐고? 승리라도 거둔다면 몰라도 지금 상황으로 봐서는 다 헛짓이야. 뼈 빠지게 일한 것도, 평생을 안 쓰고 모은 것도 다 날리고 이제 빈털터리가 됐어. 이렇게 바보 같은 일이 어디 있어, 어디 있냐고!"

다른 여자들도 자신들이 잃어버린 것을 나열하며 신세 한탄을 한다. 그중 큰 농장을 갖고 있다는 여자가 하소연을 늘어놓는다.

"어휴, 우린 어쩌면 좋아요. 농장이 딸린 집에다 220헥타르 땅까지 있는데. 거기다 공들여 가꾼 멋진 말 사육장까지 있다고요. 여섯 세대 동안 내려온 재산이에요. 말들도 모두 고급 혈통인데…."

"제발 빨리 해, 로테."

나도 모르게 앓는 소리가 나온다.

"안에 휴지가 없어."

휴지까지? 나는 분노와 초조함을 누르려고 숨을 참는다. 버릇없이 자란 이 응석받이를 데려오는 게 아니었어! 절망적이다. 이제 어디서 휴지를 구하지?

그때 안에서 기쁨의 외침이 들린다.

"여기 있어. 외투 주머니에. 마르타가 넣어 줬나 봐."

다행이다. 안에서 바스락거리는 소리가 들린다. 로테도 피난을 떠날 때 분명 옷을 여러 벌 껴입었을 것이다. 그렇다면 시간이 조금 걸릴 것이다.

나는 구석에 있는 세면대로 눈을 돌린다. 이렇게 사람이 많은데 세면대가 겨우 하나뿐이라니! 아이들까지 있는데.

수도꼭지에서 계속 물이 흘러내린다. 한 젊은 여자가 급하게 세수를 하고는 화장을 한다. 거울이 깨져서 거기 비친 얼굴도 조각나 있다. 건너편 구석에는 위쪽으로 환기구가 설치되어 있다. 환기구를 타고 올라가면 건물 외벽에 지하 창문이 나 있거나, 반투명 뚜껑이 달린 통풍창이 길바닥에 설치되어 있을 것이다. 그래야 어스름한 빛이나마 지하로 들어오니까. 우리 학교 관리인의 열네 살짜리 쌍둥이 아들들이 혹시 여기 있었더라면 통풍창 밑에 서서 목을 젖히고는 위에서 지나가는 여자들의 치마 속을 보려고 했을 것이다. 두 아이는 체육 시간에 옷을 갈아입을 때도 종종 여학생 탈의실을 엿보았기 때문이다. 물론 우리가 두 아이의 아버지에게 일러바치고 난 뒤에는 더 이상 그러지 않았다.

나도 세수를 하고 싶다. 오늘 하루 종일 얼굴에 물 한 방울 묻히지 못했다. 역전 광장을 부리나케 지나갈 때 하늘에서 떨어진 눈송이를 맞은 게 전부다. 기차 안에서도 사람이 너무 많아서 간신히 화장실에 갔다. 하지만 작은 세면대 수도꼭지에서는 물이 나오지 않았다. 결국 빗질밖에 할 수 없었다. 내가 땋은 머리를 풀고 빗질을 하자 엄마가 말했다.

"기젤, 넌 머리카락이 참 길고 예뻐."

그때만 해도 엄마는 아직 진통이 오지 않았다. 내가 머리카락을 새로 땋는 동안 엄마는 세 동생의 가르마를 타 주었다.

로테가 화장실 안에서 불안한 목소리로 묻는다.

"기젤, 아직 거기 있지?"

"내 신발 끝 안 보여? 볼피가 우는 소리도 들리잖아."

"걔 목소리는 잘 몰라."

옆 칸이 빈다. 그 앞에는 아무도 없다. 이 좋은 기회를 놓칠 순 없다. 나는 얼른 옆 칸으로 들어가 외투를 벗는다. 다행이다. 이제 살았어, 이제 살았어!

갑자기 로테가 있는 칸에서 자지러질 듯 외치는 소리가 들린다.

"기젤! 어디 있어?"

화장실 안이 쥐 죽은 듯이 조용해진다. 로테의 날카로운 비명 소리에 놀라 다들 귀를 쫑긋 세운 듯하다.

내가 옆 칸에서 소리친다.

"조용해, 로테! 나 지금 옆에 있어!"

나는 볼피를 바닥에 내려놓고 트레이닝 바지와 그 속의 모든 옷을 내린 뒤 서둘러 변기에 앉는다. 그러고는 왼발을 옆 칸막이 밑으로 밀어 넣는다. 로테의 비명이 멈춘다. 내 발을 보고 안심한 모양이다.

어휴, 절로 한숨이 새어 나온다. 짐이 하나 더 생긴 기분이다. 이렇게 성가실 줄은 몰랐다. 화장실 안에서도 저렇게 난리를 치는 애는 처음 본다.

8

그때였다. 화장실 밖에서 갑자기 다른 목소리가 들린다.

"누나! 거기 있어?"

너무나 익숙한 목소리다.

나는 너무 기뻐 울먹거리며 말한다.

"하랄트 맞지? 잠시 기다려, 바로 나갈게!"

로테가 옆에서 울기 시작한다. 내 신발 끝이 보이지 않기 때문이다. 하지만 이제 그런 건 아무래도 상관없다.

다시 하랄트의 목소리가 들린다. 이번에는 아주 가깝다.

"어디 있어, 누나?"

"여기, 여기, 화장실에!"

나는 급히 옷을 입고 볼피를 안은 다음 잽싸게 밖으로 뛰어나간다. 여자들 사이에 하랄트가 서 있다. 털모자는 쓰고 있지 않다. 하랄트가 환한 얼굴로 두 팔을 벌린다. 나는 하랄트를 들어 올려 꼭 끌어안는다. 화장실에서 나온 로테도 나에게 매달린다.

한 여자가 말한다.

"이산가족을 찾았나 보구나. 잘됐네. 하지만 이제 좀 비켜 주지? 우리도 무척 급하거든."

우리는 화장실 옆으로 비켜난다.

내가 더듬거리며 묻는다.

"너 어디 있었어? 얼마나 찾았는데."

하랄트가 몇 분 전까지 두건 쓴 여자들이 앉아 있던 구석 쪽을 가리킨다.

"저기! 우리 가방 보이지?"

하랄트는 그 여자들 뒤에 앉아 있었나 보다. 아니, 가방 위에 누워서 잠을 잔 게 분명하다.

내가 어이없다는 투로 묻는다.

"가방이라고? 가방이 아직도 있어?"

"물론이지. 한순간도 가방에서 눈을 뗀 적이 없어."

하랄트의 목소리에서 자랑스러움이 배어난다.

이해가 되지 않는다. 가방은 하랄트가 기차역에서 여기까지 들고 오기엔 너무 무겁다.

하랄트는 마치 승리자라도 된 듯 의기양양하게 이야기한다.

"내가 눈 더미 위에서 가방을 지키고 있는데 어떤 아저씨가 와서 가방을 들고 갔어. 쫓아가면서 가방을 돌려 달라고 했지. 그 나쁜 아저씨가 여기 방공호로 들어왔어. 나도 따라 들어왔고. 그 사람은 나를 따돌린 줄 알았나 봐. 하지만 내가 누구야? 울고불고하면서 가방을 돌려 달라고 했지. 그게 여기 옆의 남자 화장실이야. 듣고 있던 다른 아저씨 몇 명이 내 말을 더 믿어 줬어. 내가 가방 안에 뭐가 들었는지 다 얘기했거든. 그랬더니 아저씨들이 가방을 빼앗아서 돌려 줬어. 그래서 들고 나왔지."

"이 무거운 걸 어떻게?"

"힘들었지만 질질 끌어서 여기 여자 화장실로 왔어. 다행히 남자 화장실에서 가깝잖아. 게다가 그 나쁜 아저씨한테서도 안전하고. 구석으로 가서 가방 위에 앉았어. 공습경보가 해제되면 나가려고. 그러다 잠이 들었고, 누나 목소리 때문에 깼어. 방금!"

"빨리 에르빈한테 가서 이 반가운 소식을 말해 주자."

내가 기뻐 소리친다.

화장실 문을 열기도 전에 한 여자가 득달같이 밀고 들어온다.

"또 오고 있어!"

적의 폭격기를 말하는 듯하다. 그렇다면 이제 노닥거릴 시간이 없다. 그런데 망설여진다. 이 애들을 전부 데리고 밖으로 나가야 할까? 아니면 이 안에 있어야 할까? 여기엔 식량 가방이 있다. 가방을 들고는 빨리 움직일 수가 없다.

내가 로테에게 말한다.

"로테, 에르빈한테 빨리 달려가서 이리로 오라고 해. 하랄트가 여기 있다고 하면서!"

로테가 울기 시작하더니 고개를 흔든다. 자기를 두고 몰래 도망칠까 봐 무서워하는 것 같다.

"그럼 너는 하랄트랑 볼피랑 여기 있어!"

내가 화를 내며 직접 가려고 하자 로테가 외투에 매달린다.

하랄트가 자기가 가겠다고 나선다.

안 될 말이다. 이제 겨우 다시 찾았는데, 또 혹시 무슨 일이 있어서 헤어지면? 두 번 다시 그래선 안 된다.

나는 열심히 머리를 굴린다. 우리 넷이 다 함께 나가서 에르빈한테 알려 줘야 할까? 하지만 가방이 문제다. 식량 가방이 여기 있다. 어디를 가건 이제 가방은 갖고 다녀야 한다.

그럼 내가 무거운 가방을 질질 끌고 이 애들을 다 데리고 나가야 할까?

그때다. 두 여자가 우리를 밀치고 문 밖으로 나가려고 한다. 한 여자는 두 아이를 안고 있다. 젖먹이 하나와 볼피 또래 하나다. 여자는 밖으로 나가자마자 누군가와 부딪친다.

여자가 소리친다.

"좀 보고 다녀, 이 멍청아!"

배낭을 멘 에르빈이다. 에르빈은 흥분한 얼굴로 문 앞에 서 있다.

"전투기야! 적들이 와! 벌써 소리가 들려!"

헐떡거리며 말하던 에르빈은 하랄트를 발견하더니 입을 다물지 못한다.

"네가 어떻게 여기 있어?"

하랄트가 환한 얼굴로 에르빈을 바라보더니 구석 쪽의 가방을 가리킨다.

나는 여전히 갈피를 잡지 못한다. 어떻게 해야 할까? 볼피가 팔을 벌린다. 안아 달라는 뜻이다. 로테는 다시 코를 흘린다. 나는 외투 주머니에서 손수건을 찾는다. 그때 두 번째 여자, 아니 나보다 몇 살밖에 많아 보이지 않는 처녀가 화장실을 나가서 방공호로 달려간다.

에르빈이 초조하게 말한다.

"이제 어떡해? 방공호로 가, 아니면 여기 그대로 있어?"

어디선가 웅웅거리는 소리가 나지막이 들린다. 지난 몇 주 동안 집에서 들었던 포성과 비슷하다. 그 소리는 처음엔 동풍이 불 때만 들렸지만, 나중에는 폭우가 내릴 때 빼고는 항상 들렸다.

나는 열린 화장실 문을 통해 건너편 방공호 쪽을 얼른 살펴본다. 거기엔 사람이 별로 없다. 벽을 따라 이어진 긴 의자도 거의 비어 있다. 여우털 부인은 여전히 자신의 접이의자에 앉아 있다. 바닥 곳곳에 종잇조각이 흩어져 있다. 밖으로 나갔던 사람들이 벌써 방공호 안으로 밀려들기 시작한다.

누군가 소리친다.

"폭격이다!"

쿵쿵, 둔탁한 소리가 땅을 울린다. 폭탄 떨어지는 소리다.

"성모여, 우리를 지켜 주소서!"

기저귀 교환대와 출구 사이의 의자에 앉아 있던 여자의 외침이다. 이 기도가 방공호 안에 메아리친다.

누군가 말한다.

"멀리서 들리는 소리야. 강 건너 산업 단지일 거야."

"거기도 사람이 살아요!"

방공호 책임자가 이렇게 소리치고는 급히 출구를 닫는다.

날카로운 호각 소리가 점점 커지더니 더 크고 더 가깝게 들리는 폭음과 함께 뚝 그친다. 문틀이 삐걱거리고 화장실 문이 덜컹거린다. 볼피가 내 목을 너무 꽉 안는 바람에 숨이 턱 막힌다. 두려움이 온몸을 감싼다. 땀방울이 맺히는 게 느껴진다. 나는 에르빈을 여자 화장실 안으로 끌어당기고는 문을 닫는다.

순간 귀청이 찢어질 듯 날카로운 호각 소리가 울리고, 지축을 뒤흔드는 엄청난 폭음이 이어진다. 마치 바로 옆에서 울리는 천둥소리 같다. 귀가 멍하다. 커다란 건물이 한 번 펄쩍 뛰어올랐다가 내려앉는다. 에르빈이 뒤로 넘어지는 게 보인다. 나는 쓰러지지 않으려고 안간힘을 쓴다. 볼피는 거미원숭이 새끼처럼 나한테 착 매달린다. 로테는 새된 비명을 지르며 귀를 막는다.

무슨 이런 천둥소리가 다 있지? 머리 위에서는 마치 굵은 빗줄기가 양철 지붕을 때리듯 우두둑 소리가 난다. 기둥이 삐걱거리고, 콘크리트가 갈라진다. 천장 회칠이 부서지면서 주먹만 한 돌이 떨어지고, 벽이 벌어진다. 돌 파편에 맞은 하랄트가 비명을 지른다.

이어 불이 꺼진다. 칠흑 같은 어둠이다.

어디선가 유리 깨지는 소리가 쨍그랑 들리고, 바깥쪽 방공호에서는 마치 자갈 더미가 쏟아지듯 요란한 소리가 이어진다. 찢어질 듯 날카로운 비명이 곳곳에서 터져 나온다. 금속이 삐걱거리고 딸그락거린다. 무언가 아주 무거운 것이 딱딱한 것, 그러니까 콘크리트 바닥 같은 것에 떨어지면서 계속 쿵쿵 소리가 난다. 비명이 그친다. 화장실 문 바로 근처에서 뭔가가 산산조각 나며 문에 쾅 부딪힌다.

이게 뭐지? 방금 무슨 일이 일어난 거지?

9

나는 쪼그려 앉는다. 짙은 어둠 속에서 최대한 몸을 웅크린다. 어둠은 무섭다. 예전부터 늘 그랬다. 눈을 감는다. 퍼뜩 어떤 생각이 떠오른다. 아이들은 어떻게 됐을까? 무사하겠지?

나는 볼피를 느낀다. 볼피가 헐떡이며 내 외투를 움켜잡는다.

그렇다면 우리 둘은 아직 살아 있다.

뭔가 내 발을 건드린다. 손으로 만져 본다. 에르빈의 다리다. 에르빈도 살아 있다. 막 에르빈한테 말을 걸려는데 로테가 흐느껴 운다.

"기젤? 어디 있어?"

"여기."

나는 최대한 차분한 목소리로 말한다. 입에 먼지가 가득하다. 먼지를 삼킨다.

"무서워하지 마. 다 잘될 거야."

뭔가 나쁜 일이 있을 때 엄마가 항상 하던 말이다.

다 잘될 거라고? 말은 이렇게 했지만 터무니없는 소리다. 내 예상이 틀리지 않다면 우리는 지금 최악의 상황에 빠졌다. 땅 밑에 묻힌 것이다. 로테가 알 필요는 없다.

한 손이 내 얼굴을 건드린다. 로테가 분명하다.

내가 화를 낸다.

"그만해! 눈을 찔렀잖아. 아파."

"불 켜!"

로테가 지시하듯이 말한다.

"할 수 있으면 네가 해 봐."

나는 짜증 섞인 목소리로 말한다. 머릿속이 뒤죽박죽이다. 방금 전의 폭음과 소음이 여전히 울리는 듯하다. 하랄트는 어떻게 됐지? 천장에서 떨어진 파편에 맞은 것 같던데?

나는 어둠 속으로 불안스레 소리친다.

"하랄트! 어디 있어?"

저쪽 어딘가에서 하랄트가 신음하듯이 대답한다.

"뭔가 떨어졌어. 머리에….."

"기다려, 내가 갈게."

로테가 팔을 잡고 놓아주지 않는다. 이런 상황에서는 내가 없으면 완전히 외톨이가 된다는 사실을 직감으로 깨달은 듯하다. 이제 나는 로테에게 엄마 같은 존재가 되어 버렸다.

그렇다고 로테가 나를 독점할 수는 없다. 나는 이 애의 엄마도 아니고 보모도 아니다!

"뇌, 로테!"

내가 버럭 소리를 지른다.

그때 에르빈이 꿈틀거린다. 이어 침 뱉는 소리가 들린다. 입안에 쌓인 먼지를 뱉은 모양이다.

"내가 하랄트한테 가 볼게."

에르빈의 목소리는 내가 걔를 마지막으로 본 곳에서 들려온다. 곧이어 몸을 끄는 소리가 들린다. 에르빈은 걷는 게 아니라 기고 있다. 에르빈이 부르자 하랄트가 답한다.

이어서 에르빈이 말한다.

"머리통을 내 쪽으로 밀어 봐. 아직 붙어 있나 보게."

나는 안도의 한숨을 내쉰다. 다행이다. 모두 살아 있다.

보지 못하고, 듣고 느끼기만 하는 세상은 얼마나 다른지! 완전히 딴 세상이다. 나는 긴장한 채 어둠 속으로 귀를 기울인다. 하랄트가 아픈지 "아, 아!" 소리를 낸다. 하지만 에르빈의 진단은 냉정하다.

"엄살 부리지 마. 혹 하나 난 거 말고는 괜찮아. 무지 크긴 하지만!"

"피 나?"

다행히 피는 나지 않는다고 했다. 그 정도라면 하랄트도 충분히 이겨 낼 것이다. 지금까지 무수한 혹을 달고 산 애니까.

내가 나직이 말한다.

"하랄트, 여기 내 옆으로 와서 기대."

우리는 모두 살아남았다. 심하게 다친 사람은 아무도 없다. 최악의 경우라고 해 봐야 하랄트가 뇌진탕에 걸리는 정도다. 이제 우리는 어떻게 '계속' 살아남을지 고민해야 한다.

이제야 내가 눈을 감고 있다는 것을 알아차린다. 눈을 뜬다. 하지만 감고 있는 것과 별 차이가 없다. 모든 것이 어둡다. 손목시계의 야광 숫자와 바늘만 빼고. 4시 9분이다.

우리는 넷이 몸을 바짝 붙인 채 문과 세면대 사이의 벽에 웅크리고 있다. 볼피만 내 품에 안겨 있다. 우리는 등과 뒤통수를 난방 기기에 기댄다. 기기의 뾰쪽한 모서리 때문에 오래 기대고 앉아 있기엔 편치 않다. 게다가 너무 덥다. 더 나은 자리를 찾아야 할까? 하지만 엄두가 나지 않는다.

머릿속에서는 아직도 폭음이 쿵쿵 울린다. 다른 애들도 비슷할 것이다. 사람 목소리를 다시 들을 수 있다는 게 새삼 놀랍다.

아무도 말이 없다. 우리는 서로의 숨소리만 듣는다. 그러고 있으면 마음이 진정된다. 우리는 이 끔찍한 충격부터 소화해야 한다. 생각이 다시 천천히 움직이기 시작한다. 나는 무슨 상황인지 판단하려 애쓴다. 내 예상이 틀리지 않다면 우리는 어떻게든 어둠에 빨리 적응해야 한다. 몇 분 안에 끝날 일이 아니다.

문득 어떤 생각이 떠오른다. 저기 세면대 벽 쪽으로 창문이 하나 있지 않았나? 환기통 위쪽으로? 그리로는 햇빛이 들 것이다. 희미하게라도. 밖은 아직 어둡지 않다. 지금이 겨울이라고 하더라도.

하랄트가 말한다.

"나 오줌 마려워."

이런 상황에? 하지만 곧 깨닫는다. 나도 소변이 마려운 것을. 조금 전에 다녀왔는데도. 그럼 볼피는? 볼피는 기저귀 위에 비닐 팬티를 입고 있다. 분명 푹 젖었을 것이다.

내가 어둠 속에서 말한다.

"화장실은 이쪽이야. 두 개 중 아무 데나 들어가."

"아무것도 안 보여!"

"손으로 더듬어 봐. 손잡이가 만져질 때까지."

하랄트는 내 말대로 한다. 어둠이 무섭지 않은 모양이다. 그건 분명해 보인다. 하랄트가 조심조심 걷는 소리가 들린다. 발밑에서 석회 가루가 부서지고, 곧이어 화장실 문이 삐걱거린다. 원하던 것을 찾은 것 같다.

다른 누군가가 더듬거리며 걷는다. 에르빈밖에 없다. 에르빈이 바닥으로 뭔가를 질질 끈다. 배낭인가? 아니다. 내가 문가 어딘가에 세워 둔 가방이 분명하다. 에르빈은 가방을 청소 도구가 든 벽장 쪽으로 끌고 간다.

"뭐 하려고?"

"방공호 상황을 보려고."

에르빈답다. 항상 실용적인 것부터 먼저 생각하는 아이다.

나는 그런 생각을 못 했다. 아, 여기서 나갈 수만 있다면, 방공호

문이 열려 밖으로 나갈 수만 있다면 우리는 살아남을 것이다. 그러면 기차역으로 돌아가 할머니를 만나고, 적십자에서 나눠 주는 수프를 먹고….

모두 가정이고 상상이다. 현실은 다르다.

설사 모든 일이 상상대로 된다고 해도 나는 먹을 수 없을 것 같다. 먹고 싶은 생각이 사라졌다. 속이 거북하다. 일단 현재 상황을 정확히 알아야 배고픔을 느낄 수 있을 것 같다.

로테가 울먹인다.

"나가고 싶어. 환한 곳으로!"

그러곤 소리 내어 울기 시작한다.

"찾았어, 손잡이."

에르빈이 이렇게 말하더니 문손잡이를 돌린다.

"기다려! 나도 같이 가!"

하랄트가 화장실 안에서 소리친다.

나는 하랄트를 진정시킨다.

"일단 에르빈이 바깥 상황을 보고 온 다음에 다 같이 갈 거야."

하랄트가 안에서 물 내리는 소리가 들린다.

그때 에르빈이 당황해서 말한다.

"문이 안 열려. 문 앞에 뭐가 있나 봐."

내가 소리친다.

"기다려. 같이 해 보자."

내 외투를 붙잡고 있던 로테의 손을 풀려고 하자 로테가 깜짝 놀라 소리친다. 나는 로테에게 분명히 말한다. 네 도움이 필요하다고. 내가 에르빈과 함께 문을 여는 동안 잠시 볼피를 돌봐 달라고.

로테는 잠깐의 망설임 끝에 겁먹은 목소리로 대답한다.

"싫어. 못 해."

"그럼 혼자 알아서 해! 필요할 때 돕지 않는 아이는 필요 없어!"

"너무 어두워서 그래."

로테가 울먹인다.

"우리도 다 어두워. 어두운 건 나쁜 게 아냐. 충분히 이겨 낼 수 있어. 너도 할 수 있어. 네가 장님이라고 생각해 봐. 그럼 어둠 속에서 다 해야 돼. 어때? 이제 볼피를 봐 줄 거지?"

"집에서는 한 번도 이러지 않았어. 마르타가 다 했어."

"여긴 마르타가 없어. 할 일이 있으면 스스로 해야 돼. 넌 아기가 아냐. 일곱 살이면 충분히 컸어. 함께 도울 수 있다고! 이리 와서 볼피를 꼭 잡고 있어. 우리가 문을 열 때까지!"

로테가 내 쪽으로 밀착하나 싶더니 볼피를 잡는 기색이 느껴진다.

로테에게 엄하게 말한다.

"볼피를 걷게 하거나 기어가게 놔두면 안 돼. 유리 조각이나 돌 조각을 밟을 수 있어. 볼피가 너한테서 빠져나가지 않도록 꼭 붙들고 있어야 돼."

"울면 어떡해?"

"그냥 내버려 둬. 운다고 죽지 않아."

볼피는 벌써 울기 시작한다.

나는 몸을 일으킨다. 그런데 어디가 어딘지 가늠이 안 된다.

"너 어디 있니?"

내 물음에 어둠 속에서 넷이 동시에 "여기!" 하고 대답한다. 에르빈, 로테, 하랄트, 볼피, 이렇게 넷이다. 막내도 이 질문에는 벌써 대답할 줄 안다. 볼피가 말을 처음 배우기 시작할 때 우리는 볼피한테 "너 어디 있니?" 소리쳐 묻고 "여기!" 하고 대답하게 가르쳤다.

나만 "여기!" 하고 소리칠 필요가 없다. 내가 어디 있는지는 다들 알 수 있다. 야광 시계 덕분이다. 나는 스웨터와 외투 소매에 가려 손목시계가 보이지 않을까 봐 시계를 풀어서 외투 단춧구멍 속에 넣은 다음 버클을 채운다. 이제 시계의 작은 숫자판이 내 가슴 한복판에서 반짝거린다. 뒤에 있는 사람만 보지 못한다.

나는 조심조심 에르빈에게 다가가 문을 더듬는다. 안쪽으로 여는지 바깥쪽으로 여는지 기억이 나지 않는다.

"바깥쪽으로 밀어야 돼."

에르빈이 확인해 준다.

우리는 문에 몸을 대고 힘껏 민다.

잠시 쉬는 동안 에르빈이 헉헉거리며 말한다.

"아빠나 호이슬러 할아버지가 있었으면 금방 열었을 텐데."

"길레!"

볼피가 나를 부른다. 볼피는 '기젤'이라는 발음이 잘 안 돼서 '길레'

라고 부른다.

로테가 소리친다.

"얘가 자꾸 언니한테 가려고 그래. 어떡해?"

"꼭 잡아! 말 안 들으면 한 대 때려 줘!"

"어딜!"

로테가 당황한 목소리로 묻는다.

"당연히 엉덩이지!"

나는 지금 어둠 속에서 실랑이를 벌이고 있을 두 아이에게 신경쓸 겨를이 없다. 중요한 건 문이다. 문 앞에는 파편 더미가 잔뜩 쌓여 있을 것 같다. 열쇠 구멍이 어디지? 손잡이 아래 어딘가에 있을 것이다. 열쇠가 꽂혀 있지 않고 밖에 불빛이 있다면 열쇠 구멍으로도 확인이 가능할 것 같다.

그러나 없다. 아무 빛이 없다. 어쩌면 두꺼비집이 통째로….

전기선이 전부 끊어진 게 아니라면, 모조리 고장 난 게 아니라면, 이 커다란 건물 전체가 파괴된 게 아니라면….

하랄트가 화장실에서 나오다가 가방에 걸려 넘어진다. 하지만 곧 다시 일어나 가방을 옆으로 치운다.

"하랄트, 나 좀 도와줘!"

로테가 징징거리는 소리로 하랄트를 부른다.

그 사이 나는 에르빈과 함께 동시에 부딪히면 문틈이 좀 벌어지지 않을까 의논한다. 우리는 나란히 손을 잡고 네 걸음 뒤로 물러난다.

둘이 동시에 부딪혀야 힘이 커진다. 우리는 문이 있는 방향을 기억하려고 애쓴다. 잘못하면 벽으로 돌진할 수도 있다. 그러면 너무 아플 것이다.

자, 준비, 출발! 우리는 문으로 몸을 날린다. 내 팔꿈치가 문틀에 부딪힌다. 다행히 세 벌이나 껴입은 옷 덕분에 많이 아프지는 않다.

문은 꿈쩍도 안 한다.

에르빈이 말한다.

"문 앞에 쓰레기 몇백 킬로그램이 가로막고 있나 봐. 어쩌면 몇 톤일지도."

몇백 킬로그램이든 몇 톤이든 중요하지 않다. 문제는 문이 열리지 않는다는 것이다.

우린 갇혔다. 여자 화장실에. 창문도 별 도움이 되지 않을 것 같다. 창문 앞에도 파편이 산더미처럼 쌓여 있는 게 분명하다. 빛 한 점도 들어오지 않는 걸 보면.

우린 완전히 갇혔다. 감금되었다. 그것도 칠흑 같은 어둠 속에.

다만 춥지는 않다. 여긴 난방이 돌아가는 모양이다. 나는 난방 기기를 더듬어 본다. 미지근하다. 그런데도 안은 엄청 덥다. 그제야 내 몸이 땀으로 흥건한 것을 알아챘다. 이번에는 단순히 두려움 때문에만 흘린 땀이 아니다.

다시 무슨 소리가 들린다. 멀리서 들려오는지 무척 희미하다. 나는 바짝 긴장한 채 유심히 귀를 기울인다. 공습경보 해제 소리다! 그렇다면 시스템이 완전히 망가진 건 아니다. 해제 소리는 두꺼운 벽을 뚫고 들어왔다. 다들 기뻐한다. 이 신호가 들리면 방공호를 나갈 수 있다는 것을 집에서부터 알고 있다.

그러나 우리는 아니다. 우리는 덫에 걸려 있다.

폭탄이 떨어졌을 때 방공호에 있던 사람들은 어떻게 되었을까? 지하실엔 사람이 많지 않았지만 그렇다고 완전히 비지는 않았다. 게다가 비명 소리까지 들렸다. 여우털 아주머니가 떠올랐다. 아주머니는 방공호를 나간 것 같았다. 그렇지 않다면 우리를 향해 소리를 지르거나 벽을 두드렸을 것이다. 아니면?

이제 사람들은 다시 승강장으로 몰려갈 것이고, 기차는 출발할 것이다. 우리를 드레스덴으로 데려다줄 기차까지도.

사이렌 소리가 그친다. 숨 막히는 정적이 찾아온다.

그사이로 무슨 소리가 희미하게 들린다. 뭐지? 귀를 기울인다. 소방대의 삐뽀삐뽀 사이렌 소리일까?

우리는 다시 바짝 붙은 채 웅크리고 앉아 있다. 마음 같아서는 실컷 울음이라도 터뜨리고 싶지만 그런 모습을 보여선 안 된다. 그렇지 않아도 겁에 질린 아이들이 더욱 불안해할 것이다. 특히 로테가 그렇다. 나는 목구멍까지 치솟은 울음을 여러 번 재빨리 삼킨다. 그러고는 울음기가 묻어나지 않는 목소리로 짐짓 명랑하게 말한다.

"정말 멋진 모험이지 않아? 나중에 자랑할 게 생겼잖아."

하랄트가 내 말을 받는다.

"아무도 우리 말을 안 믿을 거야."

에르빈이 한숨을 쉰다.

"자랑이고 뭐고 일단 살아남아야 이야기를 하지."

내가 야단을 친다.

"그런 소리 하지 마! 그렇게 얘기하면 우리 목숨이 위험한 것 같잖아!"

아무래도 다른 아이들이 없을 때 에르빈과 얘기를 좀 해야 할 것 같다. 예를 들면 아이들이 잘 때 말이다. 동생들이 있는 데서는 살아남느니 어쩌니 하는 말을 하면 안 된다. 안 그래도 불안해하는 애들이 더더욱 공포에 사로잡힐 수 있다. 그러면 상황은 더 나빠진다.

나는 로테에게서 볼피를 받아 안는다.

"봐, 너도 할 수 있잖아."

"나한테 한 말이야?"

로테가 쭈뼛거리며 묻는다.

순간 여기 어둠 속에 있는 동안에는 누군가에게 말을 걸 때 이름을 불러야 한다는 사실을 깨닫는다. 안 그러면 누구한테 말하는지 알 수 없다.

"그래 로테 너보고 한 말이야. 정말 잘했어."

로테가 침을 꿀꺽 삼킨다. 나를 도운 것이 무척 신기하면서도 자랑스러운 듯하다.

무척 덥다. 나는 볼피의 모자를 벗겨 내 외투 주머니에 불룩하게 집어넣는다. 아직도 난방이 돌아가는 게 이상하다. 아니, 오히려 더 세진 느낌이다. 왜 그럴까? 나는 외투를 벗으며 다른 아이들에게도 옷을 벗으라고 말하려 한다. 그때 하랄트가 코를 킁킁거린다.

코를 킁킁거릴 만한 게 뭐가 있지?

하랄트가 말한다.

"무슨 냄새 안 나? 연기 냄새?"

이제 우리 모두 코를 킁킁거린다. 정말 연기 냄새가 난다.

에르빈이 말한다.

"밖에서 뭔가 타는 것 같아. 아까 전투기에서 소이탄(목표물을 불태우기 위해 만든 폭탄:옮긴이)을 투하했으면 온 도시가 불에 타고 있을 거야."

이건 에르빈이 뭣도 모르고 하는 소리가 아니다. 그렇다고 신문에서 본 것도 아니다. 폭격으로 파괴된 독일 도시들의 사진은 신문에 나지 않는다. 선전 영화도 마찬가지다. 신문이건 영화건 항상 우리가 승리한 이야기만 한다.

그런데 우리가 다니는 남녀 인문계 학교에서는 다양한 폭탄 사진을 보여 주고, 공습 시 행동 요령까지 실습을 통해 가르쳐 주었다. 한 젊은 여자 선생님은 학교 운동장에 우리를 둥글게 모아 놓고 불 끄는 법을 직접 보여 주었다. 평소에는 영어를 가르치던 선생님이 철모와 얼굴 보호대를 착용한 모습이 너무 웃겨서 우리는 배를 잡고 웃었다.

그것이 벌써 1년 전이다. 그때만 해도 우리가 실제로 공습을 받게 되리라고 생각한 사람은 아무도 없었다. 당시엔 그 모든 것이 딴 나라 일처럼 여겨졌다. 비록 함부르크와 베를린 같은 대도시들은 오래전부터 적의 폭격을 받고 있었지만 말이다. 다들 우리가 사는 슐레지엔 지방의 작은 도시에는 폭탄이 떨어지지 않을 거라고 철석같이 믿었다. 그럴 이유가 있었다. 여긴 군수 공장도 없고, 철도망의 중요한 연결 지점도 아니다.

악랄한 미국 놈과 영국 놈!

하지만 가만히 생각해 보면 우리도 그들과 똑같은 짓을 했다. 코번트리를 무차별적으로 폭격했고, V1, V2 미사일을 영국으로 쏘아 보냈다. 그게 군인에게 맞을지, 아니면 여자나 아이 같은 양민에게 명중할지는 따지지 않고서. 그런 것에 대해 우리 독일인들이 양심의 가책을 느꼈다는 이야기는 어느 신문에서도 읽은 적이 없다.

우리는 영어 시간에 한 영국 소녀에 대한 이야기를 읽었다. 당연히 영어로 읽었다. 소녀의 이름은 수전이었고, 나는 수전에게 호감을 느꼈다. 우리는 영국 가정과 여학교에서 어떤 일이 벌어지는지, 영국의 가족과 친구 들이 어떻게 교류하는지, 영국인들이 일요일에 무엇을 하고 무엇을 먹는지, 또 꿈은 무엇인지 등에 대해 알게 되었다. 따지고 보면 우리와 다를 게 없는 사람들이었다.

나는 군청 소재지에서 가끔 영국군 포로를 보았다. 그들도 내가 상상하던 적처럼 보이지 않았다. 예전에 우리는 적을 항상 뿔 달린 괴물로 상상했다. 겉모습만으로도 당장 쳐 죽이고 싶을 정도로 사악하고 혐오스런 악마로 떠올렸다. 하지만 영국인 포로들은 독일 군복을 입으면 영국인이라는 걸 모를 정도로 우리와 똑같이 생겼다. 나는 수전의 이야기를 읽으면서 문득 이런 의문이 들었다. 우리는 대체 저들과 왜 싸워야 할까?

"불이 이리로도 와?"

로테가 깜짝 놀라 묻는다.

"아니. 여긴 전부 돌뿐이라서 탈 게 없어. 게다가 불은 밑에서 위로 올라가지, 위에서 밑으로 내려가지는 않아. 우리는 지하실에 있으니까 걱정하지 않아도 돼."

나는 로테를 안심시킨다. 엄마한테 배운 사실이다. 뭔가 두려운 일이 생기면 엄마는 일단 우리를 진정시킨 다음 관심을 딴 데로 돌리고 다른 일에 열중하게 했다. 기차 안에서도 그랬고, 진통 중에도 그랬다. 그런 엄마에게서 배운 내 처방도 효과가 있어 보인다.

하지만 에르빈이 끼어들면서 다시 불안을 키운다.

"밭에서 감자 줄기를 태우면 땅속에 있는 감자도 잿더미 밑에서 익어."

맞는 말이다. 우리는 잿더미 밑의 감자일까? 섬뜩한 불안감이 밀려든다. 여기 지하실이 서서히 더워질까, 아니 뜨거워질까?

그런 느낌은 없다. 아니 그 반대다. 갑자기 추워진다. 몸이 덜덜 떨린다. 하지만 이 안의 온도와는 상관없는 추위다. 너무 무서워서 떠는 것이니까. 하지만 아이들에게는 이 열기에 대해 말하지 말아야 한다. 바깥의 불덩이나 잿더미를 떠올리게 할 수 있다.

"자, 이제 좀 먹을까?"

내 입에서 나온 말이 남의 목소리처럼 들린다.

누군가 안도의 한숨을 내쉰다. 하랄트인 것 같다. 일어나서 가방을 끌고 온 사람도 하랄트니까.

"내가 도둑을 쫓아가지 않았으면 우린 쫄쫄 굶을 뻔했어."

아, 그랬지. 이쯤에서 하랄트가 자신의 무용담을 에르빈에게 우쭐대면서 이야기할 분위기를 만들어 주어야 했다. 하지만 나는 하랄트를 찾아다녔던 게 벌써 오래전 일처럼 느껴진다. 게다가 하랄트의 무용담조차 이젠 시시해졌다. 내 생각은 전혀 다른 데 가 있다. 오직한 가지 문제만 들이판다. 여기서 어떻게 나갈 수 있을까?

우리는 가방 둘레에 웅크리고 앉는다. 어디든 상관없다. 어차피 사방은 어둡고 먼지투성이다. 유리 조각 위만 아니면 된다.

나는 가방을 뒤진다. 사과가 만져지고, 소시지 봉투가 느껴진다. 이어 버터빵 종이가 바스락거린다. 찾았다! 어떤 빵은 소시지를 올렸고, 어떤 건 치즈를 올렸는데, 모두 반으로 접어서 포장했다. 집에서 빵 만드는 걸 도왔기 때문에 잘 안다. 나는 뭘 올렸는지 살펴보지 않고 아무거나 집히는 대로 하나씩 건넨다. 내용물을 확인한 아이들은 서로 열심히 바꾸기 시작한다.

"넌 치즈가 좋아? 그럼 나한테 소시지를 줘…."

어둠 속에서도 다들 자기 입은 잘 찾는다. 한동안 쩝쩝거리며 맛있게 먹는 소리만 들린다.

내가 말한다.

"천천히 씹어 먹어. 더는 못 줘. 언제 밖으로 나가게 될지 모르니까 아껴 먹어야 돼."

"마실 건 없어?"

로테가 병아리 같은 목소리로 묻는다.

가방에는 반쯤 남은 음료수 병이 두 개 있다. 하나는 엘더베리 주스이고, 다른 하나는 우유다. 나는 고민에 빠진다. 어떻게 마셔야 할까? 그냥 입에 대고 마실 수도 있다. 하지만 양이 얼마 안 되기 때문에 엄격하게 할당해야 한다. 한 방울도 허투루 낭비해선 안 된다. 남은 것으로 얼마나 더 버텨야 할지 모르기 때문이다. 한 모금씩 마시게 할까? 안 될 말이다. 그러면 에르빈은 하랄트보다 더 많이 마실 것이다. 게다가 너무 목이 말라서 한 모금보다 더 마시는 아이도 있을 수 있다. 그런다고 알아내기는 어렵다. 어둡기 때문이다. 갈증은 사람을 얼마든지 유혹에 빠뜨릴 수 있다.

그런 일이 일어나선 안 된다. 모두 똑같은 양을 마셔야 한다. 그릇에 담아서.

그런데 바로 다음 난관이 찾아온다. 이런 어둠 속에서 어떻게 똑같이 따를 수 있을까? 아무것도 안 보이는데 제대로 따를 수나 있을까? 나는 가방을 뒤져서 손잡이가 달린 볼피의 작은 에나멜 컵을 꺼낸다. 일단 볼피에게 줄 우유부터 컵에 따른다. 볼피는 허겁지겁 마시고는 기분 좋게 쩝쩝거린다.

반쯤 남은 주스와 반이 안 되는 우유로 다섯 명이 버텨야 한다. 하루 종일 갇혀 있어야 하면 어떡하지? 다시 두려움이 온몸을 감싸면서 소름이 끼친다. 너무 목이 말라 사지를 비틀며 서서히 죽어 가게 될까? 상상하기도 싫은 죽음이다.

순간 나는 이마를 친다. 물은 여기 차고 넘치게 있잖아! 폭음이 들리기 전에 나는 세면대에서 손을 씻었고, 몇몇 여자가 두 손으로 물을 받아 마시는 것도 보았다.

"맞아, 물은 많아! 저기 차고 넘치도록 있어. 세면대만 찾으면 돼."

로테가 불안해하며 묻는다.

"그게 어딘데?"

"벽을 따라 왼쪽으로 가면 있어."

하랄트는 벌써 더듬거리며 출발한다.

"찾았어, 여기 있어!"

하랄트의 자랑스러운 외침에 에르빈이 소리친다.

"내가 그리로 갈 때까지 계속 아아아— 소리 내고 있어. 그럼 네가 물을 마시는 동안 내가 거기서 나머지를 그렇게 부를게."

하랄트는 길게 "아아아—" 소리를 낸다. 나중에는 사이렌 소리를 흉내 낸다.

"그만해, 그 소리는 듣기 싫어!"

내가 화를 내자 하랄트는 입을 다문다.

에르빈은 자기 차례가 되자 할머니가 모이를 주려고 닭을 부를 때처럼 "구구구구" 소리를 낸다.

나는 일어나서 볼피의 손을 잡고 벽을 따라 소리 나는 쪽으로 향한다. 로테는 더 이상 내 외투를 꼭 붙들지 않고, 느슨하게 내 팔에 손을 얹고 있다. 이제 나를 믿는 걸까? 그럴지도. 하지만 설사 나를 믿지 않는다고 해도 우리가 꼼짝없이 갇힌 걸 알아서일 수도 있다. 여기서는 로테에게서 도망치고 싶어도 도망칠 수가 없으니까.

로테는 이제 어둠에 익숙해진 듯하다. 기대하지 않은 일이다.

10

갑자기 하랄트가 소리친다.

"물이 안 나와!"

가슴이 철렁 내려앉는다.

"그럴 리가 없어! 네가 조금 전 화장실에서 물을 내렸을 때는 물이 나왔잖아. 화장실 물통에서 물이 나온다면 세면대에도 나올 거야. 꼭지를 잘못 돌린 거 아냐?"

그러나 수도꼭지에서는 끼익거리는 소리만 날 뿐 좔좔 물 흐르는 소리는 나지 않는다.

"내가 해 볼게."

에르빈이 수도꼭지를 돌렸지만 다시 끼익거리는 소리뿐이다.

"정말로 물이 안 나와. 완전히 돌렸는데."

믿고 싶지 않아서 세면대로 직접 가서 해 본다. 마찬가지다.

"조금 전만 해도 나왔는데….."

"폭탄 때문일 거야. 전기선도 끊겼잖아."

에르빈의 입에서 한숨이 새어 나온다.

하랄트가 말한다.

"그럼 물 없이 살아야지 뭐."

에르빈이 퉁을 준다.

"이 바보야! 사람은 물이 필요해. 물이 없으면 죽어!"

잠시 침묵이 흐른다. 나는 하랄트가 지금 어떤 표정을 짓고 있을지 안다.

하랄트가 나한테 묻는다.

"우리 이제 목말라 죽는 거야?"

로테가 내 손을 잡고 울먹인다.

"죽고 싶지 않아!"

나는 심호흡을 한다. 엄마였으면 이 상황에서 어떻게 했을까? 동생들을 안심시키고 두려움을 없애려고 노력했을 것이다. 그러나 여긴 엄마가 없다. 내가 엄마 역할을 해야 한다.

"나도 목말라 죽고 싶지 않아, 로테. 게다가 사람은 그렇게 빨리 죽지 않아. 그렇게 되려면 며칠은 더 있어야 돼. 그사이 우린 여기서 나갈 수 있어."

이 대목에서 에르빈이 다시 딴죽을 건다.

"하지만 혀가 마를 거야. 선생님이 그랬어. 물을 못 마시면 목이 말라 말도 못 하고 삼키지도 못한댔어."

나는 짐짓 별거 아니라는 듯이 손사래를 친다.

"맞는 말이야. 좀 불편하겠지. 하지만 그것도 곧 지나갈 거야. 게다가 그런 상태까지 가지도 않아. 사람들이 오늘 저녁이나, 아니면 늦어도 내일 아침이면 우리를 꺼내 줄 테니까."

만일 할머니가 이 말을 들었다면 이렇게 말했을 것이다. '호랑이가 담배 피운다는 이야기를 믿지 그 말을 믿겠니?'

우리는 원래 자리로 돌아간다. 나는 음료수 병을 가방에 다시 챙겨 넣고 지퍼를 닫는다. 지금 마셔선 안 된다. 병 두 개에 든 걸 다 합쳐도 기껏해야 4분의 3리터뿐이다.

"우리가 여기 있는 걸 사람들이 알아?"

로테가 묻는다.

나는 깜짝 놀라 로테의 얼굴을 바라본다. 지금까지 내가 하지 못한 생각이다. 어쩌면 바깥쪽 사람들은 우리가 아래에 있는 걸 전혀 모를 수 있다. 그렇다면 우리를 구해 낼 생각조차 하지 못할 것이다.

나는 일단 마음을 가라앉힌다. 동생들에게 드러내서는 안 되는 생각이다. 벌써 하랄트가 로테의 물음을 골똘히 생각한 모양이다.

"사람들이 모르면 우리가 알려 줘야 하는 거 아냐?"

나는 퍼뜩 청소 도구가 든 벽장을 떠올린다. 문에 빗장이 걸려 있다. 에르빈과 나는 빗장을 풀고 도구들을 꺼낸다. 나는 바닥 청소 솔을 잡고, 에르빈은 빗자루를 잡는다. 우리는 그걸로 세면대와 환기통 사이의 벽을 두드린다. 내 발밑에서 유리 조각이 으깨진다.

에르빈이 말한다.

"이걸로는 안 들리겠어. 환기통 위 창문으로 고함을 질러야겠어. 유리창이 없으니까 잘 들릴 거야."

내가 놀라 묻는다.

"유리창이 없는 걸 어떻게 알아?"

"우리 발밑에 유리 조각이 널려 있잖아."

에르빈은 가끔 예리할 때가 있다. 나는 거울이 깨진 거라고 생각했다. 하지만 가만히 생각해 보면 거울은 세면대 위에 있다. 거울이 깨졌다면 세면대 밑에 유리 조각이 있어야 한다. 최소한 대부분은 말이다. 하지만 내가 수도꼭지를 돌릴 때 세면대 밑에서 유리가 밟힌 기억은 없다.

"그래. 소리를 지르자. 환기통 밑으로 가자."

환기통이 어디지? 나는 볼피를 데리고 벽을 따라 환기통 쪽으로 조심조심 걸어간다. 이제 곧 유리가 밟힐 것이다.

유리가 빠지직 부서지는 소리가 난다.

내가 애들에게 소리친다.

"여기야! 여기 유리 파편이 있어! 더 이상 가지 마!"

나는 왜 소리를 지른 걸까? 이 좁은 공간에서는 낮게 말해도 모두가 알아들을 텐데!

에르빈이 묻는다.

"뭐라고 소리치지? '여기요'나 '살려 줘요' 아니면 '꺼내 줘요'?"

나는 '사람 살려!'가 가장 좋다고 생각한다.

"하나, 둘, 셋 하면 다 같이 소리치는 거야. 최대한 큰 소리로."

우리는 박자를 맞춰 소리를 지른다.

"사람 살려! 사람 살려! 사람 살려!"

모두가 정말 미친 듯이 소리친다. 로테까지 포함해서 말이다. 아마 지금 로테의 얼굴은 빨갛게 달아올랐을 것이다. 볼피만 소리를 못 지른다. 대신 큰 소리로 운다. 그것도 소리는 소리다. 나는 볼피를 안고 뺨을 어루만진다.

여기 아래서는 소리가 크게 울린다. 하지만 저 위까지 들릴까? 폭격으로 집 몇 채만 부서졌다면 사람들은 분명 우리한테 곧 신경을 쓸 것이다. 하지만 온 도시가 파괴되었다면 구조대와 소방대는 건물 잔해에 묻힌 수많은 사람을 구해야 한다. 그럴 경우 우리는 구조를 기다리는 수많은 사람들 가운데 하나에 지나지 않는다. 그럼 구조 가능성은 크지 않다.

에르빈이 헉헉거린다.

"더는 못 하겠어."

나도 너무 소리를 질러서 머리가 어지럽다.

"이제 그만해."

내 말과 함께 다시 끔찍한 정적이 찾아온다. 여기 아래에 우리만 있다는 사실이 분명히 드러나는 정적이다.

갑자기 두드리는 소리가 난다. 다들 일순간 동작을 멈추고 귀를 쫑긋 세운다. 문 앞에 누가 있나? 위에서 나는 소리일까?

"저쪽에서 났어."

하랄트는 아마 손가락이나 턱으로 가리켰을 것이다. 하지만 어둠 속에서는 아무것도 보이지 않는다.

이제 내 귀에도 소리가 들린다. 청소 도구가 있는 벽장 쪽이다.

"저긴 남자 화장실이야."

에르빈이 말한다.

남자 화장실에도 우리처럼 갇힌 사람이 있을까? 그렇다면 여기 지하실에 우리만 있는 것이 아니다!

에르빈이 덧붙인다.

"어쩌면 한 사람뿐인지 몰라. 그럼 대답해 줘야 할 것 같은데…."

우리는 그사이 어두운 공간에 빨리 적응했다. 우리 길에 방해가 되는 물건, 예컨대 벽이나 화장실 문, 청소 도구 벽장, 석회 파편 따위에 부딪히지 않으려고 조심조심 발을 내밀며 타일 위를 걷는다.

폭격 이후 우리는 남자 화장실과 맞닿은 쪽은 가지 않았다. 왜 그랬을까?

우리는 주먹을 쥐고 타일 벽을 두드린다. 소리가 무척 약하다. 어린아이들 주먹이라서 더더욱 그렇다. 그래도 아이들은 열심이다.

하랄트가 한 가지 아이디어를 떠올린다. 장화를 벗어서 밑바닥으로 타일을 때리는 것이다. 그 소리는 좀 더 크다. 다른 애들도 하랄트를 따라 한다. 내 다리에 찰싹 달라붙어 있는 볼피만 빼고.

에르빈은 청소 도구 벽장에서 쓰레받기를 가져와 타일을 쾅쾅 내려친다. 어두운 데서 너무 열심히 치다가 그만 쓰레받기가 내 가슴을 때리고, 한쪽 모서리가 내 턱 밑을 찌른다.

"조심 좀 해!"

피가 나는 것 같다. 하지만 많이 다친 것 같지는 않다. 나는 손등으로 피를 닦는다. 그사이 에르빈은 쓰레받기로 다시 벽을 두드린다. 나는 청소 솔 자루로 두드린다. 여기서는 크게 들리지 않지만 저쪽에서는 다를 수 있다.

우리는 동작을 멈추고 귀를 기울인다. 건너편 사람이 반응할까?

볼피가 애처롭게 울어 댄다. 소음이 불안한 모양이다. 나는 볼피를 달랜다.

반응이 온다. 이젠 저쪽에서 두드리는 소리가 분명히 들린다. 말소리는 어떨까? 고함을 지르면 들릴까? 아닐 것 같다. 벽이 너무 두껍다.

어쨌든 좋다. 중요한 건 우리가 이제 남자 화장실에 누군가 있다는 사실을 안다는 것이다. 한 명일 수도 있고, 여러 명일 수도 있다. 살아 있는 사람이 말이다. 게다가 저쪽도 우리처럼 나가지 못하고 갇혀 있다. 우리가 아는 건 그게 전부다. 더는 모른다.

아니, 또 있다. 저쪽도 분명 어둡고 물이 없을 것이다. 이불과 먹을 것도 없을 가능성이 크다. 식량을 화장실까지 가져가는 사람은 없다.

여전히 탄내가 나지만 더 더워진 것 같지는 않다. 그런 냄새는 오래간다. 집에 있을 때부터 알던 사실이다. 불에 탄 감자 냄새가 부엌에 얼마나 오래 배어 있던지! 아무튼 저 위의 불이 더 이상 우리를 위협하는 것 같지는 않다.

그렇다면 내가 조금 전에 생각했던 것만큼 상황이 나쁜 건 아니다. 우리는 어쨌든 아직 살아 있다!

문득 즐거운 감정이 사로잡는다. 나는 손뼉을 치며 소리친다.

"애들아, 우리 춤추고 노래하자. '우린 살아 있어, 살아 있어, 살아 있어, 살아 있어!'"

로테와 하랄트는 금방 나한테 전염된다. 나는 발소리로 두 아이가 제자리에서 돌고 있음을 짐작한다. 아이들은 손뼉을 치고 노래를 부른다. 그러다 '등불'이라는 동요로 넘어간다. 볼피도 따라 한다.

나는 로테에게 놀란다. 함께한 지 얼마나 됐다고 벌써 새로운 상황에 이렇게 적응을 잘하다니! 로테는 낯선 것들을 빠르게 배워 가고 있다.

벽을 더듬거리며 걷던 에르빈이 나하고 부딪힌다.

내가 낮은 소리로 묻는다.

"넌 왜 함께 안 해?"

"노래할 기분이 아냐."

"그럼 다른 애들을 위해서라도 해. 동생들 기분을 좋게 해야 돼. 애들이 계속 울면서 엄마만 찾았으면 좋겠어?"

이제 에르빈도 함께 노래한다. 하지만 '우린 살아 있어!'가 아니라

'틈새는 어디 있어?'라고 노래 부른다. 얼마 뒤 우리는 모두 큰 소리로 함께 부른다.

"틈새는 어디 있어? 틈새는 어디 있어?"

볼피가 울기 시작한다. 울음이 그치지 않는다. 분명 너무 지친 탓이다. 왜 아니겠는가? 게다가 어둠의 영향도 큰 듯하다. 나는 우리 이마에 혹이 나면 입으로 호 불어 주면서 노래를 하던 엄마를 떠올리며 볼피에게 같은 노래를 불러 준다.

"거룩하고 거룩한 축복이여, 사흘 동안 비가…."

"'틈새'는 어떻게 생각한 거야?"

내가 에르빈한테 묻는다.

에르빈은 폭격 후 불이 나가기 전에 벽이 갈라지는 것을 보았다고 한다. 그 틈새만 찾으면 남자 화장실에 있는 사람들과도 소통할 수 있을 것 같다는 것이다.

똑똑한 생각이다. 그렇다면 틈새는 찾을 만한 가치가 충분하다. 우리는 타일 벽 위를 더듬거린다. 작은 애들은 아래쪽을, 에르빈과 나는 위쪽을 찾는다. 에르빈은 청소 도구 벽장에서 양동이까지 가져와서 뒤집어 놓고 올라서서는 손이 닿는 곳까지 더듬는다. 그러나 우리가 발견한 것이라고는 별 도움이 안 되는 좁은 틈새뿐이다. 그때 로테가 소리친다.

"여기!"

로테는 정말 뭔가를 발견했다. 틈새는 아니고 맨 구석 쪽 벽에서 반 뼘 정도 튀어나온 금속관이다. 높이는 로테의 무릎 정도 되고, 굵기는 산책용 지팡이 비슷하다. 끝에는 뚜껑이 달려 있다.

이 관은 벽을 지나 반대편으로 이어져 있을까?

뚜껑은 잘 돌아가지 않는다. 오랫동안 사용하지 않은 모양이다. 우리가 교대로 시도하다 보니 마침내 뚜껑이 열린다. 뚜껑은 에르빈의 손에서 바닥의 석회 덩어리 사이로 떨어진다. 우리는 서둘러 건너편을 보려고 쪼그려 앉다가 머리를 부딪친다. 나는 에르빈을 밀치고 한쪽 눈으로 관 속을 본다.

"아무것도 안 보여. 막혀 있나 봐."

순간 찰싹 소리가 난다. 에르빈이 자기 이마를 친 것 같다.

"그럴 수밖에. 저쪽도 캄캄하잖아!"

에르빈이 나를 밀치더니 관에다 대고 소리친다.

"여기요, 여기요! 거기 누구 없어요?"

내가 에르빈에게 속삭인다.

"이제 관에다 귀를 대 봐!"

"벌써 그러고 있어. 그런데 아무 소리도 안 들려."

"반대쪽에도 뚜껑이 달린 거 아냐?"

하랄트가 묻는다.

"내가 해 볼까? 내 목소리가 훨씬 크잖아."

"조용해!"

에르빈이 핀잔을 준다.

관에다 소리를 지르는 건 소용이 없다. 두드리는 것 말고는 소통

할 길이 없다.

그때 갑자기 에르빈의 흥분한 목소리가 들린다.

"네? 에르빈요."

우리는 귀를 기울인다.

나는 에르빈의 말만 들을 수 있다.

에르빈은 불규칙한 간격으로 누군가에게 대답한다.

"열두 살요. … 다섯 명. … 아뇨, 엄마는 없어요. … 네, 아이들뿐이에요. … 열다섯 살, 열두 살, 여섯 살, 한 살 반요. 또 하나는 우리 동생이 아니에요. 몇 살인지는 모르고. … 아뇨, 그것도 몰라요. … 아뇨, 그것도 몰라요."

이어 한참 동안 아무 소리가 없다.

하랄트가 묻는다.

"뭐라고 그래?"

에르빈은 대답하지 않는다. 그러다 불쑥 입을 연다.

"네, 있어요. … 네, 그렇게 할게요. 그럼 나중에 봐요."

에르빈이 일어난다.

"한참 쪼그리고 있었더니 몸이 완전히 굳었어."

"그래서? 뭐라 그래?"

내가 긴장해서 묻는다.

"저쪽은 우리보다 상황이 더 나빠 보여. 천장이 반쯤 내려앉았대. 게다가 남아 있는 천장도 조금씩 무너지고 있나 봐. 불은 나갔고 물도 없대. 여기 바로 위에 폭탄이 떨어졌나 봐. 방공호가 폭삭 무너졌대. 거기는 살아 있는 사람이 거의 없을 거래."

순간 머릿속으로 여우털 아주머니가 스쳐 지나간다. 마지막 순간에 출구를 닫던 방공호 책임자도.

"남자 화장실에 다른 사람은 없대?"

"자기 혼자래. 군인이랬어. 왼쪽 다리를 다쳐서 앉거나 기어서만 움직일 수 있대. 천장이 무너지면서 다쳤나 봐. 흙을 파헤쳐서 간신히 다리를 빼내기는 했는데, 여러 군데가 부러졌대. 다리를 질질 끌어야 한대. 너무 아픈가 봐. 그래서 관까지 오는 데 시간이 걸렸대. 처음에는 피가 많이 났는데 지금은 안 난대. 여기 여자 화장실에 사람이 있는지는 몰랐대. 우리가 '사람 살려!' 하고 외치는 소리를 듣고 군화로 벽을 두드렸대. 이름은 로켈이래. 7시에 다시 관 앞에서 만나기로 했어."

로테가 한숨을 내쉬며 말한다.

"불쌍한 아저씨."

나도 같은 생각이다. 이런 상황에 다리까지 부러지다니! 의사도 없고 돌봐 주는 사람도 없다. 혼자서 얼마나 무섭고 아플지 생각하니 마음이 아프다.

내가 묻는다.

"혹시 앞으로 어떻게 될 것 같다는 얘기는 안 했어? 우리가 여기서 나갈 수 있을 것 같대?"

"자기는 확신한다고 했어. 늦어도 내일이면 구조대가 올 거래. 다만 우리가 여기 있다는 걸 알려야 한대. 방공호가 폭격을 받으면 구조대가 가장 먼저 하는 일이 생존자를 확인하는 거래."

마음이 놓이는 소식이다. 로켈은 어른이고, 게다가 군인이니까 더 잘 알 것이다. 나는 바닥에 앉아 벽에 몸을 기댄 채 다리를 가슴 쪽으로 끌어모은다.

하랄트가 관에 대고 소리친다.

"여기요, 여기요! 나는 하랄트예요. 올해 학교에 입학했어요!"

나는 하랄트를 잡아당기려고 한다. 지금 로켈 아저씨에게 필요한 건 안정이다. 그런데 아저씨가 하랄트에게 무슨 말을 한 것 같다. 하랄트가 잠깐씩 말을 끊으며 짧게 대답하는 소리가 들린다.

"네. … 아뇨. … 많이 아파요? … 나도 돌멩이에 머리를 맞았어요. 그래서 혹이 생겼어요."

하랄트가 로켈 아저씨에게 재미있는 이야기를 해 달라고 부탁하는 순간 나는 얼른 하랄트를 잡아당긴다.

하랄트가 화를 낸다.

"아저씨가 아픈 걸 잊게 하려고 그런 거야!"

볼피가 내 무릎 사이로 파고든다. 녀석은 계속 징징거리며 보챈다. 기저귀가 아마 푹 젖었을 것이다. 기저귀를 갈아 주어야 한다. 벌써 한참 전에 그랬어야 했다. 하지만 너무 피곤하다. 깜박 생각을 놓으면 금방 눈이 감긴다.

누군가 내 옆에 쪼그려 앉는다. 로테다.

"너무 안됐어. 차가운 바닥에 계속 누워 있어야 하고, 먹을 것도 없고, 물과 담요도 없고…."

나는 볼피를 보고 말하는 줄 알고 대답한다.

"내가 대부분 안고 있잖아. 우유도 한 컵 마셨고."

로테가 말한 건 저쪽 군인 아저씨다.

이럴 땐 뭐라고 해야 할까? 나도 마음이 아프다. 하지만 우리가 아저씨를 도울 방법은 없다.

하품이 나온다.

"로켈 아저씨가 저렇게 아픈데 하품이 나와?"

로테가 핀잔을 준다.

나는 속으로 중얼거린다. 말은 잘하네. 너하고 나하고 같아? 너는 너 하나만 걱정하면 되지만 나는 너희 모두를 책임져야 한다고!

다시 하품이 난다. 아 참, 볼피. 볼피 기저귀를 갈아야 하는데… 기저귀를….

볼피, 하랄트, 에르빈, 나는 기차를 타고 있다. 옆에 우리 짐이 보인다. 우리가 좋아하고 소중하게 생각하는 모든 것들이 담겨 있다. 내 인형 하이디와 스케이트, 에르빈의 공과 하랄트의 곰돌이 인형, 우리 옷과 신발, 엄마의 비싼 그릇과 추시계가 보인다. 놀랍게도 책도 있다. 그네, 가구, 카펫, 커튼, 벽에 걸린 그림, 정원의 작업 도구와 빨래 바구니, 토끼집과 닭장, 심지어 정원과 우리 집까지 다 있다. 벨라는 화물칸에서 신이 나서 컹컹 짖으며 꼬리를 흔든다.

엄마와 할머니만 없다. 우리는 짐을 헤치고 창문 쪽으로 간다. 기차가 막 움직인다. 승강장에 엄마와 할머니가 보인다. 두 사람은 타려고 하는데 문이 열리지 않는다. 천천히 출발하는 기차를 따라 달리지만 기차는 점점 빨라진다. 우리는 소리를 지르고, 엄마와 할머니도 소리를 지른다. 우리를 돕는 사람은 없다. 기차 안에는 우리뿐이다. 엄마와 할머니는 점점 멀어지고, 그 뒤로 시커먼 구름이 몰려온다. 나는 애타게 소리치고, 또 소리치고, 또 소리치고….

11

누군가 내 어깨를 잡는다.

"누나?"

나는 깜짝 놀라 눈을 뜬다. 에르빈이다.

"누나도 무척 피곤하지?"

에르빈은 이렇게 말하더니 내 옆에 웅크리고 앉는다.

나는 다리를 꼬집는다. 우리 둘이 동시에 잠들면 안 된다. 그러면 동생들만 남는다.

"아니, 아까는 좀 그랬는데 잠깐 눈을 붙이고 났더니 괜찮아."

나는 일부러 명랑한 척한다.

"난 좀 많이 힘들어."

에르빈은 이렇게 말하더니 시간을 묻는다. 내가 6시 10분이라고 말해 준다.

에르빈이 덧붙인다.

"난 저기 구석으로 가서 관 옆에 누워 있을게. 7시에 깨워 줘."

나는 약속하며 등 뒤에다 소리친다.

"담요 깔고 누워."

에르빈은 배낭을 뒤적거리더니 곧 로테와 하랄트를 부른다.

"이거 갖고 있어. 너희가 밤에 덮을 담요야!"

에르빈이 배낭을 기저귀 교환대 밑에 두지 않고 가져온 건 정말 다행이다. 담요가 그 안에 있다. 담요가 없으면 여기서 얼마나 추위에 떨어야 할까! 이제 저 위의 불길은 꺼졌다. 난방 기기뿐 아니라 벽까지 식어 버리면 정말 추울 것이다.

세 번째 담요가 손에 손을 거쳐 내게 온다. 네 번째 담요는 에르빈을 위한 것이다.

배낭이 여기 있으니 할머니는 담요가 없다. 하지만 지하 화장실에 갇힌 게 아니니까 다른 어딘가에서 추위를 피할 수 있을 것이다.

할머니는 우리 때문에 걱정이 클 것이다. 그사이 혹시 드레스덴으로 우리 소식을 전했을까? 아마 그러진 않았을 것이다. 우리가 어디 있는지 모른다고 하면 외할아버지와 외할머니가 몹시 걱정하실 테니까.

하랄트가 나한테 걸려 비틀거린다. 내가 하랄트를 붙잡는다. 웃음이 터져 나오려고 한다. 나는 분위기를 띄우려고 일부러 더 크게 웃는다.

나는 가방을 뒤져 기저귀와 털실 팬티, 내의, 스웨터, 두툼한 양말을 꺼낸다. 모두 볼피한테 입힐 것들이다. 내일은 두 시간마다 오줌을 누일 생각이다. 그러면 지하실에 있는 동안 기저귀 네 개면 충분하다.

나는 가방 옆에 달린 작은 주머니에 손을 넣고 빗 하나와 칫솔 봉지, 볼피의 짓무른 피부에 바를 크림을 꺼낸다. 역시 내 예상이 맞는다. 할머니는 이런 물건을 늘 손이 쉽게 닿는 곳에 보관해 두었다.

트렁크에 있을 줄 알았던 물건이 가방 가운데 주머니에서 나온다. 앨범 두 개다. 그렇다면 앨범은 잃어버린 게 아니었다. 앨범을 보는 순간 와락 반가움이 밀려온다. 나는 앨범 보는 것을 좋아한다. 아기 때나 학교에 갓 입학했을 때의 모습을 보는 건 항상 흥미진진하다. 엄마 아빠의 어릴 적 모습이나 할아버지 할머니의 신랑 신부 때 모습을 보는 것도 마찬가지다. 증조부모가 어떻게 생겼고, 옛날 축제 때나 기념식 사진을 찍을 때 어떤 멋진 옷을 입었는지도 앨범 사진을 통해 안다. 하지만 이렇게 캄캄한 데서 사진이 무슨 소용이 있을까?

식량 배급표는 보이지 않는다.

가방을 조금 옆으로 기울이자 안에서 무언가가 딸그락거린다. 금속 소리다. 뭘까? 깡통? 숟가락? 찾아서 확인하기엔 너무 피곤하다.

나는 볼피를 안고 더듬거리며 화장실에 들어가서 옷을 벗긴다. 당연히 다 젖어 있다. 익숙한 냄새가 난다. 다만 집에서보다 더 독하다. 아무것도 보이지 않으면 코가 더 예민해지는 걸까?

나는 볼피를 변기에 앉히고 꼭 붙든다. 그러면서 볼피가 이 어둠 속에서도 자기가 어디에 앉아 있고, 여기서 뭘 해야 하는지 알기를 바란다. 다행히 오래 걸리지 않는다. 휴지도 있다. 나는 화장지 걸이에서 휴지를 뜯어낸다. 그런 다음 담요를 바닥에 펴 놓고 볼피를 눕힌다. 볼피는 저항하지만 소용없다.

어둠 속에서 크림을 바르는 건 쉽지 않다. 볼피가 두 손으로 자꾸 방해한다. 그러다 크림이 내 얼굴에 묻는다. 나는 크림을 닦아 낸다. 하지만 볼피는 나를 이기지 못한다. 마침내 나는 막내를 상쾌하게 갈아입힌 뒤 다시 일으켜 세우고는 추위에 대비해 털모자를 씌운다.

화장실 안은 얼마나 좁은지 모른다. 나는 계속 벽에 부딪힌다. 문을 왜 열어 두지 않았을까? 보는 사람도 없는데!

똥 냄새가 난다. 물을 내리지 않았나? 너무 어두워서 깜박 잊었나? 나는 평소 습관대로 공중에 손을 휘저으며 대롱대롱 매달린 물통 손잡이를 찾는다. 손잡이가 잡히는 순간 힘껏 잡아당긴다. 그러나 물 내려가는 소리는 들리지 않고 물통에서 꾸르륵 소리만 난다. 맞아, 물이 없지! 그 전에 하랄트가 내린 물이 마지막이었어.

나는 볼피의 손을 잡고 화장실을 나온 뒤 조심조심 세면대로 가서 고인 물로 손을 씻으려 한다. 물에서 고약한 냄새가 난다. 아주 역겨운 냄새다.

이런 더러운 물로는 씻지 않는 게 나아 보인다. 나는 세면기 마개를 뽑아 물을 꾸르륵꾸르륵 내려보낸다.

이제 볼피를 데리고 하랄트와 로테 쪽으로 간다. 둘이서 남자 화장실 벽에 기대앉아 무언가 재밌는 놀이를 하는 모양이다. 웃음소리가 끊이지 않는다. 나는 무슨 놀이를 하는지 묻는다. 둘이 동시에 상대방에게 왼손을 뻗다가 닿을 것 같으면 재빨리 빼는 놀이인데, 그때 오른손으로 왼손을 먼저 치는 사람이 이긴다. 어둡기 때문에 가능한 놀이다. 그런 만큼 쉽지 않기도 하다. 하랄트가 현재 11 대 9로 이기고 있다.

이런 열악한 상황에서도 마음 편히 놀이를 할 수 있다는 건 좋은 일이다. 어쩌면 우리가 지금 어떤 상황에 처해 있는지 잘 몰라서 그럴 수도 있다.

춥다. 이상할 게 없다. 이제는 난방 장치가 완전히 식었다. 이제 담요가 필요한 시간이다. 나는 담요 절반으로 몸을 감싼다. 나머지 반은 볼피가 곯아떨어지면 덮어 줄 생각이다. 다른 두 애도 담요로 몸을 감싸야 하지 않을까? 아니다. 아직은 아니다. 쟤들은 놀이에 한창 빠져 있다. 놀이에 빠져 있으면 추운 줄 모른다.

볼피가 나를 잡아당긴다. 놀아 달라는 표시다. 볼피는 내가 피곤한 줄 모른다.

바닥에 널린 유리 조각이 떠오른다. 혹시 잘못해서 넘어지기라도 하면 위험하다. 어린 세 아이에게는 특히 위험하다. 가능한 한 빨리 쓸어 버려야 한다. 그러려면 볼피부터 떼 놓아야 한다. 나는 일단 볼피와 놀아 준다. 손가락 놀이다.

"엄지 엄지 하면⋯."

나는 놀이를 끝낸 로테와 하랄트에게 막내를 맡긴다.

"볼피 잘 보고 있어!"

나는 담요를 두른 채 빗자루를 꺼내러 청소 도구 벽장으로 간다. 빗장을 찾을 수 없다. 그러다 바닥에 풀썩 주저앉는다.

이제는 바깥도 어두울 것이다. 아 엄마, 잘 지내고 있어요? 아기도 별일 없죠? 어쩌면 엄마가 우리보다 드레스덴에 먼저 도착할 수도 있어요. 할머니, 할머니는 지금 어디 있어요? 우린 모두 무사해요. 우리 걱정은 하지 마세요.

이런저런 생각을 하다가 문득 새로운 사실을 깨닫는다. 청소 도구 벽장문은 타일 벽처럼 차갑지 않다는 것이다.

나는 벌거숭이 언덕에 독일 여학생 동맹의 다른 아이들과 함께 줄 맞춰 서 있다. 우리 마을 소녀단과 소년단, 히틀러 청소년단도 사각형 대열로 나란히 서 있다. 날이 환할 때면 우리 마을이 훤히 내려다보이는 곳이다. 우리 머리 위로는 검정색 하켄크로이츠(갈고리 십자 모양의 나치 상징. 만(卍)과 비슷한 모양으로 유대인 배척의 의미를 담고 있다. : 옮긴이)가 그려진 붉은 깃발이 펄럭인다. 분위기는 엄숙하다 못해 질식할 듯 답답하다.

하지(夏至) 횃불 축제다. 우리 앞에서는 높이 치솟은 불꽃이 타닥타닥 소리를 내며 뜨겁게 타오른다. 겨자색 제복을 입은 누군가가 연설을 한다. "우리의 총통", "투지", "충성", "대독일 제국", "최종 승리" 같은 말이 반복된다. 우리는 노래를 부른다.

"모든 언덕 위에 빛나라, 너 불타오르는 우리 상징이여, 너를 보는 모든 적이 하얗게 질리도록!"

인근의 다른 언덕에서도 불이 타오른다. 세상에 이런 위대한 공동체가 있을까! 나는 독일인이라고 느낀다. 다만 남자로 태어나지 않은 것이 아쉽다. 그랬다면 조국을 위해 싸워 승리를 거두었을 텐데. 아, 내가 독일인인 것이 얼마나 자랑스러운지! 내 속의 강한 힘이 얼마나 생생하게 느껴지는지!

내 심장은 뜨거운 긍지로 벅차오르고, 활활 타오르는 불꽃은 하늘 높이 치솟는다. 그러다 점점 커진 불꽃은 우리 마을로, 건너편 다른 마을로, 심지어 지평선의 도시로 걷잡을 수 없이 번진다. 이젠 어디를 둘러보아도 곳곳이 불덩이다. 불꽃은 더 이상 누구의 말도 듣지 않는다. 벌거숭이 언덕에서 연설하는 사람의 말도 듣지 않고 세상을 뒤덮는다. 어떡하지? 맙소사, 이제 어떡하지?

갑자기 추워졌다. 무척 춥다. 할머니가 정원에 서서 미친 듯이 괭이질을 한다. 한겨울인데 말이다. 물론 우리 정원은 해마다 땅을 일군다. 하지만 겨울이 아니라 땅이 녹고 봄이 시작되는 3월 말쯤에나 하는 일이다. 그런데도 할머니는 마치 화난 사람처럼 땅을 파다가 중간중간에 계속 손목시계를 본다. 봄이면 여기서 즙이 많은 식물이 무성히 자라고, 우리는 목이 마르면 그것을 씹어 먹는다. 엄마는 그것으로 설탕 절임도 만든다. 하지만 지금은 자라는 것이 없다. 정원은 휑하고, 바닥은 콘크리트처럼 단단하다.

우리 정원 뒤편은 호이슬러 가족의 집이다. 그 뒤로 소나무 숲이 있다. 해가 거기서 뜨기 때문에 아침이면 숲이 가장 먼저 환해진다. 지금은 숲의 상공이 시커멓다. 먹구름이 몰려온다. 나는 앞으로 몰아칠 폭풍우가 무섭다. 폭풍우가 치면 사는 게 힘들어진다. 얼마나 힘들어질지는 아무도 모른다.

위협적으로 다가오는 시커먼 구름 앞에 선 할머니는 몹시 작고 외로워 보인다. 할머니 옆의 바닥에는 뭔가가 놓여 있다. 정원 탁자용 방수 테이블보로 싼 물건이다. 프랑스산 추시계가 분명하다.

괭이 자루가 부러진다. 할머니는 삽을 가져와 다시 판다. 헛수고다. 갑자기 호이슬러 할아버지가 곡괭이를 들고 나타난다. 괭이질에 흙이 분수처럼 사방으로 튄다. 하지만 할아버지도 곧 포기한다.

이제 할머니와 호이슬러 할아버지는 저속 촬영처럼 빠르게 우리 집으로 들어가더니 감자 저장실로 내려간다. 거기서 흙바닥을 파헤친다. 바닥에 구멍이 생기고, 두 사람은 방수 테이블보로 싼 길쭉한 물건을 구멍에 넣는다. 할머니는 갈퀴로 주변 흙을 긁어모아 구멍 속에 쓸어 넣는다. 그러고는 땅을 단단히 다진다. 얼마 뒤 거기에 구멍이 있다는 것은 더 이상 아무도 모른다.

흙덩이가 아직 군데군데 남아 있다. 할머니는 그게 마치 감자라도 되는 듯 부엌으로 가져간다. 할머니가 흙덩이를 끓이는 동안 우리는 식탁에 둘러앉는다. 그런데 흙덩이가 정말 감자로 변한다. 구수한 냄새를 풍기는 노릇노릇한 삶은 감자다. 우리는 감자를 껍질째 먹어 치운다.

고개를 돌리니 아빠 책상 위에 추시계가 보인다. 항상 있던 곳이다. 시계가 째깍거린다. 익숙한 소리다.

그럼 테이블보에 싸서 저 밑에 묻은 건 뭘까?

나는 정체를 알 수 없는 불안에 휩싸인다. 불안감 때문에 심장이 미친 듯이 뛴다.

우리 집 거실이 보인다. 낯선 제복을 입은 남자들이 거실 테이블에 둘러앉아 낯선 언어로 대화를 나눈다. 유리잔으로 술을 마시며 엄마가 정성스럽게 만들어 놓은 병조림 음식을 더러운 입으로 가져가 씹고 쩝쩝거린다. 털모자를 쓴 한 남자는 큰 칼을 입에 문 채 문가에서 보초를 서고 있다. 그가 나를 보고 비릿하게 웃는다. 찢어진 눈, 악마처럼 음흉한 웃음, 면도를 하지 않아 야만적으로 보이는 얼굴까지 포스터에서 보던 러시아인과 똑같이 생겼다. 우리 마을과 읍내 곳곳에 걸린 포스터들 말이다. 거기에 뭐라고 적혀 있는지는 기억나지 않는다. 다만 러시아인들이 얼마나 비열하고 저급한 인간인지 보여 주는 말인 것은 분명하다.

테이블 옆 카펫 위에는 엄마가 아끼던 그릇이 산산조각 나 있다. 엄마 아빠의 결혼식 사진 액자도 깨져 있다. 유리창도 박살 났고, 커튼은 찢어진 채 간신히 걸려 있다. 벽지도 곳곳이 뜯겨 있고, 서가의 책들은 대부분 바닥에 어지럽게 흩어져 있다. 책상 위의 추시계는 보이지 않는다. 이미 안전한 곳에 묻혀 있다. 감자 저장실 바닥이다.

밖에서 벨라가 애처롭게 짖어 댄다. 거실에 있던 한 러시아인이 권총을 들고 창문 밖을 겨눈다. 탕 소리가 난다. 벨라의 짖는 소리가 멈춘다.

엄마는? 할머니는? 몸을 굽혀 책상 밑을 본다. 누군가 있다. 발 두 개가 보인다. 실내화 바닥이다. 할머니 실내화다. 아, 할머니!

두려움이 가슴을 죄어 온다. 숨 쉬기도 힘들다. 엄마! 엄마, 어디 있어?

"엄마—!"

12

"누나?"

나는 화들짝 놀라 담요를 옆으로 치운다. 누가 불렀지? 에르빈이다. 에르빈이 내게 몸을 숙인다. 따뜻한 입김이 이마에 느껴진다.

"몇 시인지 시계 좀 봐."

8시 10분이다. 나도 모르게 소리친다.

"맙소사. 한 시간 반이나 잤다고?"

"한 시간 반이라니? 열네 시간이나 잤어. 아침 8시 10분이야!"

에르빈의 목소리에서 빙글빙글 웃는 게 느껴진다.

"말도 안 돼!"

혼란스럽다. 내가 밤새 잤다고? 그것도 열네 시간을? 집에서건 어디서건 그렇게 오래 잔 적은 없다.

하지만 가만히 생각해 보면 어제 같은 일도 지금껏 없었다.

"조용히 말해, 누나. 애들이 자고 있어. 나는 어제 저녁 로켈 아저씨가 관에 대고 고함을 지르는 바람에 깼어. 7시 10분쯤이었을 거야. 우리가 모두 죽었을까 봐 걱정했대. 가스가 새거나 해서 말이야. 그 순간 나도 덜컥 겁이 나는 거야. 누나하고 애들 소리가 전혀 안 들렸거든. 그래서 갑자기 너무 무서워져서 관에다 대고 소리쳤어. '지금은 안 되겠어요. 내일 아침 8시에 다시 연락할게요.' 하고 말이야."

"그래서?"

내가 긴장한 목소리로 묻는다.

"벽을 더듬거리며 청소 도구 벽장 쪽으로 갔어. 누나하고 애들이 거기 있을 거라고 생각했거든. 그런데 가다가 하마터면 하랄트를 밟을 뻔했어. 셋이 나란히 담요 하나만 깔고 누워 있는 거야. 하랄트, 로테, 볼피가 바짝 붙어서 말이야. 볼피는 중간에 있었어. 남은 담요 한 장을 나눠 덮고서 말이야. 누나가 그렇게 해 줬어?"

나는 놀라 고개를 젓는다.

"몸을 숙이고 귀를 기울여 봤는데 애들이 정말 잘 자고 있었어."

어이가 없다. 쟤들이 정말 그 모든 것을 혼자 다 했다고? 특히 로테가 놀랍다. 오후까지만 해도 얼마나 불안해하고, 얼마나 제멋대로 행동했는데!

"그다음에 누나를 찾아 돌아다녔어. 그러다 여기 청소 도구 벽장에 기대 있는 누나를 발견했어. 죽은 게 아니라 깊이 잠들어 있었어. 일단 화장실부터 갔어. 냄새가 좀 나더라고. 그래도 어쩌겠어? 자연

스런 현상인걸.

그 뒤부터 잠이 들지 않으려고 무진장 애썼어. 자다가 볼피한테 무슨 일이 생길 수도 있잖아. 하지만 나도 잠이 들고 말았어. 물론 제대로 잔 건 아냐. 중간중간에 깜짝깜짝 일어나서 누나와 아이들이 아직 살아 있는지 살펴봤거든. 그때는 정말 무슨 일이 생길 수도 있다고 생각했어. 다행히 다들 아무 일 없이 잘 자더라고.

한번은 로테가 담요를 잡아당기는 바람에 하랄트 쪽 담요가 벗겨졌어. 볼피는 맨바닥에 누워 있고. 그래서 내가 잠자리를 다시 정리해 줬어. 그러고는 누나 시계를 봤어. 새벽 2시 반이었어. 누나 시계가 야광이라서 얼마나 다행인지 몰라. 안 그랬으면 여기 캄캄한 곳에서 시간도 모르고….”

나는 시간 없는 세상을 상상해 본다. 저 위가 낮인지 밤인지도 모른 채 여기 밑에서 시간 없이 지내는 것은 죽음이나 다름없다.

“누나 때문에도 몇 번 깼어. 누나가 자다가 소리를 질렀거든. 엄마를 부르기도 하고 끙끙 앓는 소리를 내기도 했어.”

시커멓게 몰려오던 구름에 대한 두려움이 다시 떠오른다. 기억하고 싶지 않은 악몽이다!

“8시에 로켈 아저씨가 나를 깨웠어. 알고 보니까 목소리가 확성기처럼 크더라고.”

“그래서? 오늘은 몸이 좀 어떻대?”

“춥고 목이 마르대. 다리도 아픈가 봐. 오늘은 사람들이 곳곳에서 무너진 방공호를 수색할 거래. 9시에 누나랑 얘기하고 싶대.”

나하고? 왜? 그래, 그건 이따 보면 알겠지. 지금은 에르빈의 기특함이 먼저다. 녀석이 아주 대견하다. 밤새 동생들을 지키다니 정말 감동적이다. 나를 깨워서 모든 걸 맡길 수도 있었을 텐데….

"와, 너 정말 훈장 받아도 되겠다. 정말 믿음직스러워! 이제 나랑 교대하고 너는 눈 좀 붙여."

에르빈은 고개를 끄덕이며 하품을 한다.

"저기 구석에 누워 있을 테니까 무슨 일 있으면 깨워."

부끄러워진다. 에르빈은 열두 살밖에 안 됐는데도 책임감을 느끼고 혼자 알아서 동생들을 돌봤다. 누나라는 사람은 정신없이 잠들었는데. 오늘은 에르빈을 푹 쉬게 하고, 내가 두 배, 세 배로 아이들을 돌봐야겠다.

나는 생각을 정리한다. 오늘이 무슨 요일이지? 우리는 금요일에 집에서 출발했다. 첫날 밤은 기차에서 보냈고, 둘째 날 밤은 여기 지하실에서 보냈다. 그렇다면 오늘은 일요일이다. 아, 일요일! 누구나 즐겁게 기다리던 일요일! 일요일엔 9시까지 침대에 누워 있어도 된다. 특별히 다른 일이 없으면, 예를 들어 독일 여학생 동맹이 교회 앞 광장에서 열리는 행사에 동원되지 않으면 말이다. 나는 일요일까지 그런 행사에 가는 걸 좋아하지 않는다. 에르빈도 그렇다. 일요일은 가족과 함께 보내는 지극히 사적인 날이다.

평일에는 학교에 다니는 우리 셋은 6시에 일어났다. 세수하고, 머리 빗고, 양치질하고, 아침 식사만 하는 것이 아니라 각자 맡은 일이 따로 있기 때문이다. 에르빈은 헛간에서 난로에 넣을 장작을 갖고 오고, 지하실에서 아궁이용 석탄을 날라 오고, 벨라와 닭과 토끼한테 먹이를 주어야 한다. 아침마다 가족의 신발을 닦는 것은 하랄트 몫이다. 나는 볼피 담당이다. 볼피를 씻기고 옷을 입히는 데 생각보다 시간이 많이 걸린다. 이 모든 게 끝나면 우리는 아침을 먹고 학교에 간다.

하지만 일요일엔 모든 게 달랐다. 엄마 혼자 부엌과 밖을 돌아다니며 일했고, 우리는 푹 잘 수 있었다. 물론 나는 일요일이라고 해서 평소보다 너무 늦게 일어나지는 않았다. 적당히 게으름을 피우다가 일어나 책을 읽었다. 내가 가장 좋아하는 게 독서다. 내 베개 밑에는 항상 책이 놓여 있다. 책 읽는 속도도 빠르다. 쉬는 시간이 많지 않아서 틈나는 대로 빨리 읽어야 하기 때문이다. 아빠가 없는 전쟁 중에는 엄마를 많이 도와야 했다. 특히 엄마가 임신한 뒤로는 더더욱 그랬다.

그 바람에 저녁이면 너무 피곤해서 책을 한두 쪽 읽다가 바로 잠들었다. 하지만 일요일 아침에는 외부 행사가 없으면 항상 자유 시간이 주어졌다. 그때는 게걸스럽게 책을 읽었다. 특히 겨울에는.

여기 지하실에서는 책을 읽을 수 없다. 책이 없을 뿐 아니라 칠흑같이 어둡다.

아이들이 잠을 자면 내가 할 수 있는 일이라고는 생각에 열중하는 것밖에 없다.

무슨 생각을 하지? 지금 우리 상황? 그건 생각하지 않으려고 해도 어차피 순간순간 계속 솟구친다. 뭔가 다른 것, 뭔가 다른 멋진 것을 생각하고 싶다.

예를 들면 내 생일에 대해서 말이다. 오늘이 일요일이면 내일이 내 생일이다. 내일 나는 열여섯 살이 된다. 집에 있었다면 거실 테이블에 열여섯 개의 초를 꽂은 케이크가 놓여 있을 것이다. 선물로는 뭘 받았을까? 책은 틀림없다. 한 권은 확실하고, 어쩌면 두 권을 받을 수도 있다. 우리 집에서 책은 할머니 담당이다. 나는 읽고 싶은 책이 많다. 《볼가의 아이들》이라는 책이 읽고 싶은데, 할머니가 구해 보겠다고 했다.

그 책 이야기는 엘지한테서 들었다. 빌려서 읽었는데, 완전 감동이라고 했다. 볼프 강변에 살던 독일계 형제자매 다섯 명이 1차 세계대전이 끝난 뒤 부모가 새로운 러시아 권력자들에게 체포되자 독일로 도주한다는 내용이었다. 도주하는 몇 주 동안 그들은 숱한 고비를 넘기고 마침내 독일에 도착한다. 그 후 부모도 석방되어 독일로 피신하고, 온 가족이 다시 만난다.

엄마는 무슨 선물을 해 주었을까? 분명 털실로 뭔가를 짜 주었을 것이다. 스웨터? 엄마는 보통 우리가 자는 밤중에 뜨개질을 했다. 최근에는 엄마가 할머니의 낡은 진녹색 재킷에서 털실을 풀어낸 뒤 물에 적셔서 곧게 펴는 것을 보았다. 그건 곧 생일 선물로 스웨터를 받는다면 진녹색이라는 뜻이다. 물론 알록달록한 줄무늬도 있을 것이다. 엄마는 할머니의 재킷에서 상태가 좋은 부분만 풀어냈다. 팔꿈치는 이미 닳았고, 배 쪽은 털이 엉켜 있다. 엄마의 전용 털실 서랍에는 전에 쓰다 남은 몇 가지 색 털실이 아직 많다. 엄마는 분명 그것들을 섞어서 내 스웨터에 줄무늬를 넣어 줄 것이다. 어쩌면 호이슬러네 집에서 다른 색 털실을 구할 수도 있다.

혹시 새 스웨터를 사 놓지는 않았을까? 아직 불분명하지만, 엄마가 새 스웨터를 챙겨 갔는지도 모른다. 스웨터는 따뜻해서 피난길에 필요하다. 만일 새 스웨터를 정말 준비해 놓았다면 짐 속에 들어 있을 가능성이 높다.

짐이라고? 지금 이 시점에 짐을 생각하다니, 웃긴다. 우리는 큰 트렁크 두 개를 기차역 대합실에 두고 왔다. 그게 거기 계속 남아 있을 리 없다. 하지만 새 스웨터는 꿈꾸는 것만으로도 즐겁다.

호이슬러 가족이 피난을 떠날 때 그렇게 정신없는 중에도 엄마한테 내 생일 선물을 챙겨 주었을까? 그럴 가능성은 별로 없다. 지난 몇 년 동안 호이슬러 가족은 내 생일 때마다 찻잔 세트를 하나씩 선물했다. 나중에 결혼할 때 혼수용으로 갖고 가라는 뜻이다. 그렇게 받은 것이 벌써 네 개나 된다. 모두 호이슬러 증조할머니 대부터 쓰던 물건이다. 사실 난 찻잔에 별 감흥이 없다. 그걸로는 차를 마시는 것 말고는 할 수 있는 일이 없다. 하지만 엄마는 고급 도자기라면서 갖고 있으면 나중에 요긴하게 쓸 일이 있을 거라고 했다.

그 잔들은 지금 집에 있다. 내가 내일 받았을 찻잔 세트도 분명 집에 있을 것이다. 피난길에는 다 불필요한 짐이다.

《볼가의 아이들》도 집에 있을 것이다. 그 생각을 하면 가슴이 아프다. 정말 아프다. 어쩌면 외할머니와 외할아버지도 책을 선물해 주실지 모른다. 내가 책을 좋아한다는 걸 아시니까. 게다가 외할아버지가 손수 만드셨다는 반짇고리도 있다!

나는 끙끙거리며 일어난다. 온몸이 쑤신다. 앉은 채로 자서 그런가 보다. 이 공간에서 안 좋은 냄새가 난다. 게다가 무척 춥다. 어제 저녁은 따뜻했는데. 방공호 쪽 벽의 난방 장치가 얼음장처럼 차갑다. 모든 게 망가진 게 분명하다. 오늘은 아이들이 추위에 떨지 않도록 껑충껑충 뛰게 해야 할 것 같다.

나는 손을 더듬거리며 청소 도구 벽장 바로 옆 화장실로 들어간다. 여긴 냄새가 더 고약하다. 그렇다고 해결할 방법이 있는 것도 아니다. 악취는 차차 더 심해질 것이다. 문득 건너편 군인 아저씨가 떠오른다. 용변은 어떻게 볼까? 혹시 화장실이 흙더미에 묻힌 건 아닐까?

나는 변기 뚜껑을 닫으려 한다. 그런데 뚜껑이 손에서 미끄러지면서 변기에 쾅 부딪힌다. 이 소리에 아이들이 깰 것 같다.

예상이 맞았다. 쾅 소리에 아이들이 깼다. 살며시 화장실 문을 열고 나가자 볼피가 코맹맹이 소리로 "길레!" 하고 외친다.

로테는 잠에 취한 목소리로 묻는다.

"왜 아직도 이렇게 어두워?"

내가 대답한다.

"지하실은 항상 어두워."

"우리 집 지하실은 불을 켤 수 있는데."

로테의 철딱서니 없는 말에 나는 속으로 '참자, 참자'를 외친다.

"어둠 속에서는 추운 줄 잘 몰라. 그래서 이렇게 어두운 거야."

바보 같은 소리지만 로테는 그대로 믿는 듯하다. 어쨌든 아이들이 불안에 떨지 않으면서 오늘 하루를 잘 버티려면 내가 많은 것들을 떠올려야 한다.

어쩌면 오늘 하루만이 아니라 내일도, 모레도, 글피도….

나는 일부러 활기차게 말한다.

"서로 몸을 좀 더 바짝 붙이고 있어. 오늘은 자고 싶은 만큼 자도 돼. 일요일이니까."

다행히 아이들은 목이 마르다고 하지 않는다. 나는 얼마 남지 않은 음료수 두 병을 떠올리지 않으려고 애쓴다. 정작 목이 마른 건 나다. 갈증이 점점 심해지는 느낌이다. 입술이 바짝바짝 타들어 간다.

나는 엉금엉금 기어서 가방을 찾는다. 그런 다음 가방 바깥쪽 주머니에서 빗을 꺼내 머리를 빗는다. 빛이 없어도 얼마든지 빗을 수 있다. 땋은 머리를 풀고, 가운데를 갈라 다시 머리를 땋은 뒤 끈으로 묶는다. 집에서도 전기가 나갈 때면 칠흑 같은 어둠 속에서 자주 했던 일이다. 나는 로테의 머리를 빗기고 리본으로 새로 묶어 준다. 리본이 잔뜩 구겨졌을 것이다. 다행히 로테는 그걸 볼 수 없다. 다음은 하랄트와 볼피 차례다.

로테가 투정 부리듯이 말한다.

"어제 저녁에는 혼자 기도했어. 그런 적은 처음이야. 항상 마르타하고 함께 기도했는데. 마르타가 쉬는 날만 빼고."

나도 이런 아침은 처음이다. 이미 잠에서 깼는데도 세상은 밝아질 생각을 하지 않는다. 세수와 양치질은 꿈도 꾸지 못한다. 생존에 필요한 건 아니지만 좋은 기분으로 하루를 맞는 데 필요한 일이다. 내가 지저분하게 느껴진다. 몸에서 냄새가 나는 것 같다.

유리 조각이 떠오른다. 어제 쓸어 버리려고 했는데 그러지 못했다. 어둡긴 해도 바닥에 유리만 없으면 볼피를 걸리거나 기어 다니게 할 수 있다. 잘못되더라도 고작 벽에 부딪혀 혹만 생기는 정도다.

나는 담요를 모아 난방 장치 위에 걸쳐 둔다. 세 장을 포개서. 네번째 담요는 에르빈이 아직 덮고 있다.

건너편 로켈 아저씨와 대화가 끝나면 바닥부터 깨끗이 치워야겠다. 그런데 유리 조각은 어디다 버리지?

9시다.

이제 곧 저쪽에서 나를 부르는 소리가 들릴 것이다. 나는 관 앞에 쪼그려 앉아 귀를 쫑긋 세운다. 옆에서 에르빈의 숨소리가 들린다.

저쪽에선 아무 소리가 없다. 내 시계가 빠른가? 볼피가 불러서 대답했더니 내 쪽으로 아장아장 걸어오려고 한다. 목이 마른 게 분명하다.

내가 하랄트와 로테에게 소리친다.

"볼피 잡아! 지금은 저쪽 아저씨랑 이야기해야 돼!"

두 아이가 볼피를 잡는다. 울음소리가 들린다. 나는 관에다 귀를 바짝 댄다.

저쪽에서 무슨 소리가 들린다.

"거기 누구 있어?"

굵고 깊은 목소리다. 나는 흥분해서 대답한다.

"네. 여기 있어요."

"네가 그 집 맏딸 기젤라구나. 나도 너만 한 딸이 있다. 막내딸. 이름은 로트라우트고. 금발을 길게 땋았지."

"저도 머리를 땋았어요. 갈색이지만."

"너희를 생각하고 있으면 네가 내 딸처럼 여겨져. 여기 있다 보니 너희 생각을 자주 하게 돼. 너희 막내가 우는 소리도 관으로 희미하게 들려."

순간 신음 소리가 들린다. 지루하거나 피곤할 때 나오는 소리가 아니라 고통에 겨운 소리다.

아저씨가 말을 이어 간다.

"네가 힘들겠구나. 어린 동생들 셋에 남의 집 아이까지. 어른도 그런 상황에서는 헤쳐 나가기가 쉽지 않을 텐데…. 하지만 여기서 빠져나갈 기회는 충분해. 어떻게든 너희가 여기 있다는 걸 밖에 알려야 해. 오늘은 15분마다 최대한 크게 소리를 질러. 파묻힌 사람들에 대한 수색이 오늘부터 본격적으로 시작될 거거든. 특히 이런 방공호부터 시작할 거야."

"아저씨도 소리를 지를 거예요?"

"아니. 여긴 절반 이상이 파묻혔어. 소리가 밖으로 나가지 못해."

그 말은 곧 우리가 아저씨를 위해서라도 더 열심히 소리쳐야 한다는 뜻이다.

　"그게 아니더라도 난 힘을 아껴야 해. 그래서 소리를 지르면 안 돼. 오늘은 열이 좀 있어. 다리 상처가 곪았거든. 이렇게 더러운 곳에서는 이상한 일이 아니지."

　"아프세요?"

　순간 나는 이 바보 같은 질문을 던지는 내 입을 찰싹 때리고 싶다.

　"이를 악물고 참고 있어. 이제 너희 얘기를 하자. 네 동생한테 듣기론 먹을 게 좀 있다고 하더구나. 정확히 분배하고, 아껴서 먹어야 해. 여기서 나가기까지 며칠이 걸릴 수도 있어. 너희가 있다는 걸 사람들이 오늘 당장 알았다고 하더라도 말이야. 구조까지는 시간이 제법 걸리거든. 아무튼 일단은 너희가 있다는 걸 알리는 게 급선무야. 최대한 자주 소리를 질러야 돼."

　나는 한숨을 내쉰다.

　"그러다 목이 더 마를까 걱정이에요. 물이 없거든요. 조금 남은 우유하고 엘더베리 주스 반병밖에 없어요. 우리 다섯이 버티기엔 턱없이 부족해요. 한 사람당 두세 모금만 마시면 끝이에요."

　그가 놀라 묻는다.

　"화장실 물통에 물이 없니?"

13

맞아, 화장실 물통이 있었지! 지금까지 왜 그 생각을 못 했지? 물통 하나에 물이 가득 차 있으면 어림잡아도 7리터에서 10리터는 될 텐데, 그 정도만 있어도 버티는 게 한결 수월할 것 같다. 기뻐서 춤을 출 일이다.

순간 하랄트가 어제 폭격 직후에 화장실 물을 내렸던 게 떠오른다. 물 내려가던 소리가 아직도 귀에 쟁쟁하다.

그 뒤로 또 누가 물을 내렸지? 내가 했을 때도, 다른 아이들이 했을 때도 물은 나오지 않았다.

나는 재빨리 맥락을 정리해 본다. 화장실 물통은 물을 내리고 나면 다음 사람을 위해 다시 가득 찬다. 오른쪽 칸의 물통도 폭격이 있기 전까지는 가득 차 있었다. 그러다 하랄트가 물을 내린 뒤로는 물통이 완전히 비었고, 더 이상 물이 나오지 않는다.

이런 바보들! 귀중한 물을 그렇게 흘려 보내다니. 습관이 부른 참사다. 하지만 가만히 생각해 보면 폭격 직후에는 앞으로 어떤 일이 벌어질지 알 수 없는 노릇이었다.

아직 왼쪽 칸이 남아 있다. 거기도 물이 없을까? 우리 중 누군가가 왼쪽 칸에서도 물을 내렸을까? 정확히 기억나지 않는다. 누군가 내렸는데 내가 깜박 잊은 걸까?

로켈 아저씨가 소리친다.

"왜 아무 말이 없어? 어디 갔니?"

"어쩌면 화장실 물통에 물이 없을지도 몰라요."

"음… 그건 좋지 않은데. 일단 살펴보고 와."

그래, 이번에는 물통에 직접 손을 넣고 확인해 보자! 나는 너무 흥분하는 바람에 방향을 잘못 잡고 벽에 쿵 부딪힌다. 이어 유리 조각 쪽으로 갔다가 다시 더듬거리며 뒤로 돌아서서는 귀를 기울인다.

그때 하랄트가 소리친다.

"뭐 해, 누나?"

그 목소리 덕분에 나는 방향을 알아차리고, 조심조심 청소 도구 벽장 앞에 이른다. 여기 왼쪽이 첫 번째 칸이다. 문을 연다. 냄새가 지독하다. 그래도 감히 줄을 잡아당기지 못한다. 혹시 모르니까! 나는 조심스럽게 변기 뚜껑 위로 올라가 물통을 더듬는다. 그런 다음 뚜껑을 올리고 손을 밀어 넣는다.

아무것도 없다. 완전히 말라 있다. 발끝으로 서서 가운뎃손가락으로 물통 바닥을 스쳐 보지만 물기가 느껴지지 않는다. 역시 예상대로다. 여기는 물이 없다. 더 이상 나오지도 않는다.

이제 두 번째 칸으로 옮긴다. 조심조심 발을 떼는 동안 내 속에서는 희망이 차츰 사라진다. 바람 빠지는 풍선처럼. 나는 변기 뚜껑을 닫고, 그 위에 올라가 물통이 매달린 곳을 확인한 뒤 물통 뚜껑을 들어 올린다. 그러고는 떨리는 마음으로 조심스럽게 손을 안으로 밀어 넣는다.

물이다, 물! 통이 가득 차 있다!

내 입에서 환호성이 터져 나온다.

"통이 가득 차 있어, 통이 가득 차 있다고! 이제 됐어. 최소한 물이 7리터는 생겼어!"

순간 두 손으로 입을 틀어막는다. 소리가 너무 컸나? 에르빈을 깨운 건 아닐까? 나는 바깥쪽으로 귀를 기울인다. 아무 소리도 들리지 않는다. 깊이 자는 것 같다. 다행이다.

그렇다면 지금껏 우리 모두는 오른쪽 화장실만 이용했다는 소리다. 하랄트가 물을 내린 뒤 더 이상 물이 내려가지 않는 것을 알면서도 말이다. 반면에 왼쪽 화장실은 아무도 사용하지 않았다. 어쩌면 바닥에 흩어진 유리 조각을 밟을지 모른다는 불안감 때문이었을 것이다. 나는 변기 위에서 휘청하다가 뛰어내린다. 그 바람에 화장실 문에 머리를 쿵 박는다. 아픈 건 문제가 안 된다.

나는 어둠 속으로 아이들에게 단단히 이른다.

"여기 물을 내리면 큰일 나! 물을 내리는 건 절대 금지야! 화장실

갈 사람은 오른 칸으로만 가. 왼쪽은 출입 금지야."

나는 더듬거리며 관 쪽으로 돌아간다. 볼피가 우유를 달라고 운다. 하랄트도 배가 고프다고 아우성이다.

나는 아이들을 달랜다.

"조금만 참아, 조금만 참아."

나는 쪼그려 앉다가 관에 정강이를 부딪힌다. 정신이 아찔할 만큼 아프다. 간신히 아픔을 참고 관에 대고 소리친다.

"아저씨! 아직 한 통은 가득 있어요!"

"잘됐구나. 그 물은 앞으로 너희에게 보물이나 다름없어. 어떻게든 지켜 내야 해. 동생들한테 그쪽 화장실을 이용하지 말라고 말로만 하는 건 확실하지 않아. 아이들은 아직 너무 어려. 금지된 걸 얼마든지 잊어버릴 수 있어. 어둠 속에서는 두 칸이 헷갈리기도 하고. 물이 있는 칸을 아예 차단하는 게 제일 좋아."

그건 안 된다. 열쇠가 없다. 문은 안에서만 잠글 수 있다.

그때 좋은 생각이 떠오른다. 유리 조각이다! 나는 아저씨에게 내 계획을 짧게 설명한다. 아저씨도 좋은 생각이라며 추켜세운다. 그러더니 반드시 물을 아껴야 한다고 다시 한번 강조한다. 씻는 건 안 된다. 그건 살아남는 데 필요하지 않다. 마시는 건? 그래, 마셔야 하지만 아주 조금씩 나눠서 마셔야 한다.

"지하실에서 일주일을 산다고 했을 때 하루에 너희가 대충 얼마만큼의 물로 버틸 수 있는지 계산해 봐."

나는 깜짝 놀라 관에다 대고 소리친다.

"그렇게나 오래 걸릴 수 있어요?"

"최선을 기대하되 항상 최악을 준비해야지. 지금부터 소리치고, 소리치고, 또 소리쳐. 15분마다 반복해서!"

맞아, 위쪽을 향해 소리쳐야지. 물을 발견한 게 너무 기뻐서 소리치는 걸 잠시 깜박했다.

나는 로켈 아저씨와 한 시간에 한 번씩 대화하기로 약속한다.

이제 할 일이 많다. 좋은 일이다. 어쨌든 시간이 잘 가니까. 나는 벽장에서 빗자루와 쓰레받기를 꺼내 바닥을 청소한다. 일은 빠르게 진행된다. 그사이 정신이 또렷해졌고, 더 이상 흥분하지 않자 여기저기 부딪히지도 않는다. 나는 유리 조각, 돌 조각, 석회 덩어리를 모아 왼쪽 화장실 안으로 죄다 밀어 놓는다. 누군가 들어가면 밟는 소리가 들릴 것이다. 그건 우리 모두에게 경고 표시다. 특히 실수로 왼쪽 화장실에 들어가려는 사람에게 말이다. 그래야 우리의 마지막 물을 지킬 수 있다. 화장실은 다른 칸을 이용하면 된다.

하랄트가 소리친다.

"이제 아침 먹어야지!"

볼피는 끊임없이 칭얼거리고, 로테는 마실 걸 달라고 보챈다.

"그 전에 해야 할 일이 있어. 저 위를 향해 '사람 살려!' 하고 외치는 거야. 온 힘을 다해 외치는 사람만 원하는 걸 얻을 수 있어!"

나는 볼피를 안고 환기통 쪽으로 간다.

그사이 우리는 어둠에 잘 적응했다. 이제는 이 공간의 그림이 꽤 정확하게 우리 머릿속에 저장되어 있다. 세면대와 문, 청소 도구 벽장, 관이 어디 있는지는 다들 안다. 또한 화장실 쪽과 문 쪽을, 세면대 쪽과 남자 화장실 쪽을 구분할 수도 있다. 걸을 때 울림이 다르기 때문이다.

하랄트가 더듬더듬 내 손을 찾고, 로테는 내 외투를 잡는다. 우리는 환기통 아래에 멈추어 선다. 내가 먼저 소리치자 하랄트와 로테가 따라 한다.

"사람 살려! 사람 살려!"

에르빈이 없으니까 소리는 크지 않다. 에르빈의 목소리가 우리 중에서 가장 크다. 다음번에는 아무리 피곤해도 함께 소리쳐야겠다고 생각한다. 우리는 열여섯 번 소리친다. 더 이상은 힘들어 곤란하다. 하랄트는 갈증이 난다고 투덜대고, 로테는 목구멍이 아프다고 불평이다. 나 또한 뭐든 마시면 좋겠다는 생각밖에 없다.

나는 위쪽을 향해 귀를 기울인다. 환기통 창으로 갑자기 빛이 들어올 수도 있고, 누군가 우리 쪽을 보고 말을 걸 수도 있다. 그러나 지금까지는 어둡고 조용하다.

내가 말한다.

"아주 잘했어. 너희 모두 사자처럼 용감했어. 이제 먹을 걸 줄게."

"손부터 씻어야지!"

로테가 쫑알거린다.

한숨이 새어 나온다.

"아 그래. 식사 전에는….."

로테가 고무되어 한 걸음 더 나아간다.

"식사 뒤에도 손 씻는 건 잊지 말아야지!"

마르타가 가르쳤을 거다. 우리 할머니도 끊임없이 그런 말씀을 하셨으니까. 그럴 때면 엄마는 가끔 할머니 몰래 눈을 흘기곤 했다.

하랄트가 에르빈을 깨우는 소리가 들린다.

"형, 일어나, 일어나! 아침 먹어!"

에르빈의 불평 소리가 들릴 거라고 예상했지만 아니다. 하품 소리가 들린다. 그렇게 푹 자고 싶어 하던 녀석도 먹을 걸 준다는 말에 잠이 깬 모양이다. 그래, 함께 소리치려면 어차피 15분 안에는 깨웠어야 한다. 15분 일찍 일어난다고 무슨 큰일이 생기는 건 아니다.

로테는 고집스레 "손부터 씻어야 한다!"고 주장하고, 에르빈은 "쓸데없는 소리"라고 일축한다.

에르빈이 설명한다.

"물이 있어야 손을 씻지. 여긴 물이 없어. 씻고 싶어도 씻을 수가 없어."

순간 우리가 합창하듯이 대답한다.

"물이 있어!"

나는 어디서 물을 찾았는지 에르빈에게 설명해 준다. 에르빈이 놀란다.

"최소 7리터에서 최대 10리터는 있어."

에르빈이 말한다.

"그럼 정말 손을 씻을 수 있겠네. 손이 끈적거리거든."

로테가 나한테 소리친다.

"거봐. 에르빈 오빠도 찬성이잖아!"

그래, 좋다. 하지만 아주 조금만 써야 한다. 그것도 모두 같은 물로 써야 한다. 한 방울도 허투루 낭비해선 안 된다. 나는 세면기 배수구 마개를 닫는다. 여행 가방 안에 작은 수건이 두 장 있다. 수건을 만져 보니 타월 천이다. 나는 왼쪽 화장실로 들어가 깨진 조각들을 넘어 변기 위로 올라간다. 그런 다음 가방에서 찾아낸 잔으로 벽장에서 꺼낸 양동이에 물을 퍼 담는다. 모두가 나를 돕는다. 1리터를 넘기면 안 된다. 나는 그렇게 담은 물을 세면기에 붓는다. 세면기 바닥에만 겨우 깔리는 정도다. 이제 모두 차례로 얼굴부터 씻는다. 볼피만 내가 씻긴다. 볼피를 씻기려면 매일 아침 전쟁을 치른다. 오늘 아침도 마찬가지다. 다만 저항의 강도가 덜하다.

이건 세수라고 할 수 없다. 다들 손가락으로 물을 적셔서 눈과 입과 코 언저리만 살짝 문지른다. 게다가 물을 흘리지 않으려고 세면기 위로 바짝 몸을 숙인다. 다음은 손 차례다. 우린 같은 물로 손을 씻는다. 비누로. 어둠 속에서. 로테가 소매 주변이 젖었다고 투덜댄다. 나는 로테의 소매를 꼭 쥐어짜 준다. 젖은 수건은 차가운 난방 장치 위에 널어 둔다.

로테가 말한다.

"우리한테 물이 이렇게 많으면 저쪽 아저씨한테도 나눠 줄 수 있지 않아?"

로테 나이라면 충분히 그렇게 생각할 수 있다. 하지만 나는 로테보다 아홉 살이 많다. 예전에 외할머니가 한 구두쇠 노인 이야기를 해 주면서 이렇게 말한 적이 있다.

"사람은 나이가 들수록 냉정해져."

나도 벌써 더 냉정해진 것 같다. 슬픈 이야기를 들어도 예전처럼 빨리 눈물이 나지 않는다.

나는 로테의 물음에 답을 못 한다. 우리 다섯이 앞으로 며칠 동안 써야 할 것을 생각하면 7리터에서 10리터의 물은 턱없이 부족하다. 그걸 알면서 남에게 나눠 준다는 건….

에르빈은 학교에서 위생에 관해 배웠는지 조심스럽게 묻는다.

"그 물을 마셔도 될까? 물통 안의 물이 정말 깨끗할까?"

우리 처지에서는 허용할 수 없는 질문이다. 지금은 이것저것 따질 상황이 아니다.

나는 엘더베리 주스병과 우유병에 물을 채우기로 마음먹는다. 그러면 주스와 우유가 묽어지겠지만 최소한 맛은 비슷할 것이다. 나는 다시 변기 뚜껑 위로 올라간다. 에르빈이 밑에서 병 두 개를 올려 준다. 병 겉은 깨끗하다. 적어도 그렇게 느껴진다. 병을 비스듬히 물통에 넣고 가득 채운다. 이제 우리 모두 엘더베리 주스를 한 모금씩 마셔도 된다. 아니, 두 모금씩 마셔도 된다.

우유는 볼피 것이다. 볼피는 아직 병으로 마시지 못한다. 어둠 속에서 병에 든 우유를 잔에 절반만 따르려면 예민한 감각이 필요하다. 쉽지 않은 일이다. 나는 조심스레 우유를 따른다. 내 뜻과는 달리 잔은 금방 거의 가득 차오른다. 그건 검지로 알 수 있다. 그렇다고 어둠 속에서 좁은 병 주둥이로 우유를 다시 따르는 건 불가능하다. 볼피는 물을 탄 우유가 맛이 없는지 입에 대더니 바로 고개를 돌린다. 나는 간신히 반 잔을 마시게 한다. 나머지는 다른 아이들이 마셔도 된다. 4분의 1모금씩.

다음은 빵이다. 각자 빵 한 쪽씩 받는다. 이곳에 일주일이나 있어야 할지 모른다고 생각하니 입맛이 싹 달아난다. 가방 속의 식량은 충분치 않다. 그것으로 일주일을 날 수 없다. 나는 내 빵을 다시 봉지에 넣는다. 저녁까지 견딜 생각이다. 아이들에게 다음 식사 시간은 오늘 저녁이라고 알린다. 에르빈은 한숨을 내쉬었지만 군소리는 없다. 이제 빵 씹는 소리만 들린다. 로테가 소심한 목소리로 내 외투 주머니 속의 과자를 상기시킨다.

아, 그래! 침트슈테른과 레프쿠헨! 까맣게 잊고 있었다. 나는 외투 주머니 속의 과자를 꺼내 빈 빵 봉지에 담는다.

하랄트가 대놓고 원망한다.

"먹은 것 같지도 않아. 너무 배가 고파! 먹을 것 좀 줘. 이 구두쇠마귀! 나중에 엄마한테 다 이를 거야!"

에르빈이 내 편을 든다.

"엄마가 우리와 함께 여기 있다면….."

그다음 말은 내가 잇는다.

".....우리한테 식량이 조금밖에 없다면….."

이번에는 에르빈이 내 말을 거든다.

"…엄마도 똑같이 그랬을 거야. 누나보다 너한테 더 많이 주지는 않았을 거라고."

하랄트가 투덜거린다.

"내가 죽으면 다 형하고 누나 때문이야!"

내가 한숨을 쉬며 말한다.

"사람은 그렇게 빨리 안 죽어. 며칠 굶는다고 금방 죽는 게 아냐. 그건 아주 천천히 진행돼."

"얼마나 천천히?"

로테가 묻는다. 그건 나도 정확히 모른다. 10일? 14일? 3주? 아니면 그보다 더 오래?

에르빈이 말한다.

"내가 책에서 읽었는데, 난파선에 식량이 떨어졌대. 그러자 사람들이 서로 잡아먹고…."

내가 에르빈에게 버럭 화를 낸다.

"그런 얘기를 왜 해? 쓸데없이! 대체 생각이 있는 애니?"

로테가 말한다.

"마르타가 식인종 얘기를 해 줬어. 슬픈 이야기였어. 두 아이가 숲에서 길을 잃었는데 벌써 어두워졌대. 그때 나무 사이로 환한 창문이 어렴풋이 보였어. 아이들은 문을 두드렸어. 한 아줌마가 문을 열어 주더니 배고픈 아이들에게 먹을 것을 줬어. 그런데 남편이 식인종이었대. 아줌마는 좋은 사람이었고. 식인종이 집에 돌아오자 아줌마는 아이들을 숨겼어. 식인종이 킁킁 냄새를 맡으며 집 안을 돌아다녔어. '사람 고기 냄새가 나.' 하지만 아이들을 찾지는 못했어. 식인종은 밤새 코를 골며 잤어. 아줌마는 아침이 되자 아이들에게 먹을 것을 주고, 식인종이 일어나기 전에 아이들을 얼른 내보냈어. 이이야기를 듣고 너무 슬퍼서 울었어. 엄마가 왜 우냐고 물어서 이야기를 해 줬어. 그랬더니 어디서 그런 이야기를 들었냐고 물었어. 나는 마르타한테 들었다고 했어. 엄마가 마르타를 큰 소리로 혼냈어. 나쁜 말까지 해 가면서. 나중에 엄마가 예쁘게 차려입고 나가니까 마르타가 이야기를 마저 해 줬어. 우리는 함께 울었어. 그러다 난 또 울었어. 이번에는 식인종 집 아이들 말고 마르타가 너무 불쌍해서…."

쉿! 무슨 소리가 난다. 우리한테서 나는 소리가 아니다! 우리 모두 귀를 기울인다. 쪼그려 앉을 생각조차 못 한다.

에르빈이 속삭인다.

"구석 쪽이야."

하랄트도 속삭인다.

"어느 구석?"

"관이 있는…."

뭔지 알 것 같다. 나는 시계를 본다. 10시 10분이다. 나는 벽을 따라 더듬더듬 가서는 관에 대고 소리친다.

"아저씨!"

"시간을 깜박했나 보구나!"

아저씨의 목소리가 무척 지쳐 있다.

나는 죄책감으로 한숨을 내쉰다.

"뭘 좀 먹었어요."

"그랬구나. 물은 아꼈어?"

"많이요. 1리터도 안 되는 물로 다 같이 세수를 했어요."

아저씨는 깜짝 놀란 눈치다.

"너무 많아! 이제부터는 씻으면 안 돼. 지저분하고 불쾌한 건 참을 수 있지만, 목마른 건 치명적이야. 우리가 마지막으로 이야기를 나눈 뒤로 너희는 밖을 향해 한 번밖에 소리를 안 질렀어. 사람들한테 알리지 못하면 기회가 없어! 이 밑에 아무도 없다고 생각하면 누가 빨리 파내려고 하겠니? 너와 네 동생들이 여기서 비참하게 죽어 가는 걸 보고 싶니? 아주 천천히, 한 사람씩 차례로? 어쩌면 네가 가장 먼저 죽을지도 몰라. 그럼 네 동생들은 속수무책으로 어둠 속에 남겨진 채 물과 엄마를 찾아 애타게 울부짖을 거야. 너한테 잔인한 말을 하고 있다는 건 나도 알아. 하지만 목숨이 무척 위험한 상태라는 걸 네가 전혀 깨닫지 못하고 있는 것 같아서…."

우리 상황이 정말로 그렇게 나쁜 걸까?

"너희 중에서 가장 어른은 너야. 혹시 내가 잘못되면… 네가 이 방공호에서 가장 어른이 될 수도 있어. 그 책임을 분명히 알아야 해. 동생들에 대한…."

아저씨가 기침을 한다. 아주 끔찍하다. 마치 속에 든 것을 다 토해 내는 듯한 소리다.

나는 기침이 잦아들기를 기다렸다가 불안스레 묻는다.

"감기 걸렸어요?"

"그뿐이면 다행이지. 다리가 문제야. 갈증과 추위도 문제고. 나는 차가운 타일 위에 누워 있어. 열도 있고. 하지만 너도 알다시피 머리는 말짱해. 얼마나 오래갈지는 두고 봐야겠지만. 나는 강인해. 이제 시간을 허비하지 마. 소리쳐! 그러면 따뜻해져. 그게 너희에게 유일한 기회야. 나한테도. 그건 나를 위해 소리치는 것이기도 해."

우리는 11시에 다시 만나기로 한다.

14

맞다. 지금까지는 분명히 깨닫지 못하고 있었다. 로켈 아저씨의 목숨이 전적으로 우리한테 달려 있다는 걸! 우리가 여기 있다는 걸 빨리 알리지 못하면 아저씨는 죽는다. 그것도 얼마 못 가서. 아저씨에게 지금 시급한 건 의사다. 우물쭈물할 시간이 없다.

동생들은 재밌는 놀이를 하는지 신나게 괴성을 지르며 웃고 있다. 로테가 숫자를 세는 소리가 들린다.

에르빈이 내게 말한다.

"볼피를 찾는 거라면 내 품에서 자고 있어."

에르빈이 로켈 아저씨에 대해 묻는다. 나는 최대한 빨리 병원으로 옮겨야만 살아날 기회가 있다고 확실하게 일러 준다. 그러려면 이제 우리는 부지런히 소리를 질러야 한다. 15분마다!

에르빈이 지친 듯 한숨을 내쉰다.

"이제 다시 잠들기는 글렀네."

나는 하랄트와 로테를 부른다.

하랄트가 말한다.

"누나, 우리 숨바꼭질하고 있는데, 엄청 재밌어!"

숨바꼭질이라고? 이렇게 어두운 데서? 그게 어떻게 가능하지?

로테가 놀이 규칙을 설명한다. 술래가 열까지 세는 동안 다른 사람은 숨는다. 여기는 숨을 곳 천지다. 어디에 있어도 어차피 보이지 않기 때문이다. 얼마나 빨리 찾을지는 술래가 방향을 얼마나 잘 추측하고 얼마나 귀를 잘 기울이느냐에 달려 있다. 숨은 사람이 움직일 때마다 소리가 나기 때문이다.

"같이 해, 누나!"

하랄트가 말한다.

나쁘지 않은 생각이다. 생각을 딴 데로 돌리고, 몸을 따뜻하게 하려면 놀이만큼 좋은 게 없다. 하지만 일단 소리부터 질러야 한다. 나는 에르빈이 일어설 수 있도록 볼피를 안아 든다. 볼피는 무겁다. 우리는 환기통 아래에 모여 소리를 지른다. 볼피가 깬다. 상관없다. 로켈 아저씨가 살고, 우리가 살려면 이 외침만큼 중요한 건 없다. 볼피가 미친 듯이 운다. 마음이 아프다. 나는 볼피를 꼭 끌어안는다.

"더 크게!"

우리는 위를 향해 계속 고함을 지른다. 다들 지쳐 쓰러질 때까지. 에르빈의 목소리가 가장 크다. 이어서 우리는 목을 쭉 빼고 어둠 속으로 귀를 기울인다. 사람 목소리나 땅을 긁는 소리, 혹은 벽 두드리는 소리가 들리지 않을까 기대하면서.

아무 소리도 없다. 정적만 흐른다. 우리 숨소리만 빼고.

"15분 뒤에 다시 소리 지르자. 그때까지는 자도 돼, 에르빈. 그동안 나는 얘들이랑 숨바꼭질하고 있을게."

그사이 아이들은 불이라도 켜져 있는 것처럼 자유자재로 움직인다. 놀랍다. 로테가 나를 어딘가로 밀면서 말한다.

"3번 구석에서 열까지 세. 그리고 우리를 찾아. 에르빈 오빠는 화장실 칸에 들어가서 누워. 안 그러면 우리한테 밟힐 수도 있어."

하랄트가 소리친다.

"아니면 청소 도구 벽장에 들어가 있거나."

문이 열렸다 닫히는 소리가 들린다. 3번 구석? 거기가 어디지? 두 애는 구석마다 번호를 붙여 놓았다. 청소 도구 벽장 구석은 1번, 관이 있는 구석은 2번, 세면기가 있는 구석은 3번, 우리가 소리를 지르는 환기통 구석은 4번이다. 퍽 실용적이다. 나는 번호를 머릿속에 넣고는 3번 구석으로 가서 열을 헤아린다. 그래, 아이들이랑 최대한 오래 놀아야 한다. 그래야 정신이 다른 데 팔려서 배고픔과 갈증을 잊을 수 있다.

나는 이런 놀이를 하기엔 나이가 너무 많다고 생각했지만 예상보다 재미있다. 다른 사람을 잡으려면 소리 나는 쪽으로 귀를 쫑긋 세워야 한다. 숨는 사람은 발을 들고 살금살금 움직여야 하고, 소리 없이 숨 쉴 줄 알아야 한다. 뭔가에 부딪히면 안 된다. 그러면 소리가 나고, 지금 서 있는 곳이나 조금 전까지 서 있던 곳이 발각된다.

나는 운 좋게 하랄트를 붙잡는다. 이제 하랄트가 술래가 되어 열을 헤아리고, 로테와 나는 살금살금 도망친다.

이윽고 내가 소리친다.

"끝. 소리 지를 시간이야!"

하랄트가 투덜댄다.

"벌써?"

나는 청소 도구 벽장 안에 있는 에르빈을 부른다. 에르빈은 한숨을 푹 내쉰다.

"방금 잠들었는데….."

우리는 다시 지쳐 쓰러질 때까지 소리를 지른다. 그러고는 귀를 기울인다. 결과는 똑같다. 에르빈은 다시 벽장으로 기어 들어가고, 우리는 계속 숨바꼭질을 한다. 나는 잡고 잡히는 동안에도 로켈 아저씨와 약속한 시간이 되었을까 봐 줄곧 야광 시계를 확인한다.

"너희가 소리치는 걸 들었어. 두 번."

"두 번 모두 열여섯 번씩 살려 달라고 외쳤어요. 다들 목이 완전히 쉬었어요."

"다행히 어디선가 공기가 들어와. 여기가 전부 막혔다면….."

아저씨가 발작하듯이 기침을 하더니 숨을 헐떡거린다.

"…우리는 벌써 정신을 잃었거나, 아니면 죽었을 거야."

갑자기 온몸에 소름이 돋는다. 맞아, 사람에겐 공기가 필요하지!

공기가 부족할지 모른다는 생각은 지금껏 하지 않았다. 그렇다면 정말 불행 중 다행이다.

"너희가 있어서 얼마나 기쁜지 몰라. 나는 계속 너희 소리를 들으려고 애써. 관에 귀를 대려면 몸을 반쯤 일으켜야 하는데 그게 점점 힘들어지고 있어. 하지만 너희 웃음소리를 듣고 있으면 잠시나마 고통을 잊고 생기가 돌아."

"웃는 건 애들이에요. 숨바꼭질을 하면서. 저는 차마 웃음이 나오지 않아요."

아저씨는 내 말을 못 들은 것 같다.

"웃음소릴 듣고 있으면 내 아이들이 떠올라. 걔들도 그렇게 어릴 때가 있었지."

얼마 뒤 아저씨가 관에서 귀를 뗐다 싶은 순간 저쪽에서 다시 말이 흘러나온다.

"아이들을 자주 웃게 해 줘, 알았니?"

나는 천천히 일어난다. 한 시간 뒤, 그러니까 12시에 아저씨는 다시 관 앞에 나타날 수 있을까? 어떻게 생겼을까? 아빠만 한 키에 머리는 짙고, 어깨는 조금 벌어졌을까? 아니면 호이슬러 할아버지처럼 마르고 클까?

어쨌든 아저씨는 한 가정의 아버지다. 이렇게라도 우리 곁에 있는 게 얼마나 다행인지 모른다. 지금껏 유익한 조언도 벌써 여러 차례 해 주었다.

시계를 본다. 시간은 우리를 한 가지 일에서 다른 일로 몰아간다. 소리 지르기, 놀이하기, 소리 지르기, 이런 식이다. 에르빈에게는 15분 간격으로 자다가 깨는 일의 반복을 의미한다. 그런데 갈수록 우리 목소리는 쉬고 작아진다. 게다가 몸까지 지친다. 아이들은 싫다고 거부한다.

나는 소리 지르지 않으면 더 이상 놀아 주지 않겠다고 협박한다.

집에서는 잠시 혼자 있고 싶으면 내 방으로 가면 그만이었다. 하지만 여기서는 혼자 있고 싶어도 그럴 수가 없고, 나만의 생각에 집중할 수도 없다. 끊임없이 누군가 뭔가를 해 달라고 보챈다. 그렇다고 아이들끼리 내버려 둘 수는 없다. 나는 지금 엄마 대신이다. 힘을 내려면 가끔은 나만을 위한 시간이 필요하다는 걸 아이들은 아직 모른다. 마냥 나하고 놀려고만 한다.

이제 또 소리 지르기 시간이다. 우리는 다시 4번 구석에 모여 목청이 터져라 외친다.

에르빈이 헐떡거리며 말한다.

"나한테 좋은 생각이 있어. 저 위 사람들에게 더 잘 들리게 할 방법…."

에르빈이 뭔가를 더듬더니 갑자기 소리친다.

"조심해, 놀라지 마! 이제 시끄러워질 거야!"

곧이어 꽝음이 들린다. 에르빈이 쓰레받기로 화장실 문을 꽝 때린 것이다. 벽을 두드리는 것보다 훨씬 소리가 크다.

나는 로테에게 볼피를 건네고 주먹으로 다른 화장실 문을 친다.

이 정도면 위에서도 들리지 않을까?

우리는 잠시 쉬며 귀를 기울인다. 아이들도 쥐 죽은 듯 조용하다.

아무 반응이 없다.

벌써 12시다. 아저씨와 약속한 시간이다. 나는 쉰 목소리로 아저씨를 부른다. 대답이 돌아온다. 다행이다. 아직 관에 대고 말을 할 수는 있는 상태인가 보다.

하지만 알아듣기가 쉽지 않다. 목소리가 너무 약하고 갈라진다.

"입안이 완전히 말라 버렸어. 열 때문이야."

이럴 땐 뭐라고 해야 할까? 아저씨의 갈증을 풀어 줄 방법이 내게는 없다. 다만 나와 나이가 같다는 막내딸의 이름을 묻는 것 말고는 다른 좋은 생각이 떠오르지 않는다. 아저씨가 이름을 한 번 말한 적이 있지만, 나는 잊어버렸다.

"로트라우트."

아저씨 목소리에 힘이 없다.

내 질문이 오히려 아저씨를 더 슬프게 한 것 같다. 어떻게 하면 조금이라도 힘을 내게 할 수 있을지 고민하는 사이 아저씨가 다시 입을 연다.

"너희들이 두드리는 소리를 들었어. 그 정도면 여기 사람이 있다는 걸 분명히 알 수 있을 거야. 저 위 사람들이 듣기만 했다면!"

"지금까지는 아직 응답이 없어요."

아저씨가 뭐라고 말했지만 소리가 너무 작아서 "…너무 늦을지도…"라는 말밖에 들리지 않는다.

"뭐라고 그러셨어요?"

내가 깜짝 놀라서 묻는다.

아저씨는 헛기침을 하더니 목소리를 바꾸어서 좀 더 활기차게 말한다.

"우린 이겨 낼 거야. 그렇지 않니? 우리는 여기서 쓰러지지 않아."

맞다. 우리는 쉽게 쓰러지지 않을 것이다. 그래선 안 된다. 문득엄마 아빠가 떠오른다. 두 분도 이렇게 벽 하나로 떨어져 있는 상황이라면 분명 내게 용기를 주었을 것이다. '이겨 내야 해, 기젤! 무슨일이 있어도 이겨 내야 해!' 하면서 말이다.

다시 끔찍한 기침 소리가 건너온다. 아저씨의 고통이 얼마나 클지상상이 된다. 머릿속에 엘더베리 주스가 떠오른다. 조금이라도 나누어 드려야 할까?

하지만 그러다 볼피가 목말라 죽고, 아저씨가 살아남는다면? 안될 말이다. 그건 안 된다. 얼마 남지 않은 물은 반드시 지켜야 한다.게다가 주스를 건네줄 방법도 없다. 관으로는 불가능하다. 여태 생각해 보지 못한 문제다. 이 생각에 계속 매달리는 건 의미가 없다.

"다시 소리칠 시간이에요. 고함을 지르고 문을 두드릴 거예요. 1시에 봐요, 아저씨!"

아저씨가 가르랑거리는 소리로 대답한다.

"중간중간에 위에서 무슨 소리가 나지 않는지 들어 봐."

분명히 알아듣지는 못했지만 아까 아저씨는 "너무 늦을지도" 모른다고 했다. 사람들이 내려오기 전에 자신은 외롭고 비참하게 죽어 갈 수밖에 없다는 뜻일까? 우리 소리가 위에 들리기를 기대하고 있는 건 분명하다. 하지만 사람들이 소리를 듣는다고 해도 여기까지 내려오려면 상당한 시간이 걸린다. 아저씨는 당장 도움이 필요한 상황인데….

너무 늦을지도! 이 말을 들으니 서서히 죽어 가던 할아버지가 떠오른다. 할아버지한테는 정성으로 간병하는 사람이 없지 않았다. 할아버지가 앓아눕자 할머니는 밤낮으로 할아버지를 돌봤다. 할머니가 학교에 다시 불려 가기 3년 전의 일이다. 그때는 전쟁 상황이 그렇게 나쁘지 않았다. 할머니가 부르면 의사 선생님이 집으로 왔고, 할아버지가 원하면 우리도 할아버지한테 갔다. 돌아가시기 며칠 전에도 할아버지와 나는 할아버지가 손수 만든 작고 멋진 말로 체스를 함께 두었다.

아빠는 할아버지를 마지막으로 보려고 전선에서 일주일 휴가를 얻었다. 아빠만 기다리던 할아버지는 눈을 감던 날 아침에 조그만 소리로 물었다. "아비가 왔어?" 할머니가 고개를 흔들자 할아버지가 말했다. "너무 늦을지도…." 아빠는 정오 직전에 도착했고, 할아버지는 오후에 돌아가셨다. 할머니를 비롯해 엄마 아빠, 에르빈, 하랄트, 나는 가장 좋은 옷을 차려입고 그 자리에 함께 있었다. 할아버지는 평온하게 눈을 감으셨다. 반면에 우리는 슬픔을 이기지 못하고 눈물을 흘렸다.

온 마을 사람들이 공동묘지까지 할아버지의 관을 뒤따랐다. 1차 세계 대전에 참전했던 노병들이 장례식을 엄숙하게 거행했다.

우리가 봄까지 집으로 돌아가지 못하면 할아버지 무덤에는 잡초가 무성할 것이다. 그 생각을 하니 마음이 아프다.

정오다. 밥을 먹기에는 너무 이르다. 우리는 늦게 아침을 먹었다. 그렇다면 주스를 한 모금씩 먹여야겠다. 이번에는 나도 한 모금 마실 생각이다. 소리를 질러야 하기 때문이다.

"정말로 딱 한 모금씩이다!"

나는 나머지 넷에게 경고한다. 나 자신도 마찬가지다. 볼피에게만 조금 더 줄 생각이다. 하지만 지난번처럼 많이는 아니다. 나는 물을 탄 우유를 볼피의 잔에 조금 부어 준다. 아까는 맛이 이상한지 도리질을 치던 볼피가 이번에는 게걸스럽게 마신다.

"더! 더!"

볼피가 떼를 쓴다.

더 이상은 안 된다. 볼피가 애처롭게 운다. 나는 마음을 다잡는다. 여기서 마음이 약해지면 안 된다.

로테도 운다. 나는 로테의 구겨진 리본 위를 어루만지며 달랜다.

"여기서 나가면 맘껏 먹고 마시게 해 줄게."

에르빈이 끼어든다.

"그러면 안 돼. 오랫동안 먹지 못하다가 갑자기 많이 먹으면 장에 탈이 나. 조금씩 양을 늘려 나가야 한댔어, 우리 선생님이."

에르빈이 조금 얄밉다. 그저 로테한테 희망을 주고 싶었을 뿐인데….

하랄트가 소리친다.

"그래도 나는 밖에 나가면 먹고 싶은 만큼 실컷 먹을 거야. 배가 터져 죽더라도. 빵도 네 개나 먹고, 수프는 세 그릇, 감자 부침도 세 개 먹을 거야. 사과 조림도 먹고, 배, 딸기, 와플, 소시지, 돼지고기, 소고기, 닭고기도 모두 먹어 치워 버릴 거야."

내가 버럭 호통을 친다.

"그만해! 자꾸 신경 거슬리게 할래?"

하랄트도 운다. 나는 가방에 손을 넣고 더듬는다. 혹시 오늘 아침에 갑자기 기적처럼 빵이 늘어나고, 우리가 지금껏 가방에서 꺼내 먹었던 샌드위치가 다시 생겨나지는 않았을까?

터무니없는 생각이다. 희망 사항일 뿐이다. 우리에게 남은 건 치즈나 소시지를 올려서 반으로 접은 샌드위치 여섯 쪽뿐이다. 하나씩 돌리면 하나가 남는다. 오늘 아침 내가 먹지 않고 남긴 거다. 사과 다섯 알도 만져진다. 그게 얼마나 달콤한지 안다. 한쪽은 빨갛고, 다른 쪽은 노랗다는 것도 안다. 헛간 뒤 우리 사과나무에서 열린 것이기 때문이다. 소시지도 여섯 개 있다. 호이슬러네 집에서 만든 돼지고기 소시지다. 삶은 달걀 여섯 개는 우리 닭들이 낳은 것이다. 그래, 먹을 건 모두 여섯 개씩 가져왔다. 우리 아이들 넷에다 엄마와 할머니 몫으로. 나는 가방 깊숙한 곳에서 귀리 마카롱 열두 개가 든 작은 주머니를 찾아낸다.

아, 맞다. 어제 방공호에서 낯선 할머니한테 받은 과자도 있었지!
배에서 꼬르륵 소리가 난다. 너무 배가 고파서 위가 쪼그라든 느낌
이다. 나는 재빨리 가방 지퍼를 닫는다. 일주일이 걸릴 수도 있어.
아니, 어쩌면 더 오래 걸릴지도….

15

고함을 지를 시간이다. 우리는 다시 4번 구석에 모인다. 우리 목소리가 전혀 다르게 느껴진다. 마치 기름칠을 한 듯 매끈하다. 엘더베리 맛이라고는 거의 느껴지지 않는 싱거운 주스 한 모금의 힘이다. 하지만 이번에는 겨우 열한 번 소리쳤을 뿐인데 벌써 또 목이 쉰다. 에르빈은 삽으로 화장실 문을 두드리기 시작한다.

내가 피곤한 목소리로 말한다.

"이리 와. 이제 놀자. 에르빈 너는 30분 동안 자. 다음엔 내가 문을 두드릴게."

아이들은 이제 숨바꼭질에 질린 모양이다. 이야기를 해 달라고 한다. 그렇다면 해 줘야 한다. 늑대와 일곱 마리 아기 염소 이야기가 머릿속에 떠오른다. 하지만 아이들은 다 아는 이야기라며 싫어한다. 엄마가 예전에 에르빈과 나한테 읽어 준 것처럼 하랄트에게도 읽어 준 게 틀림없다. 로테도 마르타한테 들었다고 한다.

내가 오랫동안 가장 좋아한 이야기는 인어 이야기다. 하지만 여섯 살과 일곱 살짜리에게는 너무 어렵다. 게다가 너무 슬픈 이야기이기도 하다. 아이들은 사랑에 대해 아직 아무것도 모른다. 그럼 '요술 식탁' 이야기는 어떨까? 아니다. 그 이야기를 들으면 아이들이 배가 더 고플 수 있다. '브레멘 음악대'는? 그것도 안 된다. 이야기 마지막에 다들 식탁에 둘러앉아 배 터지게 먹는 장면이 나온다. 처음에는 도둑들이, 그다음에는 동물들이. 아, 그러고 보니 거의 모든 동화에 먹는 이야기가 나온다. 그만큼 먹는 게 중요하다는 말이다.

그럼 '은화(銀貨)가 된 별' 이야기는 어떨까? 거기엔 빵 한 조각 이야기밖에 나오지 않는다. 우리도 빵 한 조각은 있다. 아이들이 이 이야기를 알고 있을까? 나는 친할머니와 외할머니한테서 이 이야기를 자주 들었다. 거의 외울 만큼.

하랄트는 모른다고 하고, 로테는 알지만 "아주 아름다운 이야기니까" 다시 들어도 괜찮다고 한다.

아이들은 집중해서 내 말에 귀를 기울인다. 간혹 로테만 중간에 너무 춥다고 하소연한다.

"나한테 몸을 바짝 붙여."

로테는 내 말대로 한다.

나는 이야기를 이어 간다.

"…소녀는 그렇게 온 세상으로부터 버려졌어. 하지만 사랑하는 신을 믿고 들판으로 나갔지. 그런데 길을 가다가 한 가난한 남자를 만났어. 남자가 말했어. '얘야, 먹을 것 좀 주겠니? 몹시 배가 고파.' 소녀는 빵을 통째로 주면서 말했어. '신의 축복이 있기를!' 그러고는 계속 걸어갔어. 그때 한 아이가….''

공간이 조용하다. 에르빈 소리도 들리지 않는다. 볼피만 자꾸 끙끙 소리를 낸다. 볼피는 이야기를 아직 이해하지 못한다. 반면에 완전히 다른 것에 빠졌다. 내 손목시계다. 볼피는 시계를 이리저리 만지고, 가죽끈을 잡아당기며 끙끙 소리를 낸다. 나는 내버려 둔다. 볼피도 집중할 일이 필요하니까.

로테가 이야기를 중간에 끊는다.

"참, 저쪽 아저씨한테도 먹을 걸 줘야지. 안 그러면 죽어."

죽는 게 뭔지 알기나 하고 하는 말일까?

"물이라도 줘. 우리 물통에는 물이 많잖아."

내가 신경질적으로 톡 쏜다.

"지금은 많지 않아. 그리고 어떻게 주라고? 벽을 뚫고 줘?"

에르빈은 자고 있지 않다.

"관이 있잖아. 물은 관 속을 지나갈 수 있어. 관에 물을 따를 때 옆으로 흘리지만 않도록 조심하면 돼."

"저쪽에서 그냥 물이 흘러내릴 텐데?"

"관에다 입을 대고 있으면 되지."

에르빈은 머릿속으로 되겠다 싶은 건 반드시 해 보는 아이다. 저렇게까지 얘기하는 걸 보니 막을 도리가 없다. 에르빈은 벌써 관 쪽으로 걸음을 옮긴다. 보지 않아도 지금 에르빈이 어떻게 하고 있는지 정확히 안다. 에르빈은 관의 아래쪽 절반을 손으로 막고 고개를 숙인다. 에르빈이 "아저씨!" 하고 부르는 소리가 들린다. 세 번을 부른 뒤에야 로켈 아저씨가 대답한 것 같다. 에르빈이 말한다.

"곧 뭔가 흘러갈 거예요! 마실 거! 제가 휘파람을 불면 바로 관에다 입을 대고 있으세요!"

하랄트와 로테는 내게서 날래게 벗어나 관 쪽으로 간다. 이제 에르빈은 가방 안을 뒤지더니 나를 보고 묻는다.

"어떤 병을 꺼낼까? 엘더베리, 아니면 우유?"

"꼭 그래야 한다면 엘더베리."

바스락거리는 소리, 휘파람 소리, 꿀렁거리는 소리가 차례로 들린다. 에르빈이 막 주스를 관에 부은 것이다. 나는 숨을 멈춘다.

에르빈이 소리친다.

"아뇨, 괜찮아요. 더 많이 드리지 못해서 죄송해요. 저희도…."

에르빈이 다시 귀를 기울이는 것 같다.

"네, 그럴게요! 그럼 몇 시에… 네, 그때 봬요!"

로테가 묻는다.

"아저씨가 뭐래?"

하랄트가 연이어 묻는다.

"고맙대?"

"얼마나 고마워하는지 몰라. 모두한테 고맙다는 말 전해 달래. 그리고 가능한 한 자주 소리를 지르고 문을 두드려 달라고 부탁했어."

"이제 아저씨는 곧 좋아질 거야."

로테가 안도의 한숨을 쉬며 말한다.

제 일 아니라고 말은 잘하네! 그래, '은화가 된 별'에 나오는 소녀
는 배고픈 사람한테 주저 없이 자기 빵을 선물할 수 있었어. 돌봐야
할 사람이 자신뿐이니까.

볼피가 버둥거린다. 관 쪽에 있는 다른 아이들한테 가고 싶은가
보다. 나는 볼피를 놓아준다. 볼피가 아장아장 걷는 소리가 들린다.
이제 넷은 그쪽에 있고, 나는 혼자 여기 있다. 내게는 의무뿐이다.
빌어먹을 의무! 나는 의무라는 말이 너무 싫다.

몸을 일으킨다. 순간 발밑에서 뭔가 뿌지직 부서지는 소리가 들린
다. 몸을 숙이는 순간 머릿속을 뭔가 번개처럼 스쳐 지나간다. 시계!
내가 시계를 밟은 것이다! 그래도 시계가 아직 갈지 모른다는 희망
을 품고 서둘러 집어 든다. 괜한 희망이다. 유리는 깨졌고, 시곗바늘
도 하나가 망가졌다. 나는 시계를 귀에 대고 격렬하게 흔들어 댄다.
소용없다. 냉기가 몰려온다. 아까보다 몇 배는 더 춥다.

볼피 때문이다. 볼피가 시계를 푼 게 분명하다. 얇은 가죽끈은 이
미 상당히 낡았다. 볼피가 어떻게 버클을 풀었을까? 맥이 탁 풀린
다. 이제 와서 그걸 밝혀 봐야 무슨 소용이 있을까? 중요한 건 이제
우리가 시간을 알 수 없다는 것이다. 지금이 아침인지 정오인지, 밤
인지 낮인지, 화요일인지 금요일인지 전혀 모른다는 사실이다.

어쨌든 지금은 살려 달라고 외칠 시간이다. 나는 벽장에서 쓰레받

기를 꺼내 화장실 문에다 힘껏 내리친다. 모든 절망, 모든 분노를 문에다 푼다. 이게 모두 문 때문인 것처럼. 그렇지 않아도 힘든데 왜, 왜, 왜 이런 일까지 생기는 걸까?

에르빈이 내 뒤 어딘가에서 소리친다.

"누나, 어떻게 된 거야, 시계?"

나는 쓰레받기를 내려놓고 힘없이 대답한다.

"알아. 내가 밟았어."

나는 어째서 볼피한테 책임을 전가한 것일까? 볼피가 시계를 만지작거리고 잡아당기게 내버려 둔 사람은 나다. 설사 누구 잘못이라고 하더라도 이미 시계는 망가졌다. 눈물이 났다. 나는 벽장에 쓰레받기를 던져 버리고 그 앞에 쪼그리고 앉는다. 마음 같아서는 엉엉 울고 싶다. 하지만 그러면 아이들이 듣는다. 평정심을 잃어선 안 된다. 할머니가 자주 하는 말이다. 내가 싫어하는 말이기도 하다. 평정심을 유지한다는 건 결국 겉과 속이 다르다는 말이다. 속은 부글부글 끓는데 겉으로는 티를 내지 않는다는 뜻이다. 하지만 여기서는 그래야 한다. 내 진짜 감정을 드러내선 안 된다. 동생들의 용기를 꺾지 않으려면.

"누나?"

에르빈이다. 녀석이 내 옆에 쪼그려 앉는다.

"저쪽 아저씨한테도 시계가 있잖아."

맞다. 로켈 아저씨한테도 시계가 있지! 그렇다면 시간을 완전히 모르는 건 아니다.

하지만 아저씨는 머잖아 시간을 알려 줄 수 없을지 모른다.

"내가 아저씨한테 마실 것을 좀 줬어."

"얼마나?"

"반 컵 정도. 네다섯 번 꿀꺽꿀꺽 마시는 소리를 들었어."

좀 더 많이 주지 못하는 것이 지금은 너무 미안하다.

에르빈의 위로가 효과가 있었다. 나는 다시 현실을 자각했고, 더는 모든 것을 그렇게 절망적으로 보지 않는다.

볼피가 운다. 맞다, 기저귀를 갈아 줄 시간이 한참 지났다. 피부가 또 짓물렀을 것이다. 나는 볼피를 부른다. 볼피가 벽을 짚으며 걷는다. 그러다 갑자기 걸음을 뚝 멈춘다.

"이리 와, 볼피!"

다시 불러도 볼피는 오지 않는다. 무슨 일이지? 나하고 1미터도 떨어져 있지 않을 텐데. 나는 볼피 쪽으로 기어간다. 볼피는 쪼그리고 앉아 부서진 시계 조각을 주우려 한다. 발밑으로 이상한 것을 느낀 모양이다. 바닥에 있는 걸 자칫 입에라도 넣으면 큰일이다. 나는 얼른 볼피를 들어 올린다. 볼피는 발버둥을 치며 다시 내려가려고 한다. 시곗바늘이나 버클이 목에 걸리면 정말 최악이다.

기저귀를 갈아야 할 시간이다. 나는 가방을 찾아 더듬거린다.

"뭔가 두드리는 소리가 났어!"

하랄트가 갑자기 소리친다.

나는 귀를 기울인다. 우리 모두 귀를 쫑긋 세운다. 볼피만 거칠게 숨을 쉬며 칭얼거린다.

"조용히 해, 볼피!"

이제 정말 쥐 죽은 듯이 조용하다. 아무 소리도 나지 않는다.

"분명히 들었어!"

하랄트의 말에 로테가 말한다.

"네 심장 뛰는 소리를 들었나 보지."

우리는 하던 일에 다시 열중한다. 에르빈은 타일 바닥을 기어 다니며 시계 조각을 찾는다. 버클 하나라도 볼피 손에 들어가면 안 된다! 에르빈도 그걸 나만큼이나 잘 안다. 에르빈은 찾은 것들을 변기 안에 넣는다. 나는 방금 변기 앞에서 볼피 옷을 벗기고, 기저귀를 갈고, 크림을 바르고, 다시 옷을 입혀 주었다. 볼피를 변기로 데려가서 오줌을 자주 누이겠다고 다짐했는데 지키지 못했다. 나는 더러운 기저귀를 변기 뒤쪽으로 밀어 넣는다.

"누나, 이야기 계속해 줄 거지?"

하랄트가 내 쪽을 보고 소리친다.

아니다, 지금은 살려 달라고 외칠 시간이다. 그런데 아주 큰 소리를 딱 한 번 내는 것도 나빠 보이지 않는다. 나는 쓰레받기로 화장실 문을 힘껏 내려친다. 그런 다음 귀를 기울인다.

위에서 정말 무슨 소리가 들린다. 두 번! 세 번! 딱따구리가 나무를 콕콕 때리는 소리 같다. 더 이상 아무 소리도 들리지 않는다.

에르빈이 나지막이 말한다.

"우리 대답을 기다리는 거야. 소리를 지르고, 시끄러운 문을 두드려야 해!"

나는 다시 한번 쓰레받기를 휘두른다. 목이 쉬었지만 우리는 계속 고함을 지른다. 나는 모두를 독려하면서 내가 낼 수 있는 가장 큰 소리로 외친다. 다섯 번, 여섯 번. 이 정도면 대답으로 충분하다. 우리는 다시 귀를 기울인다. 저 위에서 응답이 있을까? 아니면 기다림이 너무 간절해서 우리가 잘못 들은 걸까?

재차 소리가 난다. 처음보다 더 또렷하게.

"쓰레받기로 한 번 더 쳐야겠어."

에르빈이 속삭이더니 쓰레받기로 화장실 문을 힘차게 내리친다.

위에서 대답이 내려온다.

나는 너무 기뻐 볼피를 끌어안는다. 그러고는 볼피를 바닥에 내려놓고 하랄트와 로테를 안는다. 살았어! 살았다고! 사람들이 우리를 발견했어! 우리가 여기 있는 걸 알았어! 나는 에르빈이 쓰레받기를 내려놓자마자 미친 듯이 부둥켜안는다. 얼마나 다행인지 모른다.

이제는 시간을 몰라도 상관없다. 우리는 곧 다시 밖으로 나갈 것이다. 햇빛 속으로, 시간 속으로, 할머니한테로. 그럼 로테는, 로테는 누구한테 가지? 그래, 마르타나 엄마한테로?

16

두드리는 소리가 멈추었다. 이제 구조대는 우리 쪽으로 흙을 파내기 시작할 것이다. 남녀 화장실 위쪽에는 잔해가 산더미처럼 쌓여 있을 게 분명하다. 이건 몇 층짜리 건물이다. 건물 잔해를 치우고 우리를 꺼내려면 많은 시간이 걸릴 것이다.

머릿속에 퍼뜩 로켈 아저씨가 떠오른다. 아저씨한테도 이 사실을 알려야 한다. 분명 무척 기뻐할 것이다.

나는 볼피를 에르빈에게 맡기고 더듬더듬 3번 구석을 지나 2번 구석으로 간다. 그 근처에 관이 돌출해 있다.

"아저씨!"

신음이 들린다. 이어 나직이 "응?" 하고 묻는다.

"저예요, 기젤! 위에서 신호가 왔어요! 저 위에서 사람들이 두드렸어요."

다시 고통의 신음이 들린다.

"아, 다행이구나. 위에서 신호를 주면 너희도 항상 소리를 내야 해. 빗자루로 천장을 두드려. 그래야 너희가 아직 살아 있다는 걸 알릴 수 있어. 신호가 왔다고 가진 걸 다 먹으면 안 돼. 아껴야 해. 물도. 시간이 한참 걸릴 수 있어."

나는 아저씨 상태를 묻는다.

"좋지 않아. 다리가… 미치도록 아파. 게다가 너무 추워서…."

"물을 좀 보내 드릴게요. 관으로요."

마음이 한껏 관대해졌다. 이제는 인색할 필요가 없다. 곧 원하는 만큼 실컷 마실 수 있을 테니까.

나는 에르빈을 부른다. 그런데 가방을 찾다가 오른쪽 화장실 문 앞에서 가방에 걸려 넘어질 뻔한다. 에르빈이 볼피를 로테와 하랄트에게 맡기는 소리가 들린다. 우리는 가방을 뒤져 병을 꺼낸다. 나는 화장실 물통에서 병을 채운다.

"아저씨! 물이 곧 내려갈 거예요!"

고통스런 신음이 들린다. 이어 관을 긁는 것 같은 소리가 난다. 아저씨 이빨이 관에 부딪히는 소리인가?

내가 에르빈에게 속삭인다.

"물을 부어! 네가 해 봤잖아."

에르빈이 휘파람을 불더니 물을 관 속에 흘려 보낸다.

"이제 저쪽에 닿았을 거야."

내가 관에 대고 소리친다.

"아저씨! 마셨어요?"

신음이 들린다. 헉헉거리며 힘겹게 숨 쉬는 소리도.

"관에 입을 대지 못했어."

분명 8분의 1리터는 됐을 것이다. 귀한 물이 허무하게 버려졌다.

"괜찮아요. 곧 여기서 나가실 수 있잖아요. 그러면 얼마든지 마실 수 있어요. 커피든 차든 여기 화장실 물통 물보다 몇 배는 더 좋은 걸 마실 수 있어요!"

아저씨가 무슨 말을 했지만, 소리가 너무 작아서 "잠이… 잠이…" 라는 말밖에 모르겠다. 막 일어나려고 하는데 아저씨가 무슨 말을 더 한다. 알아듣게 말하려고 무진장 애쓰는 듯하다.

"평화가 오면 로트라우트를 한번 찾아가 줘… 올덴부르크에 살아. 로… 14번지!"

"어느 거리라고요? 못 알아들었어요. 다시 한번 말해 주세요!"

더는 말이 없다. 숨을 헐떡거리는 소리만 들린다. 잠이 든 것 같다. 하긴 이렇게 좋은 소식을 들었으니 그럴 만하다. 나는 다음번에 올덴부르크의 어느 거리인지 정확히 물어보기로 마음먹는다.

문득 시간을 물어본다는 걸 깜빡했다는 생각이 떠오른다. 그래, 이것도 다음에 물어보면 돼. 한 시간 뒤에.

한 시간 뒤? 한 시간이 지난 걸 어떻게 가늠하지?

그래, 느낌으로 알겠지. 한 시간쯤 지난 것 같다는 느낌으로….

춥다. 몸이 오들오들 떨린다.

하랄트가 의기양양하게 소리친다.

"이젠 먹어도 되지, 그렇지?"

로켈 아저씨의 경고에도 나는 동생들에게 조금이라도 더 주고 싶다. 각자 빵 한 쪽과 소시지 하나씩이다. 아이들은 각각 다른 방향에서 잰걸음으로 다가온다. 우리는 1번 구석, 즉 청소 도구 벽장 앞에 주저앉는다.

아이들은 내가 작은 칼로 소시지를 자르는 순간도 참지 못하고 조바심을 낸다. 나는 자르면서 냄새를 맡아 본다. 아직 냄새가 괜찮다. 여기가 추운 덕이다.

아이들이 얼마나 먹성 좋게 씹어 먹는지! 게다가 병으로 한 모금씩 마실 수 있는 걸 얼마나 행복해하는지!

"이제는 두 모금씩 먹어도 괜찮지 않을까? 곧 나가게 될 텐데."

에르빈의 말에 나도 허락한다.

로테가 말한다.

"난 물보다 레모네이드 먹고 싶어."

하랄트가 장단을 맞춘다.

"나는 코코아."

우리는 게걸스럽게 먹고 마신다.

"이제 배불러!"

하랄트가 만족스럽게 숨을 내쉬며 말한다. 분명 지금 배를 만지고 있을 것이다. 그 말을 할 때는 항상 그랬으니까.

이번에는 로테가 장단을 맞춘다.

"나도. 이제는 오래오래 안 먹어도 돼."

나는 입을 비죽거린다. 다행히 로테는 그걸 보지 못한다. 뭐, 오래오래 안 먹어도 된다고? 세 시간만 지나도 벌써 배고프다고 난리를 피울 거면서. 하지만 그것도 이제 더는 내 문제가 아니다. 세 시간 뒤면 분명 저 위에 있을 테니까. 바깥세상에, 햇빛 속에, 따뜻한 방 안에, 김이 모락모락 나는 접시 앞에.

내가 에르빈에게 말한다.

"넌 이제 자도 돼."

"지금? 말도 안 돼. 이렇게 긴장되는 순간에 어떻게 잠을 자!"

위에서 다시 두드리는 소리가 난다. 처음보다 더 또렷한 느낌이다. 에르빈이 벽장에서 긴 솔을 가져와 낮은 천장을 두드린다.

곧 위쪽과 아래쪽 사이에 일정한 소통 리듬이 생겨난다. 위에서 세 번 두드리면 밑에서도 세 번 두드리는 식이다.

이런 소통은 한동안 이어지다가 위쪽에서 먼저 멈춘다. 구조대는 이제 우리가 저쪽의 신호에 따라 두드릴 수 있음을 안다. 이제 곧 흙을 퍼내고, 잔해를 걷는 작업을 시작할 것이다. 우리는 줄곧 위쪽으로 귀를 기울인다. 작업 소리가 들리지 않을까? 돌을 치우고, 삽으로 흙을 퍼내는 소리가? 혹은 기계 소리나 사람 소리, 우리를 부르는 소리가?

아무 소리도 없다.

작은 애들은 소리를 지르며 미친 듯이 공간을 돌아다닌다. 볼피도

211

함께 한다. 아마 하랄트와 로테가 볼피를 중간에 끼우고 데리고 다니는 듯하다. 그러면서 구조대가 언제 오느냐고 5분마다 묻는다.

나는 그저 '곧'이라는 말만 반복할 수밖에 없다. 벌써 시간 감각이 없어졌기 때문이다. 지금은 오후쯤일 것 같다. 3시, 아니면 4시? 그 말은 우리가 24시간이나 지하실에 갇혀 있었다는 뜻이다.

밖은 곧 어두워질 것이다. 아니, 벌써 어두워졌을까? 어쩌면 우리가 기쁨에 너무 취해 있어서 시간이 훨씬 빨리 갔을 수도 있다.

혹시 할머니도 저 위에서 함께 잔해를 치우고 있지 않을까? 우리를 더 빨리 만나려고? 오늘 중으로 드레스덴에 갈 수 있을까? 그럼 내일 거기서 내 생일 파티를 열 수 있다. 마치 지금껏 아무 일도 없었다는 듯이.

로켈 아저씨가 떠오른다. 아저씨가 사는 올덴부르크는 독일 북서쪽에 있는 도시다. 니더슐레지엔에 사는 우리에게는 반대편 끝이다. 거기는 한 번도 가 본 적이 없다.

거리 이름을 다시 물어봐야 한다. 물론 엄마나 할머니는 거리 이름을 몰라도 주소를 알아낼 수 있을 것이다. 주민 등록 관청을 통해서 말이다. 하지만 그런 일은 필요하지 않다. 아저씨는 우리와 함께 구조될 테니까. 천장 구멍을 별도로 하나 더 뚫거나 남녀 화장실 사이의 벽을 뚫으면 된다. 그러면 바로 병원으로 옮겨 치료를 받고 건강해져서 올덴부르크의 '로'로 시작하는 거리 14번지로 돌아갈 수 있다. 아내와 딸이 있는 곳으로.

아저씨는 아직 자고 있을까? 불러 볼까? 아니다. 깨어 있으면 통증이 지독하다. 일단은 좀 더 자도록 두는 게 나을 듯하다. 구조대가 작업을 시작하면 어차피 시끄러워질 것이다. 그때까지는 푹 자는 게 좋다.

나도 미치도록 피곤하다. 한번 잠들면 못 일어날 것 같다. 하지만 어떻게든 깨어 있어야 한다. 할머니는 피곤을 이기는 최고의 방법은 일하는 거라고 했다. 그렇다면 여기서는 무슨 일을 해야 할까?

가방을 정리하는 것도 한 방법일 듯하다. 그러면 몸이 따뜻해질지 모른다. 여기선 옷을 여러 겹 껴입고 있어도 춥다. 떨지 않으려면 많이 먹어야 하는데, 여긴 먹을 것이 별로 없다.

위에서 다시 두드리는 소리가 난다. 한층 더 또렷이.

"이리로!"

에르빈이 소리친다. 잠을 자다 두드리는 소리에 벌떡 일어난 게 분명하다. 에르빈이 솔을 잡는 소리가 들린다. 이제 두드리는 신호의 리듬이 달라졌다. 위에서 네 번 두드리면 아래서 네 번 두드리고 멈춘다. 아마 저쪽에서는 우리가 정신이 있는지 확인하려는 것 같다. 그래, 우린 아직 넷까지 셀 수 있어!

에르빈은 기다란 솔 자루로 천장을 두드린다. 네 번씩. 공간이 아주 조용하다. 작은 애들도 귀를 기울인다. 볼피까지 귀를 쫑긋 세우고 있는 듯하다.

위-아래, 위-아래, 신호가 이어지다가 그친다.

에르빈이 흥분해서 소리친다.

"누나, 뭔가 내 눈으로 날아왔어. 위에서 떨어진 거야. 석회 가루 같은 거. 구조대가 쇠지레 비슷한 걸로 콘크리트를 쾅쾅 치니까 천장이 흔들리면서 떨어진 게 아닐까?"

그럴 수도 있고, 아닐 수도 있다.

로테가 묻는다.

"구조대가 벌써 가까이 왔어?"

"아주 가까이 왔어."

나는 마치 모든 걸 정확히 아는 사람처럼 단호하게 대답한다.

두드리는 소리가 들린 뒤로 한 시간은 더 지난 것 같다. 처음엔 한 시간 정도 지나면 구조대와 말을 할 수 있을 줄 알았다. 하지만 이제 알겠다. 생각보다 일이 훨씬 더디게 진행될 수 있다는 것을. 그렇다면 우리는 여기 어둠 속에서 하룻밤을 더 보내야 할지 모른다.

에르빈은 다시 잠든 모양이다. 소리가 전혀 들리지 않는다. 대신 작은 애들이 시끄럽게 떠들며 짜증을 낸다.

하랄트가 징징거린다.

"여긴 너무 지루해!"

나는 유령 놀이를 한다. 우리는 발꿈치를 들고 스르르 미끄러지듯이 걸으면서 음산하게 "우, 우!" 소리를 낸다. 그게 우리라는 걸 모르는 볼피는 무서워 울음을 터뜨린다.

옛날이야기를 해 줘야 할까? 그러면 아이들은 타일 위에 가만히 앉아 이야기를 들을 것이다. 하지만 움직이지 않으면 춥다. 아이들은 계속 움직여야 한다! 나는 우리 상황에 맞는 놀이를 만들어 낸다. 원으로 둘러앉아 내가 이야기를 들려준다. 그러다 '까만'이라는 말이 나오면 모두 뒤로 넘어지고, '하얀'이라는 말이 나오면 모두 일어서야 한다.

예상대로다. 아이들은 신이 나서 내 말대로 움직인다. 물론 볼피만 빼고. 볼피는 언제 앉고, 언제 뒤로 눕거나 일어나야 하는지 모른다. 그런데 언제부터인가 하랄트는 '까만'이나 '하얀'이라는 단어가 나오는데도 그냥 가만히 앉아 있다. 그러더니 우리가 뒤늦게 그 사실을 알아차리자 배를 잡고 웃는다. 로테가 화를 낸다.

"그럼 너도 앉아 있든지."

하랄트가 웃으며 대꾸한다.

아, 구조대가 빨리 왔으면! 이 변덕스런 꼬맹이 녀석들의 기분을 더 이상 맞춰 줄 수가 없어.

다시 두드리는 소리가 난다. 무척 또렷하다. 에르빈이 두드려 대답한다. 밤새 이래야 할까? 에르빈이 불쌍하다. 깊은 잠에 들었다가도 금방 다시 깨어난다. 나는 에르빈이 상당히 작은 소리에도 벌떡벌떡 일어나는 게 놀랍기만 하다. 나라면 깊이 잠든 상태에서 그 소리에 깰 수 있을지 자신이 없다.

그래, 에르빈, 밤에는 네가 쉬어. 내가 보초를 설게.

우리는 바닥에 쪼그리고 앉아 다른 놀이를 한다. 누군가 동물 소리를 내면 나머지가 알아맞히는 놀이다. 로테에게는 누워서 떡 먹기다. 모든 소리를 바로 알아맞힌다. 심지어 뱀이 혓바닥을 날름거리는 소리도 쉽게 맞힌다.

이번에는 다들 둥글게 손을 잡고 춤을 추듯 빙글빙글 공간을 돌아다닌다. 그다음에는 담요를 바닥에 펼쳐 놓고 차례로 구르기 놀이를 한다. 로테한테는 바닥이 너무 딱딱한 모양이다.

이어서 나는 아이들의 발을 들어 올려 잡고 두 손으로 걷게 한다. 그러면서 이 놀이에 '손수레 타기'라는 이름을 붙여 준다. 아이들은 얼마간 이 놀이를 무척 재미있어한다. 그러나 곧 벽에 부딪혀 혹이 나면서 그만둔다.

마침내 아이들이 졸려 한다. 나는 아이들을 차례로 오른쪽 화장실로 보낸다. 아이들이 용무를 마치면 바로 볼피 기저귀를 갈아 줄 생각이다. 나는 담요 하나를 반으로 접는다. 하랄트와 로테를 그 위에 눕히고, 두 번째 담요는 덮어 줄 것이다. 바닥에 깔린 세 번째 담요는 볼피와 나를 위한 것이다.

나는 가방에서 베개로 쓸 만한 것들을 찾아낸다. 수건 두 장은 볼피, 할머니의 털실 재킷은 로테, 배낭은 하랄트의 베개다. 에르빈은 이제 어느 정도 헐렁해진 가방을 베면 된다. 그럼 나는? 나는 깨어 있을 것이다.

"너희 배고파?"
내가 묻는다.

애들은 당연히 배가 고프다. 나는 아이들에게 달걀과 사과를 내민다. 하랄트는 사과를, 로테는 달걀을 원한다. 내가 껍질을 까는 순간 로테는 내 손에서 낚아채듯이 달걀을 가져간다. 볼피도 달걀을 하나 받는다.

"소금이 없잖아."

로테가 뾰로통하게 말한다.

이 버릇없는 아이가 계속 신경을 건드린다. 나는 화를 꾹 누르며 가방을 뒤져 소금을 찾는다. 그 순간 달걀을 까다가 가방 안에 껍질을 떨어뜨린 걸 알아차린다. 그럼 사과 씨도 가방 안에 떨어졌을 게 분명하다.

"소금은 안 보여. 소금 없이 달걀을 못 먹겠으면 언니가 먹을게."

대답이 없다. 로테는 벌써 달걀을 입안에 넣은 모양이다.

"이제 사과 먹을래."

로테가 달걀을 씹으며 말한다. 그다음엔 달걀도 하나 더 달라고 한다.

그건 안 된다. 내일 아침에 먹을 것도 남겨야 한다. 물론 내 예상으로는 우리가 오늘 밤 안으로 구조될 것 같기는 하지만. 그럼에도 로켈 아저씨의 말처럼 항상 최악의 상황에 대비해야 한다. 지금으로선 내 생일인 다음 날까지 하루 더 여기서 지내는 것보다 나쁜 상황은 상상하고 싶지 않다.

나는 아이들에게 물 약간과 마카롱을 하나씩 나누어 준다. 과자가 아이들에게 조금 위로가 된 것 같다. 볼피도 마카롱 하나를 갉아 먹는다. 나는 반쯤 찬 물잔에 볼피의 마카롱을 담가서 부드럽게 만든 뒤 다시 건네준다. 그 물은 나중에 내가 마신다.

나는 아이들을 눕힌다.

"볼피는 우리 사이에 눕혀 줘."

로테의 말에 하랄트도 찬성한다. 나는 볼피를 둘 사이에 눕히고 셋에게 담요를 덮어 준다. 내 담요는 그 옆에 깐다. 아이들이 밤새 이불을 잘 덮는지 확인하려면 이렇게 가까이 있는 게 좋다.

드디어 아이들이 조용해진다.

아이들이 막 잠들었다고 생각한 순간 위에서 다시 두드리는 소리가 난다. 그런데 구조대가 우리에게 좀 더 가까워졌다는 느낌은 들지 않는다. 혹시 처음 이후 더 전진하지 못한 것일까? 아니면 다른 물건으로 두드려서 그런 느낌이 드는 것일까? 예를 들어 두꺼운 관이나 무거운 삽 같은 걸로 말이다.

에르빈은 어느새 일어났는지 솔 자루로 천장을 두드리고 있다.

착한 녀석!

에르빈은 목이 마를 것이다. 나는 병을 건넨다.

"얼마만큼 마시면 돼?"

"원하는 만큼. 우린 곧 나갈 테니까."

에르빈은 병이 빌 때까지 허겁지겁 마신다.

"먹을 것 좀 줄까?"

에르빈은 내 물음에 대답하지 않은 채 벌써 청소 도구 벽장으로 사라지고 없다. 그 문소리는 이미 익숙하다.

　작은 애들에게로 돌아가자 볼피는 벌써 잠들었다. 하지만 하랄트
와 로테는 두드리는 소리에 다시 멀쩡하게 깨어 있다.
　로테가 이야기를 해 달라고 조른다.
　"집에서는 잠들기 전에 항상 마르타가 옛날이야기를 해 줬어."
　"너희 엄마는?"
　내가 놀라 묻는다.
　"엄마는 저녁에 대부분 밖에 나가."
　해 줄 이야기가 떠오르지 않는다. 아무리 쥐어짜도 뇌 속이 텅 빈
느낌이다. 그러다 어느 순간 정말 거짓말처럼 이야기 하나가 슬그머
니 찾아온다.
　"옛날 옛적에 아이 넷이 살았어. 아이들은 한겨울에 엄마랑 할머
니하고 긴 여행을 떠났어. 전쟁 중이었거든. 아이들은 도중에 갑자
기 엄마하고 헤어졌어. 엄마가 아기를 낳았기 때문이지. 얼마 뒤 아
이들이 막 어떤 기차역에 도착했는데 적군의 비행기가 나타났어. 아
이들은 바쁘게 도망치는 사람들 속에서 할머니를 잃어버렸어. 이제
아이들끼리만 남았어. 아이들은 폭탄을 피해 지하실로 들어갔어. 거
기서 자신들처럼 엄마하고 헤어진 여자애를 만났는데…."
　그때 로테가 소리친다.
　"그건 나야! 그 이야긴 나도 알아! 싫어."
　하랄트도 그 이야기는 싫다고 한다. 하랄트가 어떤 이야기를 듣고

싶은지 혼자 곰곰이 생각하는 동안 로테가 내게 속삭인다.

"아직 저녁 기도를 안 했어."

"그럼 해."

"나는 항상 마르타가 같이 기도해 줬어."

나는 기도문 앞부분을 먼저 시작해 보라고 한다. 운율이 잘 맞아 떨어진다. 하지만 나는 모르는 기도문이다.

"잘하네. 너 혼자서도 할 수 있어. 지난밤에 증명했잖아. 일곱 살이면 마르타 없이도 할 수 있어."

"엄마하고 마르타도 항상 내 기도에 넣었어."

"아빠는 아니고?"

"아빠는 죽었어. 전쟁터에서."

로테는 잠시 말을 멈추더니 이윽고 나지막이 덧붙인다.

"언니도 넣어 줄까?"

"지하실에 있는 우리 모두를 넣어 줘. 여기서 나가기 전까지 우리는 모두 하나야."

"응, 알았어."

로테가 우리 이름을 나열한다.

"기젤, 에르빈, 하랄트, 볼피, 로켈 아저씨도 다 넣었어. 특히 아저씨는 저쪽에 혼자 있으니까 더 많이. 열이 떨어지고 더 이상 춥지 말라고."

나는 고개를 끄덕이며 로테의 머리를 쓰다듬는다.

"넣을 사람 더 있어?"

"우리 부모님과 할머니."

"나는 누군지 모르는데!"

내 입에서 한숨이 흘러나온다.

"모르는 사람을 위해서도 기도할 수 있어."

로테는 내 말을 알아듣는다.

"그리고 저 위에서 우리를 구하려고 애쓰는 사람들을 위해서도. 분명 무척 힘들게 일하고 있을 거야."

로테는 이 제안에도 동의한다. 그러더니 두 손을 모으고 신에게 기도한다.

"끝났어."

로테가 홀가분하게 말한다.

나는 로테의 뺨을 어루만진다.

"잘 자, 우리 아가."

"언니도."

로테가 다정하게 중얼거린다. 곧 고른 숨소리가 들린다.

"로테?"

내가 속삭인다. 로테는 더 이상 대답하지 않는다.

17

로테는 내내 로켈 아저씨를 생각하고 있었던 것 같다. 나는 지난 반 시간이나 한 시간 동안 까맣게 잊고 있었다. 아저씨 상태는 어떨까? 나는 엉금엉금 다가가서 관에 대고 소리친다.

"아저씨!"

나는 관에 귀를 대고 기다린다. 가쁜 숨소리만 가르랑가르랑 들린다. 숨 쉬기가 무척 힘든 것 같다. 열이 있으니 당연하다.

몇 시쯤 됐을까? 6시? 아니면 벌써 7시? 혹은 8시? 어쨌든 그사이 밖은 아주 깜깜할 것이다. 지금은 겨울이니까. 게다가 해가 떨어지면 가로등에 차광막이 씌워진다. 적기의 폭격을 피하기 위해서다. 가정집 창문에서도 불빛 한 점 새어 나오지 않는다. 방에서 불빛이 새어 나오면 엄한 처벌을 받는다. 그래서 어두워지면 모든 집은 창문 앞에 검정색 롤 커튼을 친다. 커튼은 창문 크기와 같거나 커야 한다. 그래야 불빛이 새어 나오지 않는다.

창문마다 불빛이 환하게 비치던 시절이 그립다. 가로등이 거리를 밝게 비추고, 사람들이 서로의 얼굴을 볼 수 있던 시절이 간절히 그립다.

평화로웠던 시절에 나는 지금의 로테처럼 아직 인형 놀이를 하던 아이였다.

평화로웠다면, 그래, 평화로웠다면 세상은 어땠을까? 라디오에서도 내보낼 뉴스거리가 별로 없었을 것이다. 국방군 소식과 전황에 관한 이야기를 빼면 중요한 게 뭐가 더 있을까? 어디서 교통사고가 났다거나, 외국에서 자잘한 지진이 일어났다는 소식 정도?

평화로운 시절이었다면 우리는 지금 환한 불빛 아래에서 식탁에 둘러앉아 저녁을 먹고 있을 것이다. 아빠 책상 위의 추시계는 째깍거리며 돌아가고, 벽에 걸린 뻐꾸기시계는 7시 정각에 일곱 번 운다. 식탁엔 음식이 가득 차려져 있다. 풍차 무늬 접시들이 보인다. 이것들은 집에 두고 왔다. 식탁엔 다양한 소시지가 차려져 있다. 특히 아빠가 좋아하는 간(肝) 소시지와 엄마가 좋아하는 훈제 소시지가 눈길을 끈다. 그 밖에 햄, 치즈, 베이컨이 있고, 빵에 바를 스프레드와 정어리 통조림이 보인다. 과일 접시에는 바나나와 귤이 놓여 있다. 버터는 원하는 만큼 발라 먹을 수 있다. 아빠는 다음 주에 우리 가족의 썰매 소풍 계획을 짠다. 어디로 갈까? 우리 정원에서도 보이는 오일렌게비르게산맥이 될 가능성이 높다.

아빠와 함께 가는 썰매 소풍은 늘 무척 특별한 일이었다. 엄마는 이렇게 말할지 모른다.

"거길 가려면 기젤한테 새 부츠가 있어야 해요. 예전 것은 작아서 못 신어요. 내일 시내에 가서⋯."

평화로운 시절이었다면 시간이 언제인가에 따라 엄마는 설거지를 하고, 나는 그릇을 마른행주로 닦고 있을 것이다. 아빠는 책상에 앉아 다음 날 수업을 준비한다. 당연히 군복 차림이 아니다. 아빠는 선생님이다. 그것도 관청 소재지의 인문계 중고등학교 선생님이다. 담당 과목은 라틴어다. 아빠는 고학년을 가르친다. 아빠의 학생들은 모두 청년에 가깝다. 그래서 전쟁에 불려 나갔다. 평화로운 시절이었다면 그들은 전쟁에 나가 이유 없이 죽지 않았을 것이고, 아빠가 눈시울을 붉히며 혼잣말처럼 이렇게 중얼거리지도 않았을 것이다.

"불쌍한 것들, 얼마나 앞날이 창창한 녀석들이었는데⋯."

평화로운 시절이었다면 나는 어쩌면 벌써 침대에 누워 불을 끄고 창문으로 비치는 달빛을 물끄러미 바라보고 있을 것이다.

그러나 지금은 전쟁 중이다. 아빠는 군복을 입고 저 멀리 위험한 곳으로 나가 있다. 아빠의 옛 제자들 가운데 많은 사람이 이미 목숨을 잃었다. 불빛은 창밖으로 새 나가면 안 되고, 달빛은 내 방을 비추지 않는다. 식탁은 비어 있고, 우리는 집을 떠나 지금 여기 폐허 더미 밑에 갇혀 있다.

나는 지금 여기서 유일하게 깨어 있다. 눈이 자꾸 감기려 하지만 잠들면 안 된다. 위에서 두드리면 답을 해야 한다. 게다가 작은 애들이 깨면 돌봐야 하고, 천장에 구멍이 뚫리면 아이들을 깨워야 한다.

모두가 잠든 지금 나는 누구의 방해 없이 혼자라는 사실이 놀랍도록 편안하게 느껴진다. 온종일 우리 집을 생각하고 엄마 아빠를 떠올릴 겨를이 없었다. 이제 내 눈앞에 우리 집과 눈 덮인 정원이 보인다. 정원 문 양쪽으로 커다란 눈사람 둘이 보초처럼 서 있다. 에르빈과 친구들이 크리스마스 때 야단법석을 떨며 만든 것들이다. 눈사람은 싸리비를 들고 신문지 모자를 쓰고 있는데, 지나가는 사람들마다 즐거워한다.

숲 가장자리에 아빠가 앉아 있다. 호이슬러 할아버지 집 뒤쪽 숲과 비슷하게 생긴 소나무 숲이다. 눈은 햇빛을 받아 반짝거리고, 하늘은 눈부시게 파랗다.

아빠 혼자뿐이다. 눈 풍경을 보려고 여기까지 온 걸까?

아빠는 눈 덮인 바닥에 군복 차림으로 나무에 기대앉아 있다. 옆에 총이 보인다. 아빠는 눈을 감고 있다. 아마 우리를 생각하는 듯하다. 어쩌면 얼마 전에 우리 편지를 받았을지 모른다. 엄마는 매주 아빠한테 편지를 보냈고, 나도 이따금 썼다.

아빠, 내가 아빠를 얼마나 사랑하는지 아세요? 아빠를 포옹할 날만 손꼽아 기다리고 있어요. 내가 보이지 않아요? 왜 벌떡 일어나지 않아요?

나는 좀 더 가까이 다가간다. 한 걸음 내디딜 때마다 눈 속에서 뽀

드득거리는 소리가 들린다. 아빠, 내 발소리가 들리지 않아요? 나는 아빠한테 몸을 숙인다. 내 그림자가 아빠에게 드리운다. 아빠는 여전히 고개를 들지 않는다. 깊은 생각에 빠진 듯하다. 아니면 깜빡 잠이 든 걸까? 이렇게 차가운 눈밭에서?

나는 나직이 아빠를 불러 본다.

반응이 없다. 아빠의 머리는 한쪽으로 기울어 있고, 눈은 여전히 감겨 있다. 자는 게 분명하다. 나는 아빠를 방해하고 싶지 않다. 치열한 전투를 치른 것 같다. 나는 숲을 짧게 한 바퀴 돌기로 마음먹는다. 아빠가 앉아 있는 곳이 보이는 범위 내에서. 나는 줄곧 아빠 쪽을 건너다보고, 나무에 기댄 아빠의 등을 바라본다.

나는 작은 공터에 이른다. 참나무 한 그루가 서 있다. 나뭇가지 몇 개에 뭔가 무겁게 축 늘어져 있다. 누가 뭘 걸어 놓았나?

가까이 다가서는 순간 기겁을 하며 걸음을 멈춘다. 사람이다. 사람이 나무에 매달려 있다. 그것도 다섯 명이나. 여자 하나, 남자 넷이다. 그중 둘은 아직 아이다. 다들 양손이 뒤로 묶여 있다. 나보다 어려 보이는 남자애가 눈을 부릅뜨고 나를 바라본다. 그 눈길을 차마 견뎌 낼 수가 없다. 내 몸에 냉기가 흐른다.

갑자기 소년의 눈동자가 움직인다. 나를 보고 웃는다. 소년이 헛기침을 하더니 콜록거린다. 살아 있다. 분명히!

나는 아연한 가운데에도 정신을 차리려 애쓴다. 소년을 나무에서 끌어 내려야 한다. 어떻게? 여긴 사다리가 없다. 밧줄을 잘라 낼 칼도 없다.

아빠! 도울 수 있는 사람은 아빠뿐이다. 나는 부리나케 소나무 사이를 지나 숲 가장자리로 나간다. 주위를 둘러본다. 아빠가 없다. 방금 전까지 여기 있었는데⋯. 아빠의 흔적만 보인다. 아빠가 앉아 있던 자리의 눈이 새빨갛게 물들어 있다.

피다! 그렇다면 아빠는 피를 철철 흘리며 앉아 있었던 것이다. 나는 몰랐다. 왜 아빠한테 큰 소리로 말을 걸지 않았을까? 왜 포옹하거나 일으켜 세우지 않았을까? 그랬다면 아빠가 어떤 상태인지 알았을 텐데. 아빠를 도와줄 사람을 데려올 수 있었을 텐데. 아니면 그때 이미 죽었던 걸까? 누가 아빠를 죽였지? 빨치산?

아, 아빠!

나는 소스라치게 놀라며 잠에서 깬다. 그새 깜빡 잠이 든 모양이다. 그런 내게 화가 난다. 무슨 그런 악몽이 다 있을까! 나는 고개를 흔든다.

하지만 이제 어둠과 불안, 불확실한 미래도 이것으로 끝이다. 내일에 대한 힘과 희망이 새삼 솟구친다. 앞으로는 좋은 일만 있을 것이다. 내일 여기를 떠날 것을 생각하면 벌써부터 설렌다. 우리는 다시 집으로 돌아갈 것이고, 모든 게 우리가 처음 떠날 때와 같을 거라고 믿는다. 설사 러시아인들이 우리 마을을 점령했더라도 말이다. 그들은 포스터에 나오는 괴물처럼 생기지 않았다. 적에 대한 적개심을 높이려고 그렇게 믿게 한 것뿐이다. 러시아인들은 엄마의 고급 그릇을 깨뜨리지 않았을 것이고, 내 하이디 인형으로 축구를 하거나 하랄트의 곰 인형을 난롯불에 넣지 않았을 것이다.

눈이 녹고, 아마 라일락이 필 때쯤 우리는 집에 돌아갈 것이다. 아빠는 우리보다 조금 일찍 도착한다. 그래서 벨라와 함께 정원 문가에 서서 웃고 있다가 엄마를 보고는 부둥켜안고 빙빙 돈다. 아니다, 엄마는 아기를 안고 있어서 안 된다. 엄마는 일단 아기를 아빠에게 보여 주고, 아빠는 신기한 듯 아기를 내려다보더니 엄마에게 입을 맞춘다. 그런 다음 볼피와 하랄트와 에르빈을 차례로 공중으로 헹가래 치고, 나를 사랑스럽게 끌어안는다. 그사이 벨라는 우리 주변을 정신없이 맴돌거나 껑충껑충 뛰어오르고, 우리 얼굴을 마구 핥으면서 주체할 수 없는 기쁨을 표시한다.

우리는 현관문을 활짝 열고 들어가 집 안을 둘러본다. 부서진 것도 망가진 것도 없다. 먼지가 수북이 쌓인 것도 빛바랜 것도 없다. 심지어 창가의 식물도 매일 물을 줬는지 싱그럽다. 내 방 선반에는 하이디가 유리 눈과 붉게 칠한 입술로 웃으며 나를 반긴다. 마치 우리가 떠난 적이 없었던 것처럼. 모든 게 잠시 스쳐 지나간 악몽일 뿐이라는 듯이.

그때 뭔가가 퍼뜩 떠오른다. 맞아, 가방을 정리하려고 했지. 가방 안은 온통 뒤죽박죽이다. 깨끗한 마른행주 옆에 더러운 칼이 있고, 달걀 껍질 사이에 사과가 있다. 나는 가방 안에 있는 물건을 모조리 꺼낸 다음 가방을 탈탈 털어 다시 정리하기로 마음먹는다. 이참에 남은 음식이 뭐가 더 있는지도 확인할 생각이다. 옆 주머니는 그대로 둘 것이다. 내 기억이 정확하다면 거긴 어느 정도 정돈되어 있다.

나는 쪼그리고 앉아 가방을 뒤집는다.

순간 흠칫한다. 달그락거리는 게 뭐지? 가방 안은 비어 있다. 그렇다면 옆 주머니 속의 무언가가 달그락거리는 모양이다. 지퍼를 열고 만져 본다. 작고 길쭉한 금속성 물건이다.

이게 뭐지? 길쭉한 몸통 쪽에 무언가가 튀어나와 있다. 작은 스위치 같다. 움직이는 건가? 맞다, 움직인다. 순간 천장에 커다랗고 환한 불빛 원이 만들어진다.

아, 할머니의 손전등이다!

눈이 부시다.

나는 일단 눈을 감고 서서히 빛에 적응하려 한다. 곧이어 손전등을 이쪽저쪽으로 돌린다. 불빛은 작은 애들과 볼피에게로 갔다가 볼피를 지나 에르빈에게로 향한다. 에르빈은 무릎을 가슴 쪽으로 당기고 벽에 등을 기댄 채 불안하게 자고 있다.

내 심장 소리가 느껴진다. 심장이 크고 빠르게 쿵쾅거린다. 손전등! 이게 있었으면 지금까지 얼마나 유용했을까? 왜 진작 달그락거리는 물건이 무엇인지 확인해 보지 않았을까? 소리가 어제부터 들렸는데? 이제 우리는 기껏해야 두세 시간 정도밖에 여기 있지 않을 것이다. 손전등을 발견한 보람도 없이.

에르빈한테 손전등을 발견한 사실을 알려야 한다.

일어나 에르빈한테 가는 동안 이제 더듬거리지 않아도 된다는 것이 호사처럼 느껴진다. 나는 천장과 세면대, 부서진 거울, 바깥쪽 문, 화장실 두 칸의 문을 비춘다. 문이 얼마나 찌그러져 있던지! 쓰레받기로 쿵쿵 내리쳐서 그렇다.

문이 부서진 건 하나도 아쉽지 않다. 그럴 수밖에 없는 일이다.

나는 왼쪽 화장실 문 밑을 비춘다. 유리 조각이 보석처럼 빛난다.

내가 가까이서 불을 비추자 에르빈이 화들짝 놀라 일어난다.

"구조대가 왔어?"

"아니. 대신 손전등이 생겼어!"

에르빈은 깜짝 놀라며 손전등을 잡고 빙빙 돌린다.

"와, 좋다. 어디서 난 거야?"

나는 상황을 들려준다.

에르빈은 불빛을 환기통 쪽으로 올렸다가 정확히 그 아래쪽 바닥으로 내린다. 내가 오늘 아침 청소한 타일 위에는 석회 가루가 다시 두껍게 내려앉아 있다.

에르빈이 말한다.

"저기 보이지? 위에서 작업을 하고 있다는 뜻이야."

"그런데 왜 소식이 없지? 벌써 한참 전에 신호를 줬어야 하잖아! 마지막에 두드린 뒤로는 시간이 많이 지났어. 그 전에는 그렇게 오래 안 걸렸잖아. 벌써 몇 시간이 지났어!"

"그냥 느낌이 그런 거야."

에르빈이 말하며 손을 내젓는다. 팔 그림자가 벽에 크게 어른거린다. 마지막으로 그림자를 본 게 언제였는지 기억도 안 난다.

"네 눈 밑에 다크서클이 생겼어."

"누나도. 꼭 할머니 같아. 얼굴이 쪼글쪼글해졌어."

나는 에르빈에게서 전등을 빼앗아 들고 세면대로 가서는 거울을 본다. 거울이 깨진 데다 파리한 불빛이 사방으로 흩어져서 잘 보이지 않는다.

나는 가방을 끌고 와서 남은 식량을 꺼낸다. 빵 몇 조각, 과자, 사과 몇 개, 마카롱 몇 개, 소시지 두 개, 달걀 하나가 전부다.

에르빈은 소시지와 빵을 집더니 물을 몇 모금 마신다.

나도 아직 저녁을 먹지 않았다는 사실이 새삼 떠오른다. 달걀을 먹고 싶은 욕구가 미친 듯이 솟구친다. 나는 에르빈 옆에 쪼그리고 앉아서 먹는 즐거움을 조금이라도 늦추려고 아주 천천히 달걀을 깐다. 그러고는 입술 사이로 조금씩 물어 오래 씹는다. 입안에서 녹아 목구멍으로 스르르 넘어갈 때까지. 하지만 아무리 천천히 먹어도 금세 녹아 없어지는 건 어쩔 수 없다. 입술까지 핥아 보지만 아쉬움은 사라지지 않는다. 나는 쭈뼛거리며 사과를 하나 집어 든다.

"너무 목이 말라. 화장실 물통에 물이 얼마나 남았어?"

에르빈이 소매로 입술을 훔치며 묻는다.

나도 모른다. 어둠 속에서는 보이지 않으니까. 그렇다고 그걸 알아보려고 더러운 손을 물통에 넣을 수는 없다. 하지만 이제 전등이 있다.

아무리 살며시 밟으려 해도 유리 조각이 발밑에서 뿌지직 으스러진다. 키가 더 큰 내가 변기 위로 올라가 물통을 비춘다. 불빛이 있으니 곁에서도 수위를 확인할 수 있다.

"2리터쯤 돼."

"그럼 1리터는 우리가 마셔도 되지 않을까?"

처음에는 공정하지 않다는 생각이 먼저 든다. 우리는 모두 다섯 명인데, 둘이서만 남은 물의 절반을 마시는 게 부당하게 느껴진다. 하지만 나는 에르빈의 제안에 서서히 이성을 잃고 마음이 흔들린다. 물론 아직은 유혹에 저항하려는 마음이 한구석에 남아 있다.

"바닥의 물까지 다 담을 수 없다는 것도 생각해야지. 우리 잔은 두꺼워서 바닥 것까지 다 담지 못해."

"그래도 한 병은 마실 수 있어."

에르빈이 조른다. 조금 전과 작은 차이가 있다면, 이번에는 "마셔도 되지 않을까?"가 아니라 "마실 수 있다"라는 점이다.

나는 한숨을 내쉰다.

"저 사람들이 우리를 꺼내지 못하면?"

"그럼 어차피 이 물로도 버티지 못해."

나는 갑자기 미칠 듯이 목이 마르다. 에르빈도 다르지 않아 보인다. 나는 의구심을 애써 떨쳐 버린다. 그래, 모두 잘될 거야. 구조대가 틀림없이 우리를 꺼내 줄 거야. 벌써 몇 번 신호를 보냈잖아! 나는 병을 물통에 넣고 가득 채운다. 화장실을 나가서 가방 쪽으로 걸어가는 동안 우리 그림자가 벽 위에 빠르게 어른거린다. 이제 내 마음속에 다른 생각은 없다. 동생들이고 나발이고 그게 나하고 무슨 상관이래? 이제 한 번만이라도 나 자신만 생각하고 살자. 나 자신만. 나 하나만! 내 갈증만!

에르빈도 비슷하게 생각하는 것 같다. 굶주린 짐승처럼 병을 응시하더니 별안간 내 손에서 병을 빼앗다시피 낚아챈다. 병은 완전히 바닥을 드러낼 때까지 우리 사이를 부지런히 오간다.

마침내 갈증이 풀렸다. 나는 이제 물을 잔뜩 빨아들인 스펀지 같다. 뇌 속에도 물이 찰랑거리는 느낌이다. 책임질 수도 없는 일에 어떻게 그렇게 충동적으로 휩쓸렸을까? 동생도 나와 비슷한 생각을 하는 듯하다. 우리는 서로를 바라본다.

"누나 말이 맞아. 저 사람들은 더 이상 두드리지 않고 있어."

무슨 뜻일까? 속에서 두려움이 인다. 에르빈도 다르지 않아 보인다. 그래, 공포에 빠지지 말자! 공포에 빠지면 모두가 위험해진다.

"지금은 밤이야. 어두운 데서 어떻게 일하겠어? 적군의 비행기 때문에 불을 켜면 안 되잖아."

에르빈도 이제 납득이 되는 모양이다. 심호흡을 하더니 묻는다.

"지금 몇 시쯤 됐을까?"

내 솔직한 느낌은 저녁 7시에서 9시 사이지만, 그대로 이야기하고 싶지는 않다. 그러면 에르빈에게 밤이 너무 길게 느껴질 것이다.

"자정이 좀 안 됐을 거야."

에르빈이 안도의 한숨을 내쉰다.

"내일 아침 8시에 해가 뜨면 다시 일하겠지?"

저 사람들이 밤중에는 두드리지 않는다면, 그리고 아이들의 뒤척임을 바로 알아챌 수 있을 만큼 가까이 눕는다면 나도 잠을 자도 되지 않을까? 깊이 잠들지 않고 다음번 신호를 놓치지 않을 만큼 얕게 잔다면?

"에르빈, 이제 자. 오늘 밤은 내가 보초야."

에르빈은 담요를 돌돌 감고는 환기통 밑의 먼지 쌓인 타일 바닥 옆에 눕는다.

"우리 옆에 눕지 않고 왜 그렇게 떨어져?"

"환기통 창문이 더 가깝잖아. 구조대가 온다면 분명 이리로 올 거야."

나는 에르빈 쪽으로 불을 비춘다. 혼자 누워 있는 게 얼마나 안쓰러워 보이던지! 심지어 베개도 없다. 반쯤 빈 가방을 머리 밑에 넣어주자 에르빈은 금방 잠이 든다.

나는 기나긴 밤이 시작되기 전에 생각에 잠긴다. 뭘 빠뜨린 건 없을까? 잠시 잠을 청하기 전에 처리해야 할 일이 더 있을까?

그때 로켈 아저씨가 퍼뜩 떠오른다. 아저씨한테는 아직 손전등 이야기를 하지 않았다.

아저씨를 놀래 주고 싶다. 분명 놀랄 것이다! 나는 손전등을 관에 대고 불을 켠다. 이제 동그란 불빛이 관을 지나 남자 화장실 안으로 쏟아지고 있을 것이다.

하지만 저쪽에서는 미동도 없다. 나는 불을 끄고 관에 입을 댄다.

"아저씨! 아저씨, 불빛 보셨어요?"

나는 귀를 기울인다.

"뭐라고 말 좀 해 보세요!"

말이 없다. 아까는 가르랑거리며 거칠게 숨 쉬는 소리라도 들렸다. 이제는 그 소리조차 들리지 않는다. 무슨 일일까?

아저씨는 폭격 이후 아무것도 먹지 못했다. 우리가 준 물 말고는 마신 것도 없다.

"마실 것 좀 드릴까요?"

내가 미쳤나? 우리 둘이 조금 전에 거의 1리터나 마셔 놓고 또 선심을 쓰겠다고? 여기에 얼마나 더 머물러야 하는지도 모르면서?

대답이 없다. 자는 걸까? 분명히 그럴 것이다. 자고 있으면 물을 줄 수 없다. 관으로 물을 부으면 바닥으로 그냥 흘러 버릴 것이다.

나는 자리에 눕기 전에 다시 한번 오른쪽 화장실로 들어간다. 불빛에 비친 화장실은 어둠 속보다 훨씬 크게 보인다. 벽과 문 안쪽에 급하게 휘갈겨 쓴 낙서와 그림이 있다. 엄마는 "상스럽고 경박한 것들"이라고 하면서 그런 건 보지 말라고 했다. 지금까지는 엄마 말을 잘 따랐다. 하지만 이제 드디어 그런 낙서와 그림을 차분하게 살펴볼 기회가 생겼다.

어떤 것은 이해가 잘되지 않는다. 나는 의미를 파악하려고 좀 더 유심히 살펴본다. 아마 할머니가 봤더라면 나를 화장실에서 쫓아내면서 '더러 어둠이 좋을 때도 있다'고 말했을 것이다. 어쩌면 할머니가 여기 없는 게 다행이다. 나도 이제 알 만큼 알고, 나름 생각도 있다. 더 이상 어린애가 아니라는 말이다.

'사랑해, 오스카! 너만을 사랑해, 에디트가.' 이게 대체 뭐가 추잡한가? 막 사랑에 빠진 에디트가 갑자기 연인이 너무 간절하게 생각나서 벽에다 이렇게 끄적거린 게 뭐가 문제라고? 이 그림은 뭘까? 날개를 단 뚱뚱한 코끼리 몸통에 '로타르'라는 이름이 적혀 있고, 그 밑에는 이렇게 적혀 있다. '내가 너에게 나는 법을 가르쳤어. 너의 생쥐가.' 쥐가 코끼리를 날게 했다고? 동화처럼 들린다. 사랑에 빠지면 이런 터무니없는 생각들이 마구 떠오르나 보지?

군터가 지금 드레스덴에 없는 게 아쉽다. 외할아버지 댁 아래층에 사는 곱슬머리 남자애다. 예전에 나는 외할아버지 댁에 가면 개와 자주 놀았다. 우린 서로 잘 통했다. 군터는 나보다 한 살이 많고, 생일이 나보다 사흘 빠르다. 지금은 헴니츠 대공 포대에서 조수로 일하고 있는데, 곧 정식 군인이 될 것이다.

군터는 나를 좋아하는 것 같다. 헴니츠에서 몇 번 편지를 보냈는데, 한 통에는 자작시가 적혀 있었다. 나는 그 시를 지금도 외운다.

총통이여, 당신은 우리의 떨리는 턱을 당당히 들게 하셨고
우리의 삶에 의미를 주셨습니다.
당신은 우리에게 위대한 목표를 보여 주셨습니다.
이제 우리는 뜨거운 피가 들끓는 것을 느낍니다.

적은 벌써 겁을 먹고 달아납니다.

우리는 그 무엇도 두렵지 않습니다. 죽음조차!

우리는 충성스럽게 당신을 따릅니다.

영원토록.

당신은 우리에게 희망과 용기를 주셨습니다.

당신으로 인해, 당신으로 인해 모든 것이 잘될 것입니다!

나도 군터를 위해 시를 한 편 쓰려고 했지만 잘되지 않았다. 나는 걔를 이성이 아니라 그저 친구로 좋아했을 뿐이다.

나는 애들한테로 돌아가 하랄트 옆에 눕는다. 오랫동안 어둠 속에 있어서 불을 켜고 자고 싶다. 하지만 배터리가 얼마나 남았는지 모른다. 모든 걸 아껴야 한다. 심지어 빛도 아껴야 한다. 나는 손전등을 끈 뒤 언제든 손이 닿을 수 있는 곳에 둔다.

이제는 잠을 잘 수 있다. 그런데 잠이 안 온다. 나는 하랄트에게 몸을 바짝 붙인다. 얼마나 따뜻한지! 나는 둘째 동생을 무척 좋아한다. 하랄트는 에르빈과는 또 다르다. 나는 둘 다 좋아한다. 각자 그 모습 그대로.

전쟁이 끝나면 나는 로켈 아저씨 가족을 방문할 것이다. 로트라우트와도 금방 친해질 것 같다. 얼굴을 모르지만 벌써 그 애에게 호감이 간다. 하루빨리 만나고 싶다. 전쟁이 얼른 끝났으면 좋겠다. 만나면 폐허 더미 밑에서 보낸 우리의 이틀 밤낮에 대해 이야기해 줄 생각이다. 중상을 입고 이불도 없이 누워 있어야 했던 그 애 아버지에 대해, 우리가 어떻게 대화를 나누었고, 어떻게 마실 물을 주었는지에 대해. 그 애는 자기 아버지의 그런 모습을 본 적이 없을 것이다. 그건 내가 더 잘 안다.

로트라우트, 넌 좋아하는 시가 있니? 내가 가장 좋아하는 시는 국어 시간에 배운 테오도어 폰타네의 〈존 메이너드〉야. 응? 네 아버지한테 그 시를 읽어 주라고?

나는 화들짝 놀라 일어나 바로 불을 켠다. 몇 시쯤일까? 깜박 잤나보다. 얼마나 잤는지는 모르겠다. 정처 없이 시간 속을 둥둥 떠다닌느낌이다. 몇 시쯤 됐는지는 전혀 감이 잡히지 않는다. 그래, 로켈아저씨한테 물어보자.

조용히 일어나 살금살금 걸어가서 관에 입을 댄다. 다른 아이들을 깨우지 않으려고 낮은 목소리로 아저씨를 부른다.

"아저씨, 몇 시예요?"

대답이 없다. 가르랑거리는 소리도, 한숨 소리도, 거친 숨소리도 들리지 않는다.

몹시 춥다. 나는 불을 끄고 담요 밑으로 기어 들어간다. 갑자기 몸이 덜덜 떨린다.

아저씨가 죽은 것 같다.

18

나는 아저씨가 누워 있는 모습을 상상한다. 벽에 등을 기댄 채 얼굴을 관에 바짝 붙이고 있다. 부러진 다리에는 피가 흥건하다. 바로 옆에는 건물 잔해가 산더미처럼 쌓여 있다. 이건 내가 평소 상상하던 죽음의 모습이 아니다.

아, 로트라우트. 네 아버지가 저렇게 누워 있는 걸 본다면!

우리 아빠는! 아빠도 어딘가 저렇게 누워 있을까? 엄마는 10일 전, 아니 12일 전에 마지막 편지를 받았다. 이후로는 아무 소식이 없다. 그럴 일이야 없겠지만, 아니 없어야 하지만… 만일 정말 그런 일이 벌어진다면 우리는 아빠가 어디서 어떻게 죽었는지도 모르게 될까?

손전등을 끈다. 배터리 때문이다. 밤새 가지는 않을 것 같다. 이제 아빠가 눈에 보인다. 꿈에서 봤던 그 모습이다. 저쪽의 로켈 아저씨보다 훨씬 더 끔찍하다. 추운 곳에서 피 흘리며 죽어 가는 아빠!

안 돼, 그럴 순 없어! 절대 안 돼!

그럼 우리는? 구조대가 오지 않으면 우리도 머잖아 여기서 죽어 갈 것이다. 이젠 먹을 것도 별로 없고, 마실 물도 거의 없다. 1리터나 남았을까?

내가 죽어 이 세상에 더 이상 없을 거라고 생각하니 와락 소름이 끼친다. 안 돼, 그건 안 돼, 안 된다고! 소리를 지르지 않으려고 손으로 입을 틀어막는다. 죽고 싶지 않아! 죽고 싶지 않아!

나는 다른 것을 생각해 보려고 한다. 예를 들어 곧 시작될 내 생일을. 아니, 어쩌면 벌써 시작되었을지도 모를 생일을.

외할머니와 외할아버지는 걱정이 클 것이다. 두 분이 없었다면 어쩔 뻔했을까! 우리는 집으로 돌아갈 때까지 머물 곳이 있다.

엄마 아빠는 하랄트가 태어나기 전에 에르빈과 나를 데리고 외할아버지 댁을 방문했다. 전쟁이 시작되기 전이었다. 나는 여덟이나 아홉 살쯤 됐을 것이다. 우리는 시내로 나갔다. 나는 엄마 손을 잡고, 에르빈은 아빠 어깨에 올라탔다. 거리에는 제복을 입은 사람들이 우글거렸고, 사방에 붉은색 하켄크로이츠 깃발이 휘날렸다. 히틀러가 이 도시에 있었기 때문이다. 엄마 아빠는 무조건 히틀러를 보고 싶어 했다. 나도 그를 보았다. 히틀러는 발코니에 서서 깃발과 군인들이 정연하게 줄을 맞춰 자기 앞을 지나가자 줄곧 손을 들고 인사했다. 우리는 가까이 갈 수 없었다. 모든 곳이 차단돼 있었고, 경찰들이 구경꾼들을 제지했다. 나는 히틀러도 다른 남자들과 비슷하게 생겼다고 생각했다. 하지만 엄마는 미친 사람처럼 흐느끼며 손을 흔들었다.

"우리가 이런 일을 경험하다니… 이런 날이 오다니!"

아빠는 군중들과 한목소리로 힘껏 소리쳤다.

"총통 각하, 감사합니다! 총통 각하, 감사합니다!"

나는 엄마 아빠의 이런 모습을 보고 아돌프 히틀러가 뭔가 특별한 사람이라고 생각했다.

당시 엄마 아빠는 히틀러가 전쟁을 시작하리라고는 꿈에도 생각하지 못했을 것이다. 더구나 그 전쟁이 우리를 파멸의 수렁으로 몰아넣으리라고는 더더욱 생각하지 못했을 것이다.

벌써 자정이 지났을까? 확실한 건 알 수 없다.

재채기가 나오려 한다.

운이 좋으면 구조대는 오늘 우리를 환한 세상으로 꺼내 줄 것이다. 로켈 아저씨도? 현재 이 도시에는 산 채로 갇힌 사람들이 많을 것이다. 그 사람들을 구하는 것만으로도 힘이 부친다. 죽은 사람한테까지 신경 쓸 겨를이 있을까?

그렇다면 로트라우트는 나를 통해서만 아버지의 죽음과 마지막 날을 알게 될까?

나는 손전등을 켠다. 불빛이 처음보다 밝지 않다. 볼피가 몸을 뒤척이더니 칭얼거린다. 나는 손전등을 담요 밑에 넣으면서도 불을 끄지는 않는다. 그런 다음 다른 두 아이의 담요가 벗겨지지 않도록 조심하면서 막내를 들어 올려 뺨을 부비고 오른쪽 화장실로 데려간다. 다행히 기저귀는 아직 젖지 않았다. 계속 차고 있어도 된다.

문득 지금쯤 새로 태어났을 동생이 떠오른다. 언젠가 엄마가 말했다. 엄마라는 존재는 자식들 중에 도움이 가장 필요한 자식을 좀 더 사랑할 수밖에 없다고. 지금 엄마는 낯선 도시에서 피난 중에 태어난 막내를 가장 사랑할 것이다.

다른 한편으론 다행이라는 생각이 든다. 엄마가 여기 우리와 갇혀 있을 때 아기를 낳았으면 어땠을까? 물이라고는 화장실 물통의 물밖에 없다. 그렇다면 엄마가 기차에서 산통을 느낀 게 오히려 불행 중 다행이 아닐까? 할머니가 늘 하시던 말씀이 있다. '더 나빠질 거라고 생각하는 것만큼 나쁜 것은 없다.'

화장실에서 잠자리로 돌아가는데, 은은한 불빛이 비치는 이 공간이 거의 집처럼 느껴진다. 이제는 집보다 이곳을 더 정확히 안다.

나는 볼피를 하랄트와 로테 사이에 다시 눕히면서 귓속말로 속삭인다.

"내 사랑, 내 사랑하는 아가…."

엄마가 볼피를 침대에서 안아 올릴 때 늘 하는 말이다. 이 말은 볼피도 익숙하다.

나는 불을 끄고 손전등을 담요 속에 둔다. 이제부터는 어둠을 견뎌야겠지? 자정이 지났을까? 새날이 시작됐을까? 내 생일이?

아무래도 몸 상태가 정상이 아닌 것 같다. 땀이 난다. 목이 따끔거리고, 열도 있다. 나는 이게 뭔지 잘 안다. 편도선염이다. 평소에도 편도선이 자주 부었다. 바닥이 너무 찼을까? 동생들에게 전염시키면 안 되는데… 그런 일이 일어나서는 안 되는데….

나는 속으로 기도한다. 사랑의 주여, 내일 우리를 나가게 해 주소서. 무사히 바깥세상으로 나가게 도와주소서. 내일은 그저 그런 하루가 아니라 제 생일입니다. 저를 살려 주소서. 제가 사랑하는 모든 사람을 살려 주소서. 지금은 그것밖에 바라는 것이….

나는 기차역 주출입구 옆의 눈 더미에 서 있다. 뒤쪽은 커다란 시계가 있는 대합실이다. 내가 왜 여기 서 있는지 모르겠다. 어떻게, 무슨 이유로 여기까지 오게 되었는지도 기억나지 않는다. 내 시선은 역전 광장과 사람들의 발로 더러워진 눈밭을 훑는다. 이따금 하늘에서 눈발이 날린다.

이 광장 뒤에 높은 건물들이 서 있지 않았나? 4층, 5층 또는 6층 건물이? 진열창과 상점 들이 즐비하고, 잔뜩 광고가 붙은 건물들이? 지금은 다 무너지고 검게 그을린 잿더미만 수북하다.

나 혼자뿐이다. 엄마와 할머니는 없고, 동생들과 짐도 없다.

대합실에 걸린 시계를 보려고 몸을 돌려 보니 기차역 건물도 많이 남아 있지 않다. 그럼에도 기차는 달린다. 나는 막 기차가 정차한 승강장으로 뛰어간다. 기관차에 차량이 두 칸만 달린 작은 기차다. 내가 올라타자 기차는 바로 출발한다. 그런데 얼마 뒤 나는 이것이 관청 소재지에서 우리 마을로 가는 꼬마 기차임을 알아차린다. 기찻길을 따라 양쪽으로 나란히 뻗은 사과나무 가로수 길이 보인다. 그 밖에 소나무 숲, 완만한 교회 언덕, 공동묘지, 크로프 농장의 철조망 울타리, 개천을 낀 오리나무 숲, 마을 저수지도 보인다.

그런데 마을이 없다. 그냥 사라졌다. 언덕 위의 교회도 보이지 않고, 관할 관청과 소방대도 없으며, 우리 학교와 베르커 여관, 대장간, 크로프와 호이슬러 농장도 사라졌다.

우리 집도 없다. 정원과 사과나무만 있다.

우리 집 정원의 작은 문 앞에 벨라가 앉아 있다. 기차역 방향을 바라보며, 내가 늘 그쪽에서 온다는 걸 알고 목을 빼고 기다리나 보다.

말 못 할 슬픔이 밀려오고, 나는 깊은 절망에 빠져 허우적거린다.

나는 펄쩍 뛰듯이 놀라 일어난다. 여기가 어디지? 캄캄하다. 기억이 날 때까지 잠시 시간이 필요하다. 머릿속이 빙글빙글 돌고, 너무 추워 이가 덜덜 떨린다.

그래, 기억이 났다. 로켈 아저씨가 죽었다. 에르빈한테 알려야 한다. 그래야 마음의 준비를 할 수 있다. 작은 애들한테는 거짓말을 할 수밖에 없다.

그때 에르빈이 속삭인다.

"누나, 저 사람들이 다시 두드려."

나는 고개를 끄덕이지만, 에르빈은 나를 볼 수가 없다.

에르빈이 목소리를 좀 더 높인다.

"또 두드리고 있어!"

"맞아!"

에르빈은 벌써 솔 자루로 천장을 두드려 응답한다. 이번에는 다시 세 박자다. 작은 아이들이 몸을 뒤척이더니 잠에 취한 목소리로 나를 찾는다. 물을 달라는 소리다.

"누나, 불 좀 켜 줘!"

에르빈이 초조하게 소리친다.

아, 맞아, 손전등! 나는 손전등을 더듬더듬 찾다가 담요 밑에서 발견한다. 자는 내내 몸이 배긴 이유가 있었다. 딱딱한 손전등 때문이다. 나는 불을 켠다. 공간 안이 환해진다. 아이들이 환호성을 지른다. 그런데 이내 딸깍 소리와 함께 불이 나간다. 우리는 다시 어둠에 잠긴다.

"전구가 망가졌어?"

에르빈이 묻는다.

"그런 것 같아."

"더럽게도 운이 나쁘네!"

"방금 환한 거 뭐야?"

하랄트가 묻는다.

애들한테 손전등 이야기를 해 줘야 할까? 처음엔 탄성을 지르며 기뻐하겠지만 전구가 고장 난 걸 알면 실망감이 더 클 것이다. 괜히 기대감을 줬다가 실망시킬 필요는 없어서 이렇게 답한다.

"위에서 온 신호야. 우리가 곧 밖으로 나가게 된다는 뜻이지."

로테가 말한다.

"말도 안 돼. 그러려면 천장에 구멍이 있어야 하잖아."

하랄트가 끼어든다.

"벌써 천장에 하나 있을지도 몰라. 아니면 우리가 불빛을 봤을 리 없잖아. 다음에 번쩍일 때는 얼른 위를 봐야겠어."

내가 정리에 나선다.

"더 이상 불빛을 비추지는 않을 거야. 한 번으로 충분해. 우리가 이미 알고 있잖아."

나는 볼피를 안고는 하랄트와 로테를 화장실로 보낸다. 이제 아이들은 자기들 일에 열중할 것이다. 에르빈에게 말할 좋은 기회다. 로켈 아저씨 이야기를.

"어휴, 냄새가 너무 독해!"

로테가 불평한다.

나는 아무 냄새도 안 난다. 코가 막혔다. 곧 오른쪽 화장실 앞에서는 누가 먼저 볼일을 볼지를 두고 옥신각신 싸움이 벌어질 것이다.

에르빈이 말한다.

"그건 그래. 냄새 때문에 죽을 수 있다면 우린 벌써 죽었을 거야."

그 말이 비수처럼 폐부를 찌른다. 내 생각이 저쪽 벽을 뚫고 지나간다. 아저씨가 저기 누워 있다. 나는 아이들의 담요를 걷은 다음 에르빈 쪽으로 옮긴다. 벽이 가로막혀 있다고 해도 죽은 사람 바로 옆에 누우면 안 된다. 내 담요와 가방, 그리고 베개로 사용한 물건들도 에르빈 쪽으로 치운다.

나는 그쪽으로 더듬더듬 움직인다.

"에르빈?"

에르빈은 투덜대기만 한다. 손전등이 고장 난 게 못내 아쉬운 모양이다. 하지만 나는 그런 건 아무래도 상관없다. 내 문제가 더 급하다. 머리가 욱신거리고, 목구멍으로 침도 삼키기 어렵다.

그때 우리 모두의 기분을 북돋우는 일이 일어난다.

에르빈이 환호성을 지른다.

"다들 들었어? 위에서 뭔가 하고 있어!"

둔탁한 소음이 천장을 통해 전해져 온다. 돌끼리 부딪치거나 구멍을 뚫는 소리다. 어떤 때는 크게, 어떤 때는 작게 들린다. 모두가 한마음으로 귀를 기울인다. 화장실 앞도 조용하다.

하랄트가 소리친다.

"벌써 뚫었어?"

에르빈이 대답한다.

"아직 한참 걸려."

그 말과 함께 화장실 앞에서 다툼이 다시 시작된다.

나는 공중에 붕붕 떠 있는 느낌이다. 갑자기 너무 어지러워서 벽을 짚는다. 다행히 에르빈은 알아채지 못한다. 보이지 않으니까.

화장실 앞에서 싸움이 그치지 않자 내가 조정에 나선다.

"로테가 먼저, 그다음에 하랄트가 해! 나이 순서야."

두 아이가 볼일을 보고 나자 나는 볼피를 변기 위에 세운다. 기저귀는 아직 괜찮다. 시간을 잘 맞춘 것 같다. 여러 벌을 껴입은 볼피를 간신히 다시 입히고 단추를 채운다. 그러고 나자 기진맥진해서 변기 뚜껑 위에 털썩 주저앉는다. 여기서 유일하게 의자처럼 앉을 수 있는 곳은 변기뿐이다. 옆 칸에도 하나 있지만, 거긴 유리와 돌 조각이 널려 있다.

평소와 다르게 느껴지는 게 오늘이 내 생일이기 때문일까?

나는 이제 꽉 찬 열여섯 살이다. 다시 위로 올라가면 더 이상 그저께 밤에 이곳에 들어왔을 때의 내가 아니다. 그새 이틀 정도 나이가 더 들었다. 짧지만 강렬한 시간이었다. 할머니는 좀 더 성숙해졌다고 말할지 모른다. 나는 이제 저쪽에 누워 있는 로켈 아저씨를 두려움 없이 떠올릴 수 있다. 그리고 손전등을 찾지 못했더라도, 혹은 할머니가 가방 옆 주머니에 아예 손전등을 넣어 두지 않았더라도 절망하지 않을 것이다.

볼피가 조바심을 내며 화장실 문을 발로 쿵 찬다.

그때 하랄트가 밖에서 소리친다.

"누나 어디 있어? 배고파!"

나는 화장실에서 나와서 가방까지 더듬거리며 간다. 남은 건 마카롱 몇 개, 소시지 하나, 사과 두 개뿐이다.

"네가 나눠 줘."

나는 피곤한 목소리로 에르빈한테 마카롱 여덟 개를 건넨다. 남은 건 두 개다. 그중 하나는 물에 부드럽게 불려서 볼피 입에 넣어 주고, 나머지 하나는 볼피가 직접 갉아 먹게 한다.

옆에서 에르빈이 조정하는 소리가 들린다. 에르빈은 어떻게 나눌까? 소시지와 사과를 우리 숫자만큼 자를까?

"에르빈?"

내가 살며시 부른다.

하지만 지금은 그 이야기를 할 수 없다. 작은 아이들이 너무 가까이 있다. 애들이 들을 수 있다. 게다가 에르빈은 지금 마카롱을 나누느라 바쁘다. 각자 두 개씩이다. 나도 두 개를 받는다.

나는 배고프지 않다. 그래도 비상식량으로 외투 주머니에 넣는다.

하랄트가 실망스런 목소리로 말한다.

"더 없어?"

에르빈이 입안에 과자를 넣은 채 말한다.

"보채지 마. 이제 얼마 안 남았어. 여기서 배를 다 채우면 나가서 맛있는 음식을 못 먹어."

에르빈이 내 쪽으로 고개를 돌리고 묻는다.

"오늘 아침에 로켈 아저씨한테 시간 물어봤어?"

"아니."

나는 눈물이 주르르 흐른다.

"뭐야? 깜박한 거야?"

내가 속삭인다.

"에르빈, 할 말이 있어."

이제 위에서 무언가 미는 소리와 긁는 소리가 훨씬 가깝게 들린다. 에르빈이 벌떡 일어나 관 쪽으로 걸어간다.

"아저씨! 위에서 나는 소리 들려요? 이제 곧 뚫고 올 거예요!"

모두 귀를 기울이며 아저씨의 대답을 기다린다. 나만 아니다.

"아저씨?"

에르빈은 다시 불러 보고는 대답이 없자 돌아온다.

"어떻게 지금 잘 수가 있지? 구조가 되든 말든 상관없다는 사람처럼…!"

에르빈이 내 쪽으로 몸을 돌린다.

"분명 굴착기 소리에 깼을 텐데… 그사이 잠이 들었나?"

이제는 말해야 한다. 나는 울먹이지 않으려고 애쓴다.

하랄트와 로테는 목이 마르다며 물을 찾는다. 나는 두 번째 병과 잔을 들고 조심조심 왼쪽 화장실로 들어간다.

내가 뭘 하려고 했지? 떠오르지 않는다. 나는 변기 뚜껑 위에 주저앉는다. 그러고는 어둠 속을 뚫어져라 바라본다.

에르빈이 밖에서 소리친다.

"누나? 내가 도와줄까?"

"아냐, 괜찮아."

나는 한숨을 쉰다. 그래, 물! 나는 변기 뚜껑 위로 올라가 물통 안에 병을 담근다. 물이 잘 담기지 않는다. 그렇다면 퍼 담아야 한다. 그런데 좁은 병 속으로 물을 어떻게 퍼 담지? 나는 물통 안에 병을 수직으로 세운다. 수위가 약간 올라간다. 이 상태로 퍼 담으면 물을 버리는 일은 없다. 나는 잔으로 물을 퍼서 붓고 또 붓는다. 병으로 흘러 들어가는 물이 점점 적어진다. 소리로 알 수 있다.

물통 바닥까지 닿으려면 몸을 쭉 뻗어야 한다. 팔이 저린다. 물통을 통째로 벽에서 뜯어내고 싶다.

머리 위에서는 소리가 점점 커진다. 계속 쿵쿵거리고, 단단한 것들끼리 부딪치는 소리가 들린다. 하지만 이마저도 비행기 폭탄의 굉음과 비교하면 가소롭다.

에르빈이 흥분해서 소리친다.

"모래가 흘러내려! 석회 조각도!"

그 정도로는 안 돼! 아직 한참 더 걸릴 거야. 굵은 덩어리들이 떨어지려면.

나는 물을 담고 또 담는다. 이제 병에 들어가는 물의 양은 아주 조금이다.

에르빈이 소리친다.

"누나, 그만해! 나머지는 내버려 둬. 우린 곧 나갈 거야!"

나는 병을 들어 본다. 얼추 4분의 3은 찬 것 같다. 물이 얼마나 남았는지 살피려고 가운뎃손가락을 물에 담근다. 첫 번째 마디도 되지 않는다. 나는 뻣뻣해진 다리로 유리 조각을 밟으며 내려온다. 그 소리가 밖에서는 신호로 들린 모양이다.

로테와 하랄트가 환호성을 지른다.

"물이다! 물이 온다!"

아이들이 내 쪽으로 급히 다가온다. 그런데 어둠 속에서 거리를 잘못 가늠하는 바람에 나를 들이받고 만다. 나는 뒤로 떠밀려 화장실 문에 쿵 부딪힌다. 순간 병이 내 손에서 미끄러져 내려 하랄트의 머리를 맞고 바닥에 떨어진다.

하랄트가 괴성을 지르고, 다른 아이들은 너무 놀라 꼼짝도 않는다. 그건 나도 마찬가지다. 우리가 곧 밖으로 나갈 거라는 기대가 없는 상태였다면 이건 죽음이나 마찬가지다. 하랄트와 로테를 무릎에 올려놓고 엉덩이를 찰싹찰싹 때려 주고 싶다. 하지만 그런다고 뭐가 달라질까?

내가 소리친다.

"조심해! 바닥에 유리 조각 천지야!"

누군가 유리 조각을 치우는 소리가 들린다. 에르빈이 틀림없다.

곧 에르빈의 목소리가 들린다.

"전부 쓸어서 오른쪽 화장실에 밀어 둘게. 여기 바닥이 미끄러우니까 조심하고!"

등 뒤에서 볼피 소리가 들린다. 볼피가 나를 부른다. 그사이 다른 아이들이 볼피를 세면대 근처 바닥에 앉혀 놓은 모양이다. 볼피는 거기가 마음에 안 드는가 보다.

볼피가 계속 나를 부른다.

"기젤! 기젤!"

아니, 이제 '길레'라고 부르지 않네? 여기서도 그새 뭔가를 배운 모양이다.

"볼피, 이제 내 이름을 제대로 부르네!"

아장아장 걷는 소리가 점점 가까워진다. 나는 어둠 속에서 볼피를 더듬어 찾는다. 어디 있어? 어디 있는 거야?

볼피가 물이 흥건한 타일 바닥에 들어가기 직전에 내가 볼피를 붙잡는다. 순간 저쪽에서 외마디 비명이 들린다. 하랄트가 아프다고 징징거리며 머리에 난 혹을 만지게 한다. 집을 떠난 뒤로 하랄트의 머리에는 대체 혹이 몇 개나 생겼을까? 그걸 다 참고 있는 게 신기할 지경이다.

나는 볼피를 물 바닥에서 잡아당기고는 바닥에 흥건한 물을 손에 묻혀 하랄트의 혹에 발라 준다. 찬기가 혹의 통증을 진정시켜 주었는지 하랄트도 징징거리는 것을 멈춘다.

로테가 불안스레 묻는다.

"또 물을 가져올 거야, 언니?"

"더 이상 없어."

나도 이제 지쳤다.

"목이 마른데!"

"다른 사람들도 마찬가지야."

로테가 나직이 운다.

"우리는 곧 나갈 거야. 그건 너도 알잖아? 여기서 나가기만 하면 마음껏 마실 수 있어."

"아직 한참 기다려야 되잖아!"

"우리가 여기 있었던 것만큼 오래 걸리지는 않을 거야."

이건 위로가 아니다. 볼피도 울기 시작한다. 다들 슬퍼하는 걸 느낀 것이다. 나는 볼피를 꼭 안아 준다. 시간이 얼른 갔으면 좋겠다!

하랄트가 몇 시인지 알고 싶어 한다. 나는 모른다.

하랄트가 명랑한 목소리로 말한다.

"로켈 아저씨한테 물어봐야지. 그사이 일어났을….'

"안 돼. 묻지 마!"

하랄트가 내 단호한 목소리에 깜짝 놀라 입을 다문다. 이런 내 모습은 처음일 것이다.

누군가 살금살금 다가온다. 에르빈이다.

"귀 좀 대 봐."

뭐 하려는 거지? 나는 볼피를 바닥에 내려놓고 무릎을 살짝 굽힌다. 아주 조금. 에르빈은 나와 키 차이가 크지 않다.

"누나가 생각하는 게 설마…?"

에르빈은 나 말고 다른 사람은 알아들을 수 없게 속삭인다. 손으로 입까지 가리면서.

나는 실수로 눈을 찌르지 않게 조심하면서 에르빈의 머리를 잡고 귀에다 소곤거린다. 울먹이지 않으려고 무진 애를 쓴다.

"맞아. 밤부터 숨을 쉬지 않아."

볼피가 갑자기 애처롭게 울기 시작한다. 내가 에르빈에게 속삭인 말을 듣기라도 한 것처럼.

로테가 소리친다.

"왜 그래, 볼피? 무슨 일이야?"

내가 울음을 참으며 대답한다.

"배가 고파서 그래. 하지만 걱정 마. 곧 천장에 구멍이 뚫릴 거야."

"누난 계속 그 말만 해. 한참 전부터."

하랄트가 투덜댄다.

한참 전이라고? 그래, 한 시간 전이다. 기껏해야 두 시간 전이다. 내 느낌이 그렇다는 말이다. 벌써 정오가 됐는지도 모른다.

19

그때 천장 어딘가가 뚫렸다. 정확히 말해서 환기구 창문을 덮고 있던 잔해들 사이로 틈이 생겼다. 소음이 점점 가까워진다. 나는 볼피를 다시 안는다. 볼피는 두 팔로 내 목을 감싼다. 소리가 무서운 모양이다. 우리는 숨을 멈추고 위를 응시한다.

드디어 창문 쇠창살 위로 작고 둥근 구멍이 보인다. 한 줄기 빛이 거짓말처럼 비친다. 공간을 환히 밝히기엔 너무 가늘고 약하다. 햇빛일까? 우리 중 누구도 환호성을 지르지 않는다. 그저 말없이 위를 쳐다보기만 한다.

"저기요! 거기 누구 있어요?"

위에서 남자 목소리가 들린다. 꽤 멀다. 또렷하지도 않다.

에르빈이 소리친다.

"다섯 명요! 한 살 반, 여섯 살, 일곱 살, 열두 살, 열다섯 살!"

"열여섯 살!"

내가 소리친다.

에르빈은 깜짝 놀라 나를 바라본다.

"어른은 없니?"

"옆에 한 아저씨가 있어요. 근데…."

"그 사람을 불러 봐!"

"안 돼요. 그 아저씬 죽었어요!"

에르빈이 소리친다. 이제 작은 아이들도 그 말을 들었다. 이미 엎질러진 물이다.

로테가 우긴다.

"죽지 않았어!"

"아냐, 어젯밤에 죽었어."

내 말에 로테가 울음을 터뜨린다.

"맥은 짚어 봤니?"

위의 남자가 소리친다.

"아저씨는 건너편에 있어요. 우린 그쪽으로 못 가요!"

여기는 여자 화장실이고, 로켈 아저씨는 남자 화장실에 있다고 설명하기까지 시간이 좀 걸린다. 우리는 관으로 말을 주고받았다는 이야기도 한다.

잠시 대화가 끊긴다. 위에서 남자 여럿이 뭔가 열심히 논의한다.

"너희는 괜찮아? 다친 사람은 없어?"

"모두 건강해요."

"하지만 목이 말라요!"

하랄트가 소리친다.

"배도 고파요."

로테가 흐느껴 운다.

"알았어, 곧 꺼내 줄게!"

남자는 많은 것을 묻는다. 이름이 무엇이고, 어디서 왔고, 엄마는 어디에 있는지. 에르빈과 내가 교대로 대답한다.

왜 저렇게 많이 물어보지? 한시가 급한데.

위에서 여자 목소리가 들린다.

"기젤? 에르빈?"

아는 목소리다. 아, 그 반가움을 어떻게 표현해야 할지….

"할머니!"

우리는 다 함께 소리치고 운다. 로테도 운다. 할머니 모습은 보이지 않는다. 그러기엔 구멍이 너무 작고, 환기통은 너무 길다. 할머니가 우는 소리가 들린다. 내 눈에 눈물이 그렁그렁 고인다.

할머니가 잠긴 목소리로 소리친다.

"다행이다, 정말 다행이다! 볼피는?"

나는 천장에 빛이 조금 들어오는 구멍을 가리키며 볼피에게 '할머니!' 하고 소리치게 한다. 빛이 너무 약해 내가 뻗은 팔이 볼피 눈에는 안 보일 듯하다.

"할머니!"

볼피가 큰 소리로 외치지는 않았지만, 할머니는 분명 알아들었을 것이다. 우리하고 좀 더 가까워지기 위해 배를 깔고 엎드리고도 남으실 분이다. 할머니 목소리가 다시 들린다.

"그래, 그래, 너희 모두 살아 있어서 얼마나…!"

이어서 여러 목소리가 뒤섞인다.

로테가 위를 향해 소리친다.

"마르타! 마르타도 거기 있어?"

대답이 없다. 로테가 엉엉 소리 내어 운다.

"엄마를 불러 봐!"

내 말에 로테는 고개를 젓는다.

"울지 마, 로테."

하랄트가 속삭이더니 로테를 안아 준다.

나도 한쪽 팔로 로테를 끌어안는다. 그러면서 저 위에 누군가 우리를 애타게 기다리는 사람이 있다는 사실에 한없이 뭉클해진다.

할머니는 대합실에서 우리를 찾지 못하자 일단 큰 방공호로 대피했을 것이다. 공습경보가 해제되고도 우리가 나타나지 않는 걸 보고 여기 지하실에 파묻혔을 거라고 짐작했을지 모른다. 아, 그사이 얼마나 끔찍한 공포에 휩싸여 있었을까!

할머니는 곧 우리를 품에 안을 것이다. 그런 다음 우리는 모두 드레스덴으로 갈 것이다. 그러면 모든 것이….

엄마 소식은 알고 계실까? 아기는?

한 남자가 아래로 소리친다.

"얘들아, 잘 들어. 조금 더 참을 수 있지? 나머지 잔해를 치우려면 시간이 좀 필요해. 오래 걸리진 않을 거야."

내가 소리친다.

"물이 필요해요! 목이 너무 말라요!"

위에서 다시 논의가 벌어진다.

"혹시 물통이나 병 같은 거 없니? 있으면 가져와! 준비되면 소리쳐!"

병 하나는 깨졌지만 다른 하나는 가방에 아직 남아 있다. 나는 가방에서 병을 꺼내 에르빈에게 건넨다. 손이 너무 떨려서다.

나는 볼피를 가방 옆에 앉힌다.

"여기 있어!"

"병으로는 안 될 거야."

에르빈이 말한다. 병 말고는 잔밖에 없다. 조금 전에 화장실에서 나올 때까지는 분명 갖고 있었는데… 이게 어디 있지?

내가 아이들에게 소리친다.

"잔을 찾아봐! 이 근방에 있을 거야!"

모두 잔을 찾아 나선다. 누군가 물이 흥건한 타일 바닥 위를 질질 끌듯이 지나간다. 에르빈이다. 그때 무언가 딸그락거리는 소리가 들리더니 타일 위로 때굴때굴 굴러간다. 나는 발로 잔을 더듬다가 하랄트와 로테와 부딪힌다. 그 바람에 하마터면 그새 가방에서 벗어나 있던 볼피에게 넘어질 뻔한다. 나는 볼피가 흥건한 바닥에 미끄러지지 않도록 꼭 붙잡는다.

하랄트가 잔을 내민다. 나는 더듬거려 잔을 잡는다. 땀이 눈으로 흘러내린다. 그런 건 아무래도 상관없다.

"준비됐어요!"

에르빈이 위를 향해 소리친다. 우리는 병과 잔을 환기통 밑에 갖다 댄다.

꿀렁꿀렁 소리가 나더니 곧 물이 졸졸 흘러내린다. 에르빈은 가느다란 물줄기를 병에 담으려고 애쓰고, 나는 물이 버려지지 않도록 병 밑에 잔을 댄다. 그럼에도 물은 대부분 바닥에 떨어져 흥건히 고인다. 얼마 뒤 가늘게 흘러내리던 물도 멈춘다.

에르빈은 물이 얼마나 있는지 확인하려고 병을 흔든다. 거의 없다. 잔에도 바닥을 덮는 정도밖에 없다. 한 모금 마시면 끝이다. 나는 물을 로테에게 준다. 로테는 위에 기다리는 사람이 없으니까.

위에서 남자가 소리친다.

"충분히 받았니?"

"거의 못 받았어요! 병 하나와 잔 하나밖에 없는데 너무 어두워서 받기 어려워요."

위에서 다시 의논을 하는지 웅성거리는 소리가 들린다.

그때 할머니가 아래로 소리친다.

"애들아, 거기 청소 도구 벽장 없니? 안에 양동이가 있을 텐데!"

맞아, 양동이! 왜 그 생각을 못 했지? 나는 더듬더듬 벽장으로 가서 양동이를 가져온다. 냄새가 별로다. 그렇게 깨끗한 것 같지 않다. 하지만 지금은 그런 게 중요하지 않다. 에르빈이 물을 많이 내려보내 달라고 소리친다. 곧이어 물이 흘러내린다. 처음보다 양이 훨씬 많다. 나는 얼른 흥건한 바닥을 지나 환기통 밑에 양동이를 댄다. 순식간에 양동이가 3분의 1 정도 찬다.

"얘들아, 이제 기운 내! 오래 걸리지 않을 거야."

이어 다른 남자가 덧붙인다.

"환기통에서 최대한 멀리 떨어져 있어! 돌멩이가 쏟아질 거야!"

"알았어요!"

에르빈이 소리쳐 대답한다.

천장에서 환한 구멍이 사라지고, 다시 뭔가 부딪치고 긁는 소리가 난다. 우리는 바닥이 젖지 않은 세면대와 문 사이 벽 쪽에 바짝 붙는다. 볼피가 내 품을 파고든다. 나는 양동이에서 물을 퍼서 모두가 원하는 만큼 마시게 한다. 아이들이 허겁지겁 물 마시는 소리를 들으며 내 목도 얼마나 메말라 있는지 알아차린다. 마침내 모두 물을 충분히 마시고 나자 나도 갈증을 푼다. 물은 얼음처럼 차갑다. 이렇게 달콤한 물은 처음이다.

이제 우리는 폭격 직후에 앉아 있던 곳에 다시 모여 있다. 문과 세면대 사이 난방 장치 쪽이다. 그제는 난방 장치가 따뜻했는데, 지금은 싸늘하게 식었다. 내 품에는 볼피가 안겨 있고, 오른쪽에는 로테가, 왼쪽에는 하랄트가 내 몸에 바짝 붙어 있다. 이 상태에서는 무슨 생각을 해야 할까? 기다리는 것 말고 다른 할 일이 뭐가 있을까?

머리가 지끈거리고, 관자놀이가 쿵쿵 울려 댄다. 모쪼록 빨리 끝났으면!

환기통 쪽에서 뭔가 떨어진다. 이젠 부스러기가 아니라 덩어리다.

"들었어, 누나?"

에르빈이 쾌재를 부른다.

"담요를 배낭에 넣어야 되는데…."

내가 중얼거린다. 가방은 어디 있지? 갖고 갈 건 다 챙겼나? 잔이 떠오른다. 병도 떠오른다. 그것들을 어떻게 했지? 아무 생각이 나지 않는다.

에르빈이 모든 걸 챙기고 있다. 에르빈의 발소리, 짤랑거리는 소리, 딸그락거리는 소리, 지퍼 여닫는 소리가 차례로 들린다. 곧이어 에르빈이 내 앞에 쪼그려 앉더니 내 팔에 손을 올린다.

"생일 축하해."

이 말에 하랄트가 소리친다.

"뭐? 오늘이 누나 생일이야?"

하랄트가 어둠 속에서 실수로 내 눈을 찌르는 바람에 눈앞에 작은 별이 날아다닌다. 하랄트는 나를 꼭 안아 준다. 볼피가 뭐라고 중얼거린다. 지금이 어떤 상황인지 알지도 못하는 녀석이. 로테도 나를 껴안는다. 이어서 에르빈과 하랄트가 집에서 생일이면 항상 부르던 노래를 합창한다.

"네가 가는 모든 길에 행복과 축복이…."

노래와 거의 동시에 위에서 무언가를 밀고, 파내고, 삐걱거리고, 부서지는 소리가 들리기 시작한다. 희미한 새소리 같던 생일 축하 노래가 그 소리에 묻힌다. 쿵 소리와 함께 잔해들이 우수수 떨어진다. 깨고, 밀고, 뚫고, 덜커덕거리는 소리가 이어진다. 우리는 말없이 귀를 기울이며 희망을 품는다. 어서 와, 어서 와!

아, 할머니! 목이 너무 따갑다. 침을 삼키는 것도 힘들다. 온몸이 파김치처럼 축 늘어진다. 할머니가 여기 계셨더라면… 나는 신경 쓸 것도 없고, 모든 의무를 훌훌 벗어 버릴 수 있었을 텐데….

로테와 하랄트가 연이어 쫑알댄다.

"너무 추워."

"나도."

추운 건 나도 마찬가지다. 움직이지 않아서다.

"담요를 가져와, 에르빈."

내 말에 에르빈이 대답한다.

"지금 막 넣었는데? 담요 네 장을 배낭에 넣는 건 쉬운 게 아냐. 그런데 다시 꺼내라고? 안 돼. 너네 추우면 껑충껑충 뛰어. 나도 좀 쉬고 싶어!"

로테가 말한다.

"우리가 직접 가져오자. 같이 가, 하랄트!"

쟤들은 매듭을 풀지 못할 것이다. 오히려 잘못 풀어서 꽉 묶어 버리고는 나를 부를 것이다.

예상이 빗나간다. 아이들은 나를 부르지 않는다. 대신 내 얼굴 위로 담요를 흔들어 댄다. 하랄트가 묻는다.

"누나도 하나 줘?"

아 그래, 나도 하나 갖고 싶다. 다른 누군가의 보살핌을 받는 게 이렇게 좋은 거구나! 담요 한 장이 볼피와 내 위로 살며시 펼쳐지는 것이 느껴진다. 엉덩이가 너무 차다. 나는 담요 한쪽 끝을 엉덩이 밑에 밀어 넣는다. 금세 냉기가 사라지면서 푹신해진다.

내가 말한다.

"고마워요, 할머니."

"나는 할머니가 아냐."

로테가 키득거리며 웃는다.

방금 내가 뭐라고 했지? 또 꿈을 꿨나?

소음은 이제 이 공간의 모든 소리를 집어삼킬 정도로 커진다. 왼쪽 화장실 바닥의 유리와 돌 조각이 달그락거린다. 굴삭기 작업으로 온 공간이 떨린다. 발소리나 말소리 같은 건 이제 들리지 않는다. 볼피를 안고 있어 다행이다. 이런 불안한 순간에 몸을 맞댄 채 서로 온기를 나누는 건 고마운 일이다. 볼피는 잠든 것 같다. 이런 소음 속에서도!

에르빈도 자나? 들리지 않는다. 한 손이 내 얼굴을 건드리더니 나를 더듬는다.

"누구야?"

"나."

하랄트다.

"너무 길어. 이야기 좀 해 주라, 누나!"

이 소음 속에서? 그러려면 바락바락 고함을 질러야 한다.

귀를 틀어막아야 할 정도로 큰 굉음이 들리기 시작한다. 천공기로 뚫나? 하염없이 위만 쳐다보고 있는데, 갑자기 천장에 빛이 들어온다. 커다란 구멍이 모습을 드러내고, 큰 덩어리들이 떨어진다. 너무 눈이 부셔 두 눈을 감는다. 볼피가 울어 댄다. 엄청난 소음 때문에 놀라 깼으니 이상한 일도 아니다.

"사람들이 와!"

하랄트가 소리치고는 담요를 집어 던진다.

믿을 수 없을 만큼 신선하고 찬 공기가 훅 끼친다. 소음이 멈춘다. 나는 천천히 다시 눈을 뜬다. 빛이 무척 아리고 낯설다. 에르빈이 벌떡 일어나 환기통으로 다가간다. 배낭은 힘없이 바닥에 내팽개쳐져 있다. 그 위에 지퍼를 닫은 가방이 놓여 있다. 내 옆에서 하랄트가 튀어 오르더니 환호성을 지르고, 춤을 추듯 펄쩍펄쩍 뛴다.

"이제 밖으로 나간다! 밖으로 나간다!"

어느새 커다란 구멍 밑으로 다가온 로테가 위를 향해 불안스레 외친다.

"마르타?"

그다음부터는 일사천리다. 사다리가 내려오고, 한 남자가 나타난다. 남자의 입에서 나온 첫마디는 이제 너희는 살았다거나, 운이 좋았다거나, 걱정할 필요가 없다거나 하는 말이 아니다. 남자가 코를 찌푸리며 말한다.

"이게 무슨 지독한 냄새지?"

남자는 하랄트가 올라가도록 도와준 뒤 로테를 안아 사다리에 올린다. 다른 남자가 로테를 넘겨받는다. 내가 볼피를 안고 천천히 사다리 쪽으로 가는 동안 에르빈은 급하게 담요를 배낭에 챙겨 넣는다. 그러고는 배낭과 가방을 구멍 쪽으로 끌고 가서 남자에게 건넨다. 남자는 배낭과 가방을 차례로 위로 던진다. 짐이 다 올라가자 에르빈도 사다리를 타고 올라간다. 사다리 옆에 서 있던 남자가 나더러 먼저 올라가라고 한다.

나는 마지막으로 공간을 둘러본다. 아주 쪼그만 곳이다. 바닥에 흥건한 물이 햇빛에 반짝거린다. 왼쪽 화장실 문 아래로도 반짝거리는 유리 조각이 보인다.

자세히 보니 옆에 있는 남자는 어른이 아니다. 나보다 나이가 많아 보이지 않는 청소년이다. 그 남자애가 나를 보고 미소를 짓는다. 오늘은 빗질도 하지 않았다는 사실이 퍼뜩 떠오른다. 로테 머리도 빗겨 주지 않았다. 왜 그걸 까먹었을까?

"용감해, 정말 용감해."

남자애가 이렇게 말하고는 내게서 볼피를 받아 든다.

"저 벽 뒤에도 사람이 있어. 로켈 아저씨라고…."

남자애가 고개를 끄덕인다.

"그 사람도 꺼낼 거야. 하지만 그건 그리 급하지 않아."

두 번째 남자가 벌써 곡괭이를 들고 사다리로 내려온다. 얼굴을 머플러로 꽁꽁 싸맸는데, 이마에 주름이 가득하고 눈썹이 수북하다.

남자가 말한다.

"이제 어서 나가. 할머니가 기다리신다. 너희를 품에 안을 때까지는 잠시도 가만있지 못하셔."

남자애가 볼피를 데리고 사다리를 오른다. 볼피가 내 쪽으로 팔을 뻗는다. 자기를 안고 있는 사람이 낯선 모양이다. 나는 볼피에게 웃어 주고는 눈썹까지 내려온 모자를 바로 씌워 준다.

위에서 지르는 기쁨의 함성이 아래까지 울린다. 할머니는 하랄트와 에르빈을 부둥켜안고는 볼피에게 팔을 뻗는다. 밑에서는 곡괭이로 남자 화장실 벽을 깨는 소리가 들린다. 안녕, 로켈 아저씨!

나는 고개를 들고 밝게 빛나는 파란 하늘을 바라본다.

아, 얼마나 눈부신지!

용감하다고? 나는 그 말이 맞지 않다고 생각한다. 우린 그저 살아남고 싶었을 뿐이다.

"어서 올라와! 우린 아직 할 일이 많아."

위에서 사다리가 비길 기다리던 남자 몇 명이 소리친다.

"나 오늘 생일이에요."

이렇게 말하는 내 목소리가 귀에 들린다.

사랑하는 슈테파니에게,

그래, 이제 너는 우리가 구조되고 난 뒤에 어떤 일이 벌어졌는지 궁금할 게다.

볼피를 안고 있던 할머니가 나를 끌어안으며 잔뜩 헝클어진 내 정수리에 입을 맞췄지. 나는 서러움의 눈물을 쏟아 냈어. 그제야 마음 놓고 울 수 있었던 거지. 이제는 동생들을 책임지지 않아도 된다는 안도감 때문이었을 거야. 나는 무릎이 후들거려 잔해 더미에 주저앉을 수밖에 없었어. 할머니도 눈물범벅이었지. 나를 어루만지고 칭찬하면서 엄마 아빠가 알면 무척 자랑스러워할 거라고 했어.

얼마 뒤 한 적십자 대원이 내 이마에 손을 얹더니 말했어.

"열이 높아. 어서 병원으로 가야겠다."

하지만 가고 싶지 않았어. 할머니와 동생들과 함께 한시라도 빨리 드레스덴으로 가고 싶었던 거지.

흘러내린 눈물을 닦고 나자 처음엔 내가 서 있던 곳의 잔해만 보였어. 그러다 차례로 주변의 다른 무너진 건물들이 보이기 시작했어. 불타 버린 집, 깨진 창문, 천장과 바닥만 남은 건물, 그을린 굴뚝. 어떤 집은 아직 그림과 등이 걸려 있었어. 찢어진 벽지가 축 늘어져 있고, 까맣게 타 버린 지붕에는 비둘기가 몇 마리 앉아 있었지. 더러운 커튼이 바람에 부풀어 올랐고, 흉물처럼 모습을 드러낸 관들이 햇빛 속에서 반짝거렸어. 눈에 보이는 것이라고는 온통 폐허뿐이었지. 그 사이로 여전히 연기가 피어오르는 곳도 많았고.

그런데 정말 끔찍한 풍경이었는데도 나는 어쩐지 친숙한 느낌이 들었어. 어디서 저런 걸 봤더라?

로테의 엄마는 없었어. 마르타도 없었고. 예상했던 일이지. 로테는 혼자 버려진 채 울고 있었어.

밑에서 한 남자가 소리쳤어.

"애들은 다른 데로 데려가요! 아이들이 보면 안 돼요!"

우리가 보면 안 되는 것은 아마 로켈 아저씨였을 거야. 나는 지하실의 그 끔찍한 시간을 함께했던 아저씨의 얼굴이 궁금했지만 할머니가 나를 잡아끌었어. 간호사가 할머니한테서 볼피를 받아 안고는 우리를 안내했어. 로테도 당연히 우리와 함께 갔지.

우리는 건물 잔해에서 내려갔어. 부서진 기왓장을 밟고 까맣게 타 버린 들보를 넘으면서. 그래, 거긴 폭삭 내려앉고 불타 버린 건물 위였어.

통로도 잔해가 가득했어. 거리 상황도 다르지 않았어. 많은 히틀러 청소년 단원들이 도로 한가운데에서 열심히 길을 내고 있었어. 무너진 잔해들 때문에 자동차나 마차가 다니기엔 길이 턱없이 좁았거든. 사실 겉만 보고는 어디가 차도인지 알기가 어려웠어.

여기가 얼마 전 우리가 방공호를 찾아 부리나케 달려가던 그 도시가 맞을까 싶었어. 사람들은 여기저기서 잔해 더미를 기어오르며 실종자를 찾거나, 자신들에게 소중한 것들을 찾고 있었어.

우리는 말을 잃었어.

볼피, 하랄트, 로테는 눈을 동그랗게 뜨고 주변을 둘러보았고, 에르빈과 나는 풍경에 말문이 막혔어. 역전 광장은 삭막할 정도로 휑했어. 바닥에 쌓인 눈은 잿빛이었고, 어떤 곳은 까맣게 짓눌려 있었지. 몇 사람만 광장 위를 서둘러 지나가고 있었어. 물건을 옆구리에 끼거나 어깨에 짊어진 채. 햄스터 우리, 그을린 오리털 이불, 찌그러진 냄비, 흔들 목마 같은 것들이었지. 한 부인은 검게 그을린 유아차를 밀고 가고 있었어.

유아차를 보는 순간 나는 침묵을 깼어.

"엄마 소식은 알아요, 할머니?"

할머니는 슬프게 고개를 저었어.

"계속 너희만 찾아다녔지."

기차역 건물도 폭격을 받았어. 건물 반이 날아갔더군. 우리가 서 있던 눈 더미 부근도 없어졌어. 그래도 기차는 여전히 다녔지.

간호사가 우리를 데려간 곳은 북적거리는 적십자 본부였어. 공습으로 집을 잃은 사람들이 여기저기 앉거나 누워 있었지. 우리는 사람들 사이를 비집고 들어갔어.

한 부인이 울부짖었어.

"우리 애들 셋이 건물 밑에 깔렸어요! 셋 다!"

거기서야 우리는 비로소 몇 시인지 알 수 있었어. 그때까지는 시간을 물을 생각조차 못 했거든. 벽시계가 1시 9분을 가리키고 있었어. 우리는 식사로 죽과 사과 조림을 받았어. 레모네이드도 같이. 지하에 있을 때와 비교하면 진수성찬이었지. 에르빈, 하랄트, 로테는 허겁지겁 먹었어. 나는 배가 고프지 않았어. 그저 죽을 만큼 피곤했지.

적십자 대원 둘이 할머니와 우리에게 이름을 물었어. 특히 로테에 대해서는 꼬치꼬치 물었어. 몇 살이고, 어디서 왔고, 엄마와 어떻게 헤어지게 되었는지 등에 대해서 말이야. 나는 로테를 만난 과정을 이야기해 줬어. 두 사람은 슬픈 표정으로 얼굴을 마주 보더니 말없이 로테를 데려가려고 했어. 순간 로테가 나한테 매달렸어. 절대 떨어지지 않겠다는 듯이 꼭 붙들었지. 나는 로테의 손을 잡고 말했어.

"그래, 일단 우리와 함께 있자."

할머니의 생각도 같았어.

"그래, 지금은 우리와 함께 있자꾸나."

할머니가 적십자 대원들에게 할머니의 가장 친한 친구인 안나 베링거의 주소를 알려 주었어. 앞으로 우리가 묵을 집이라고 하면서.

당연히 나는 깜짝 놀라 물었지.

"왜요? 드레스덴의 외할아버지 댁에 가기로 했잖아요!"

그제야 나는 사정을 들었어. 할머니도 몇 시간 전까지는 몰랐는데, 그사이 드레스덴도, 그 아름다운 도시 드레스덴도 잿더미로 변해 버렸다는 거야.

"그럼 외할머니는요? 외할아버지는요?"

할머니는 어깨만 으쓱할 뿐 답을 하지 않았어. 하지만 표정에서 알 수 있었지. 기적을 믿지 않는다고.

나는 해열제를 받았어. 나중에 할머니한테 들으니, 내가 그 끔찍한 소식을 듣고는 테이블에 머리를 댄 채 바로 잠들었다고 하더구나.

적십자 간호사가 우리를 기차역으로 데려다줬어. 굳이 그럴 필요까지는 없었는데 말이다. 우리한테는 이제 볼피와 가방과 배낭 말고는 들고 갈 게 없었거든. 커다란 트렁크 두 개는 이미 없어졌어. 할머니는 더 이상 어디서도 트렁크를 보지 못했다고 했어.

우리는 그날 오후 바로 출발했어. 드레스덴을 크게 우회해야 했기 때문에 다섯 번이나 갈아타야 했지. 드레스덴 기차역의 선로가 다 파괴되었거든.

기차 안은 피난민으로 미어터졌어. 쪼그려 앉는 것은 물론이고 서 있기도 힘들 정도였지. 어떤 기차역에서는 네 시간이나 기다려야 했어. 연기로 그을린 대합실에서 말이다. 하지만 거기는 최소한 따뜻하기는 했어. 볼피는 대부분 할머니가 봤어. 나는 계속 열이 났거든. 베브라로 향하는 여정은 할머니에게 정말이지 극단의 인내와 힘을 요

구했어. 게다가 우리가 안나 할머니 집으로 가게 되리라고는 누구도 예상하지 못했어. 하지만 이도 저도 방법이 없을 때 할머니는 언제나 믿을 수 있는 친구를 떠올렸어. 처녀 적 친구였지. 더구나 안나가 큰 농장을 가진 집으로 시집간 걸 기억하고 있었거든.

할머니는 기차를 타고 가면서 그간의 사정을 이야기해 줬어. 드레스덴이 폭격으로 폐허로 변했다는 이야기를 들었을 때 제일 먼저 떠오른 건 게르트루트 고모였대. 우리한테는 고모고, 할머니한테는 딸이었지. 어쨌든 고모가 최소한 며칠은 우리를 받아 줄 거라고 생각했대. 하지만 코트부스에 있는 고모네 집은 방이 두 개뿐이었어. 그것도 하나는 아주 작다고 해. 우리가 지내기에는 너무 좁을 만큼.

게다가 코트부스는 전선이 무너지면 소련군에 점령될 위험이 크다고 했어. 여하튼 이런저런 이유로 할머니는 안나 할머니 집으로 결정했어.

기차 안에서 나는 다른 이야기도 많이 들었어. 우리 예상처럼 할머니는 처음엔 실제로 큰 방공호로 피신했대. 하지만 거기서 우리를 발견하지 못하자 너무 걱정돼서 나가려고 했지. 다른 데서 찾아보려고 말이다. 그런데 문은 곧 닫혔고, 공습경보가 해제되기 전까지는 아무도 나갈 수가 없었대.

공습경보가 해제되자 할머니는 우리도 공습 전에 달려갔던 두 번째, 세 번째 방공호로 뛰어갔어. 하지만 두 곳 다 무너졌고, 사방이 불타고 연기가 났어. 그런 상황에서 일손이 부족한 소방대와 구조대는 이 모든 걸 어떻게 해결해야 할지 몰라 허둥댔어. 그래서 할머니는 우리를 거의 포기할 뻔했지.

그런데 잔해 더미 밑에 생존자가 있을 거라는 이야기를 듣고는 희망을 버리지 않았다는구나. 할머니는 무너진 방공호 두 곳을 밤새 헤매고 다녔어. 그러다 이튿날 아침 우리 지하실에서 두드리는 신호가 왔고, 곧 굴삭기가 투입된다는 소식을 들은 거야.

우리 방공호에서 살아남은 사람은 우리뿐이었어. 나는 나중에야 그때 공습으로 1,860명이 죽었다는 걸 알게 됐지.

내 생일 다음 날 저녁 우리는 드디어 베브라에 도착했어. 거기서부터는 걸어서 인근 마을로 이동했지. 안나 할머니는 우리 할머니를 처음엔 알아보지 못했어. 그사이 긴 세월이 흘렀거든. 하지만 알아본 다음에는 무척 기뻐했어. 심지어 로테까지 데려온 것도 반겼어.

안나 할머니가 말했어.

"식구 하나 더 는다고 무슨 큰일이 생기는 건 아니니까 걱정 마. 기젤 네가 로테를 화장실로 데려가지 않았다면 로테는 살아남지 못했을 게다. 이 일은 로테와 너희 삶에서 아주 중요한 경험으로 남을 게다. 이틀 밤낮을 어두운 지하에 함께 갇혀 있다는 건 정말 경험하기 어려운 일이니까. 각별한 유대감을 느낄 수밖에 없지."

우리는 그 집에 머물렀어. 안나 할머니는 한 번도 큰 도움을 주고 있다고 생색을 내지 않았어. 오히려 우리가 눈치를 보지 않도록 여러모로 신경을 썼지. 그 집에는 우리만 있는 것이 아니었어. 공습으로 피해를 본 보훔 출신의 가족과 에스토니아 피난민도 있었어. 그런데도 안나 할머니는 우리한테 다락방 두 개를 흔쾌히 내줬어. 심지어 늦었지만 생일을 축하한다면서 커다란 케이크까지 만들어 줬어. 우리가 입을 옷가지와 볼피 기저귀도 주변에서 얻어다 줬고. 할머니 자신도 두 아들이 전사하는 큰 불행을 겪었는데도 말이다.

우리 할머니와 안나 할머니 사이의 우정은 이후 내 삶에서 진정한 우정의 본보기가 되었어.

할머니는 게르트루트 고모한테 전보를 쳤어. 여기 주소도 알릴 겸 해서. 할머니는 하루 꼬박 잠을 잤어. 그간의 고단함을 생각하면 충분히 이해할 수 있는 일이지. 자고 일어나서는 엄마와 아기한테 가려고 다시 떠났어. 그사이 안나 할머니가 동생들을 돌보았고, 나는 할머니 일을 거들었어. 그러던 중에 게르트루트 고모한테서 속달 편지가 도착했어. 자기도 언제든 피난을 떠날 생각이라는 거야.

할머니는 3월 초에 풀이 죽은 채 돌아왔어. 엄마가 있을 것으로 추정되는 지역이 그사이 소련군에 점령당해서 더 이상 갈 수가 없었대. 그래서 우리가 피난길에 들렀던 역들, 그러니까 아직 우리 군인들이 통제하는 역들에 내려 수소문했지만 소용이 없었다더구나.

전쟁은 5월 8일에 끝났어. 엄마는 7월에야 우리한테 왔고. 그것도 혼자서. 그런데 몰골이 말이 아니었어. 우리가 알던 예전의 엄마가 아니었어. 머리는 하얗게 셌고, 몸은 뼈만 남을 정도로 앙상했어.

난산이었다고 하더구나. 그래서 피난할 생각조차 못 하고 있는데 그곳이 소련군에 점령당했어. 그럼 아기는? 여자아이였대. 이름은 에리카였고. 겨우 15일밖에 살지 못했대. 엄마가 아무것도 먹지를 못해 젖이 나오지 않았던 거지. 종전 전후 몇 주 동안은 돈이 있어도 물건을 살 수가 없었어. 결국 엄마는 갓 태어난 아기를 혼자 그곳 마을 공동묘지에 묻을 수밖에 없었지.

엄마는 드레스덴으로 편지를 쓸 수가 없었어. 엄마가 해산한 곳과 드레스덴 사이에서 마지막 치열한 전투가 벌어지고 있었거든. 전쟁이 끝난 뒤에도 몇 주 동안은 우편 시스템이 작동하지 않았어. 엄마는 전쟁이 끝나자마자 부모님이 있는 드레스덴으로 가려고 했어. 거기 가면 우리를 만날 수 있을 거라고 기대한 거지. 그런데 우편 시스템과 마찬가지로 기차와 버스도 다니지 않았어. 결국 엄마는 그 먼 길을 걸어서 가야 했어. 여름이었던 게 그나마 다행이라면 다행일까!

그 먼 거리를 엄마 혼자 무거운 가방을 끌고 다닐 수는 없었어. 그래서 내 생일 선물로 준비하고 있던 녹색 스웨터를 배낭과 바꾼 다음 여행에 꼭 필요한 물건만 집어넣었대. 이제 기차역에는 구호품을 나누어 주는 적십자 대원들이 없었거든. 엄마는 도중에 가방과 남은 물건을 팔아 식량을 마련했어.

엄마는 가는 길에 반복해서 들리는 이야기를 믿지 않으려 했어. 공습으로 드레스덴이 완전히 파괴되었다는 소식 말이다. 그런데 사람들 말이 맞았어. 엄마를 맞아 준 건 황량한 폐허뿐이었어. 엄마는 그곳 지리를 잘 알아. 거기서 나고 자랐으니까. 마침내 부모님이 살던 건물 현관에 도착했을 때 그곳엔 잔해밖에 없었대. 그을음투성이 벽에는 분필로 거기에 살았던 사람들의 이름이 적혀 있었는데, 그 속에는 외할머니와 외할아버지 이름도 있었어.

프리델과 요헨 글로트케 부부 사망

나중에 엄마는 우리에게 이렇게 말해 줬어.

"그때 다리 힘이 풀려 털썩 주저앉고 말았어. 잔해 더미 위에 말이다. 하지만 곧 다시 벌떡 일어났어. 거기에 너희 이름과 할머니 이름이 없었거든."

엄마는 곧장 코트부스로 향했어. 우리가 게르트루트 고모 집에 있을 거라고 생각한 거지. 엄마는 중간에 티푸스에 걸려 죽을 뻔했대. 어느 집 헛간에서 2주 동안 심하게 앓아누워 있었어. 염소 세 마리를 키우는 마음씨 좋은 할아버지가 매일 아침저녁으로 우유 반 리터를 갖다주었고, 나중에 서서히 기력을 회복하자 감자도 몇 알 주었다는구나. 그러다 마침내 고모 집에 도착했을 때 너무 마른 모습에 고모도 처음엔 엄마를 알아보지 못했대.

고모는 엄마를 얼싸안으면서 우리가 살아 있다고 말했대.

우리가 베브라의 할머니 친구 집에 있다는 사실을 알게 된 엄마는 이틀간 휴식을 취한 뒤 곧장 베브라로 출발했어.

그렇게 우리는 다시 만났지.

적십자사에서는 로테의 부모를 수소문했어. 하지만 이미 산 사람이 아니었어. 로테 아빠는 우리가 알고 있던 것처럼 전사했어. 로테 엄마의 행방만 몰랐는데, 나중에 밝혀진 바로는 우리가 있던 그 도시의 기차역에서 공습으로 목숨을 잃었다고 해. 마르타는 찾을 수가 없었어. 로테가 마르타의 성을 몰랐거든.

엄마는 우리에게서 로테 이야기를 들었고, 로테가 우리를 얼마나 잘 따르는지 보았어. 그래서 당분간 함께 지내자고 했어. 그러다 로테의 부모가 죽었다는 사실이 뒤늦게 밝혀졌을 때 엄마는 친척이 나타나지만 않는다면 로테를 계속 데리고 있자고 제안했어.

로테의 사진은 몇 년 동안 적십자사의 '미아 찾기' 포스터에 계속 실려 있었어. 사진 밑에는 로테의 이름, 나이, 집 주소가 적혀 있었지. 당시엔 시청, 기차역, 우체국, 은행에 가면 피난길에 헤어진 아이를 찾는 포스터나 아이가 부모를 찾는 포스터가 많이 걸려 있었어. 포스터를 볼 때마다 갓난아이일 때 헤어진 아이들의 운명이 특히 가슴 아팠어. 사진 밑에는 종종 이렇게 적혀 있었지.

이름 : 미상. 나이 : 미상

아는 것은 아이들이 발견된 장소뿐이었어.

로테와 관련해서는 연락해 오는 사람이 없었어. 당시엔 전쟁고아가 무척 많아서 어느 가족이 한 아이를 입양하겠다고 하면 다들 고맙게 생각하는 분위기였지. 엄마가 언젠가 나한테 이렇게 말했던 게 기억나는구나.

"하늘이 에리카를 데려간 대신 우리에게 로테를 준 것 같구나."

아빠는 5년 가까이 소련군 포로로 갇혀 있었어. 드레스덴의 외할아버지 댁으로 여러 번 편지를 보냈지만, 당연히 답장을 받을 수가 없었지. 그러다 코트부스의 고모한테 편지를 썼어. 아빠는 불안감 속에서 몇 달을 기다린 뒤에야 고모로부터 드레스덴은 완전히 파괴되었고, 엄마의 부모님은 돌아가셨으며, 우리가 지금 베브라에 있다는 사실을 듣게 되었지. 그로써 석방되면 갈 곳이 분명히 정해졌어. 그 사이 우리는 베브라에 집을 구했고, 엄마는 결혼 전까지 했던 유치원 교사로 다시 일하게 되었어.

아빠는 수용소에 갇혀 있는 동안 신장병에 걸렸어. 너는 증조할아버지를 한 번도 본 적이 없지? 그럴 테지. 네가 태어나기 전에 돌아가셨으니까. 아빠는 집으로 돌아온 뒤로 늘 아팠고, 화도 잘 냈어. 전쟁 전의 아빠와는 완전히 딴 사람으로 변했지.

아빠는 슐레지엔과 고향 이야기가 나오면 특히 흥분했어. 그럴 때마다 폴란드인들이 슐레지엔을 파괴했다며 욕을 퍼부었어.(1945년 포츠담 선언으로 슐레지엔은 폴란드 땅이 되었다.: 옮긴이) 엄마의 생각은 달랐어. 이제는 폴란드와 화해해야 한다는 거야. 독일인의 폴란드 입국이 허용되었을 때 우리는 맨 먼저 고향부터 찾아갔어. 우리 옛집에 사는 폴란드 가족은 굉장히 친절했어. 우리보고 들어오라고 하더니 곳곳을 둘러보게 했고, 차까지 한 잔 내왔어. 그 사람들도 원래 우크라이나 서부의 렘베르크 인근에 살다가 이리로 이주했다고 하는데,

자신들도 간단하게 손에 들고 갈 수 있는 것만 들고 피난을 떠났대. 그래서 고향을 잃는다는 게 어떤 건지 잘 안다고 했어.

에르빈과 하랄트와 나는 그 집 폴란드 아이들과 잘 지냈어. 엄마도 폴란드 엄마와 문제가 없었고. 아빠만 무척 힘들어했지. 아빠는 거의 아무 말도 하지 않았어. 우리가 다시 자동차에 탔을 때는 이렇게 투덜거렸어.

"저 인간들과 잘 지내는 건 조국에 대한 배신이야!"

아빠는 이런 문제로 엄마와 자주 다퉜어. 전쟁이 우리 아빠를 완전히 망가뜨린 거지. 나중에 그 폴란드 부인으로부터 편지가 왔을 때 아빠는 이미 돌아가신 뒤였어. 어쩌면 다행이었지. 그 편지에는 그 집 아들이 지하실 수리를 하다가 우리 시계를 발견했는데, 원하면 와서 가져가라는 거야.

그래, 우리는 그 시계를 찾아왔어. 그리스 조각상이 있는 프랑스산 추시계 말이다. 아마 아빠가 살아 계셨다면 절대 가져오지 못하게 했을 거야. 아무튼 우리는 답례로 그 가족을 베브라로 초대했고, 그분들은 정말로 왔어. 우리 사이엔 원한이나 앙금 같은 건 없었지.

너한테 해 주고 싶은 얘기가 마지막으로 하나 더 있어. 전쟁 후 우체국 업무가 어느 정도 정상화되자 할머니는 올덴부르크 주민 등록 관청에 편지를 보내, 혹시 '로'로 시작하는 거리 14번지에 로켈 가족이 사는지 문의했어. 몇 주 뒤 답장이 왔어. 올덴부르크에는 '로켈'이라는 이름을 가진 사람이 없다는 거야.

나는 이해할 수가 없었어. 할머니도 마찬가지였지. 아저씨는 어째서 나한테 잘못된 주소를 가르쳐 주었을까? 아니면 내가 잘못 들었을까?

나는 몇 년 뒤 어른이 되어서야 독일에 올덴부르크라는 도시가 하나 더 있다는 사실을 알게 되었어. 북해 인근의 홀슈타인에 있는 도시였지.

나는 편지를 쓰지 않고 직접 찾아가기로 했어. 때는 여름이었지. 수중엔 모아 둔 돈이 조금 있었어. 간신히 기차 여행을 할 수 있는 정도였지만. 어쨌든 나머지는 전혀 생각하지 않았어.

로젠 거리 14번지에는 로켈 가족이 살고 있었어. 로켈 부인과 막내딸 로트라우트, 그렇게 둘이 말이다.

두 사람도 아저씨가 공습으로 죽었다는 사실은 전쟁이 끝나기 전에 소속 부대를 통해 이미 알고 있었어. 물론 어떻게 죽었는지는 몰랐어. 나는 그 이야기를 들려주었어.

두 사람은 울었어. 그러고는 나더러 며칠 묵어가라더구나. 로트라우트는 나를 북해 해변으로 데려갔어. 우리는 하루 종일 해변을 거닐었고, 어느새 친구가 되었지. 그 뒤로 우리는 평생 우정을 나누었어. 사는 곳은 수백 킬로미터나 떨어져 있지만, 우리는 매주 전화를 걸어 많은 이야기를 주고받았어. 가끔은 로켈 아저씨 이야기도 했지. 아저씨는 로트라우트뿐 아니라 내게도 아주 소중한 사람이야. 아저씨가 없었다면 우리는 지하실에서의 그 끔찍한 시간을 견디지 못했을 것이고, 그랬다면 살아남지도 못했을 테니까.

나는 확신해. 내가 혹시 지난 전쟁 같은 끔찍한 재앙을 또다시 겪는다면, 그래서 어느 날 갑자기 연락도 없이 손주들과 함께 로트라우트의 집을 찾아간다면 로트라우트는 한순간의 망설임도 없이 반갑게 맞아 주면서 최선을 다해 우리를 돌봐 주리라는 것을 말이다.

모든 전쟁은 범죄야. 그 일을 겪은 뒤로 나는 전쟁이 다시는 우리에게 일어나지 않기를 빌고 또 빌어. 우리는 살아남았어. 중요한 건 오직 그거야.

너의 할미가

죽음과 같은 상황에서도 삶은 이어진다!

원시 시대의 인간 사냥에서부터 시작된 전쟁은 인간 문명의 발달과 함께 점점 규모가 커지고 참혹해졌다. 문명의 발달은 곧 과학 기술의 발전을 의미하고, 기술 발전은 무기의 발달을, 무기 발달은 무수한 사람을 잔인하게 죽이는 기술의 향상을 뜻하기 때문이다. 히틀러가 유대인이라는 '독'을 세상에서 영원히 제거하고 아리아인의 우수성을 널리 퍼뜨리기 위해 벌인 제2차 대전으로 유대인 500만 명을 포함해 군인과 민간인 수천만 명이 목숨을 잃었다. 야만성의 극치이자 인간 이성에 대한 지독한 경멸이다.

전쟁으로 가장 큰 고통을 받는 사람은 약자다. 전쟁 도구로 투입된 군인이 죽는 것이야 불가피하면서도 슬픈 일이지만, 정작 전쟁을 일으킨 당사자들이 전투 과정에서 죽었다는 얘기는 별로 듣지 못했다. 그들은 대개 안락한 의자에 앉아 명령만 내린다. 병사들은 왜 싸우는지도 모른 채 참혹한 전쟁터에서 스러지고, 전쟁 시기에 태어났다는 죄밖에 없는 보통 사람은 궁핍과 두려움 속에서 전쟁의 유탄을 맞는다. 특히 노약자와 아이, 여자가 그렇다. 불안하고 위험한 시절일수록 고통 받는 사람은 사회적 약자일 수밖에 없다.

이 책은 2차 세계 대전의 한가운데에서 살아남기 위해 사투를 벌이는 열다섯 살 한 소녀의 이야기다. 살아남는다는 것은 삶의 엄중한 명령이다. 그 끝이 죽음일지라도 숨이 붙어 있는 한 모든 생명은 어떻게든 살려고 한다. 죽기 위해 태어난 생물은 없다. 소녀는 전쟁 중 피난길에 엄마와 할머니와 헤어지고 방공호로 대피한다. 옆에는 어린 세 동생과 우연히 만난 한 여자아이가 있다. 모두 자신이 돌보아야 하는 아이들이다. 방공호가 폭격으로 무너지면서 소녀 일행은 방공호 화장실에 갇힌다. 칠흑 같은 어둠이다. 사방은 온통 무너진 콘크리트 더미다. 수중에 있는 것이라고는 약간의 물과 음식뿐이다. 다섯 명이 먹기엔 턱없이 부족하다. 게다가 여기서 얼마를 더 버텨야 할지 모른다. 어둠의 공포와 미래에 대한 불안 속에서 동생들을 돌보고, 아이들에게 끊임없이 용기를 일깨우는 건 열다섯 살 소녀에겐 감당하기 어려운 일이다. 그렇다고 낙담한 모습을 보일 수는 없다. 그러면 동생들이 더 불안해한다. 가끔 아이들의 철없는 행동과 말에 상처받고 화가 치밀지만 내색조차 할 수 없다. 이기심과 책임감 사이의 갈등 속에서 소녀의 목표는 오직 하나다. 살아남아야 한다는 것!

이런 절망적인 상황에서 네 아이를 지키고 무사히 그곳을 벗어나는 건 사실 어른조차 해내기 힘든 일이다. 며칠 만에 구조되어 환한 세상에서 할머니를 만나는 순간 소녀는 마침내 참았던 울음을 터뜨린다. 서러움의 울음이다. 서러움은 슬픔과 다르다. 거기엔 원망과 억울함이 배어 있다. 왜 하필 내가 이런 짐을 져야 하는지에 대한 억울함과 자신에게 이 모든 짐을 지운 세상에 대한 원망이 생존의 안도감과 함께 한꺼번에 표출된 것이다.

소녀는 이 극한의 경험을 통해 한 뼘 더 성장한다. 자기 속의 이기적 속살을 들여다보고 타인에 대한 책임감을 느끼는 가운데 어렴풋이 삶의 의미를 새롭게 깨닫게 되지 않았을까? 살아남음은 그 자체로 목적이지만, 그 고된 과정을 이겨 내는 가운데 우리는 살아갈 참된 힘과 용기를 얻는다. 사실 이 책의 미덕은 죽음과 같은 상황에서도 삶은 끊임없이 이어진다는 사실을 보여 준 데 있다. 한 치 앞도 보이지 않는 곳에서 아이들과 함께 숨바꼭질을 하고, 그런 놀이 속에서 현재의 상황을 잊은 채 순간의 즐거움을 맛보고, 옆방에서 부상당한 채 죽어 가는 아저씨에게 물을 나누어 주는 것을 아까워하면서도 그런 이기심에 죄책감을 느끼고, 동생들 몰래 남은 물을 마시면서 속으로 미안해하고, 식욕이 없으면서도 한 조각 음식이 입에서 녹아내릴 때 작은 행복감에 젖는다. 이런 곳에서 어떻게 행복감을 느낄까 싶지만, 어쩌면 그게 우리를 살아가게 하는 힘일지 모른다. 절망에 빠져 허우적거리면 우리는 살지 못한다. 앞이 보이지 않는 상황에서도 살아 있음을 느껴야 하고, 거기서 희망을 찾아야 한다. 구출 순간 자신과 나이가 엇비슷한 남자 구조 대원을 보면서 머리도 빗지 않은 자신의 꾀죄죄한 모습을 걱정하는 대목에서는 싱긋 웃음까지 나온다. 삶은 죽음보다 끈질기고 위대하다. 덧붙이자면, 비록 전쟁 같은 상황은 아니지만 이 땅의 아이들 역시 녹록지 않은 현실에서 용기를 잃지 않고 끝까지 이겨 내길 바라는 마음 간절하다.

2022년 1월

박종대

봄볕청소년

살아남는다는 것!

초판 1쇄 발행 2022년 1월 7일
초판 3쇄 발행 2024년 9월 13일

지은이 구드룬 파우제방
옮긴이 박종대

펴낸이 권은수 펴낸곳 도서출판 봄볕
만듦 박찬석, 권영민 꾸밈 여희숙 가꿈 성진숙 알림 강신현 살림 권은수
함께 만든 곳 천일문화사, 피오디 북, 가람페이퍼

등록 2015년 4월 23일 제25100-2015-000031호
주소 서울특별시 서대문구 서소문로 37 1406호(합동, 충정로대우디오빌)
전화 02-6375-1849 팩스 02-6499-1849
전자우편 springsunshine@naver.com 블로그 http://blog.naver.com/springsunshine
스마트스토어 https://smartstore.naver.com/shinybook
인스타그램 @springsunshine0423
ISBN 979-11-90704-46-5 43850

• 책값은 뒤표지에 있습니다.
• 봄볕은 올마이키즈와 함께 어린이를 후원합니다.
• 이 책은 콩기름을 이용한 친환경 방식으로 인쇄했습니다.